新农村科普丛书

SHENBIAN DE KEXUE 300 WEN

身边的科学 300问

动·物·编

李凡梅 刘 露◎编著

人民出版社

中国书店

序　言

　　服务"三农"是出版者的重要任务之一。人民出版社围绕中央提出的社会主义新农村建设"生产发展，生活宽裕，乡风文明，村容整洁，管理民主"的总要求，结合中国农村现阶段的实际情况，编写了这套"新农村科普"丛书。丛书主要服务于广大农民，书中所谈的内容是与农民日常生产、生活关系相关的。编写、出版这套丛书是顺应当前社会主义新农村建设对科技工作的新要求，也是出版者希望落实科技惠农的一项有意义的行动，是出版者切实履行工作职责、用科技支持社会主义新农村建设的一个具体方式。

　　农民朋友们的收入水平和消费水平随着中国经济的发展而不断提高，对农产品质量的要求越来越高。很多老观念、老思想、老生产方式在剧烈变革，消耗高、品质差、效益低的粗放式经营正在向低消耗、高品质、高收益方向发展，很多农业新机械迅速应用，人们的保健意识、环保意识明显增强，卫生知识增多，对自己生产、生活的质量要求越来越高，因此他们亟需相关的科普图书来提高自己。

　　精神层次的发展需要物质的保证，农村的物质保证主要是科技。党的十五届三中全会上，中央指出了"实施科教兴农，农业的根本出路在科技、在教育。实行农科教结合，加强农业科学技术的研究和推广，注重人才培养，把农业和农村经济增长转到依靠科技进步和提高劳动者素质的轨道上来。"也就是说要全面落实科学技术是第一生产力的思想，坚持教育为本，把科技和教育放在农业和农村经济发展的重要位置，增强农村的科技能力，提高农民的科学文化素质，让农业和农村经济建设依靠科技的进步和农民素质的提高，增强我们农业的综合生产能力和竞争力。党的十六大报告又提出了"加快农业科技进步"、"大力发展教育和科学事业"的要求。党的十七大报告指出"要加强农业基础地位，走中国特色农业现代化道路"、"坚持把发展现代农业、繁荣农村经济作为首要任务"。由此可见，实施科教兴农战略是我国农业和农村经济发展的重大战略。我们必然要加强科技和教育，从而推进农业产业化经营。科技和教育作为潜在的生产力，通过科教兴农这一战略附着于农业产业化经营的各要素之中，转化为现实的生产力，推动农业发展。各级政府也积极响应这个方针，为建设理想的新农村而共同努力。

　　例如，在生产的环保问题上，要让农民朋友认识到环境污染，既与人盲目开发资源，不注意环境保护有关，也与科技不够发达有关。发达国家在工业化的初期，都出现了不同程度的环境污染问题。这是工业化道路必然会遇到的难题。后来，由于这些国家相应的科技进步，它们的环保技术、设备、产品都在不断地更新换代，环境又逐渐得到改善。这是一个相当痛苦的过程，我们要尽力避开这条先污染后治理的道路。这就需要从广大群众的意识上去落实这个"环保"的概念。从大家的生产、生活中去挖掘环保教育案例，提醒大家现在的环保、绿色是强大的市场竞争武器。这种意识的灌输，不是技术能够解决的。这需要长期的教育，而且不能单单停留在生产上，还要泛化到生活里的每个角落，让科普观念时时刻刻伴随着农民朋友。

农民需要大量的科普知识，也能接受科普教育。不单是环保，生活中的各个方面的科普知识他们都应该了解。让大家不仅在生产上享受到科技的甜头，而且要在生活的点滴里看到科普知识带来的好处。但是他们接触的科普宣传资料相对不够。目前有很多地方在响应国家政策的号召，举行科技下乡的活动，想让农民朋友从科技中获得宝贵的致富知识。所以有了很多的农村科技、科普读物，并在农村开展学科学、信科学、懂科学、用科学活动。但是，很多下乡的科技书中，有一些太深的道理、太复杂的技术，大家学不来，用不来，有些甚至还看不懂。农民朋友反映说，如果科普书能像傻瓜相机那样，拿来就能用就好了。这暴露出某些下乡科普书籍的弊端，也影响了科技下乡的效果。只有农民看得懂的科普，才能为他们的生活、生产带来好处。

基于这样的理念，本套丛书以学科为轴分为 10 册。它们分别是：动物、植物、天文、地理、物理、化学、体育、人体、医疗卫生、常识，内容丰富，涉及面广。每一册书都用 300 个简单明了的问题贯穿起来，一问一答的形式，开门见山。这样大家一看目录就知道有没有自己想要的知识。我们的问题设置尽量贴近农村百姓生活，语言追求大白话，让大家看着不那么揪心，比较舒坦。例如，常识一册里，里面的问题多是贴近大家生活的小问题，"为什么会出现水土不服"、"冬天怎么洗澡才健康"、"水井的水怎么保持干净"，看似简单的问题却和大家的健康息息相关，可以说是小中见大，这也是本丛书编写的理念之一。本丛书以服务农民为主要对象，从农村经济和农民需求出发，普及农村日常生活、生产的各类科普知识，想做到让农民朋友看得懂、学得会、用得上，既能够针对农村特点，也能够符合农民的阅读理解水平。我们还有一个愿望，就是在这些科普问答中，大家能够学会用科学的思维来思考发生在身边的事情，改变一些不利于大家身心健康、经济发展的生产方式和生活方式，享受到科普知识的美妙。

编 者

目　　录

动物常识

无脊椎动物

原生动物

扁形动物

腔肠动物

棘皮动物

节肢动物

软体动物

环节动物

线形动物

脊椎动物

鱼 类

鸟　类

动物常识

1. 世界上的动物有哪些种类？

据动物学家统计，目前地球上已知的动物大约有 150 万种。动物可分为脊椎动物和无脊椎动物两大类，脊椎动物身体背部都有一根由许多椎骨组成的脊柱，一般个体较大，脊椎动物又可分为鱼类、两栖类、爬行类、鸟类和兽类五大类群。鱼类是脊椎动物中最多的一个群，包括海水鱼和淡水鱼共有 25000 ~ 30000 种，如鲤鱼、黄花鱼等。两栖类有 2000 余种，如青蛙等。爬行类有 3000 余种，如蛇、龟、鳄鱼等。鸟类有 9000 种，如鸽子、麻雀。兽有 4500 多种，如马、牛、狮子、虎等。无脊椎动物是背侧没有脊柱的动物，其种类数占动物总种类数的 95%。它们是动物的原始形式。BBC 主持人大卫·阿登堡爵士曾言：“如果一夜之间所有的脊椎动物从地球上消失了，世界仍会安然无恙，但如果消失的是无脊椎动物，整个陆地生态系统就会崩溃。”无脊椎动物的身体没有脊柱，多数个体很小，但种类却很多。例如苍蝇、蚊子、蚂蚱、蝴蝶等昆虫都是无脊椎动物。无脊椎动物可以分成八大类，其中包括：原生动物、扁形动物、腔肠动物、棘皮动物、节肢动物、软体动物、环节动物、线形动物。

世界上的动物种类数目是不断变化的，还有许多种动物未被发现呢，而且每年都会消失一些旧的物种，诞生一些新的物种。

2. 世界上最毒的动物有哪些？

美国“生命科学”网站评出了世界上最致命的 10 种动物，它们对人类的生命威胁最大。可令人匪夷所思的是，世界上最致命的动物不是鳄鱼、大白鲨和非洲雄狮，而是毫不起眼的蚊子。

第 10 名：毒镖蛙

每一只毒镖蛙分泌的毒素足以杀死 10 个成年人。

第 9 名：非洲岬水牛

它们通常集体作战，如果有数千只岬水牛一起奔来，那么人很可能被踩为肉泥。

第 8 名：北极熊

它们巨大的熊掌在一击之下就可以把人的脖子扭断。

第7名：象

全球每年被象杀死的人超过 500 名。

第6名：澳洲咸水鳄

在捕食时，它们的牙齿可以深深刺入猎物身体，然后把猎物拖下水肢解。

第5名：非洲狮

非洲狮拥有巨大的牙齿、闪电般的速度以及锋利的爪子，它们是完美的捕食者。

第4名：大白鲨

海水中的血液可以吸引这些海洋杀手，它们能用所有的 3000 颗牙齿把任何东西撕成碎片。

第3名：澳洲箱形水母

澳洲箱形水母身体大小与盘子相仿。它们有 60 根触须，每一根触须上有 5000 个吸盘，能够分泌出杀死 60 人的毒素。

第2名：亚洲眼镜蛇

目前，全世界每年有 50000 人死于蛇咬，而其中绝大多数是亚洲眼镜蛇的"杰作"。

第1名：蚊子

大多数的蚊子在叮咬后仅仅使人发痒，但是另一些蚊子却可以传播疟疾和寄生虫。这些小虫子每年导致 200 万人死亡。

3. 我国最濒危稀少的野生动物有哪些？

（1）古朴国宝：大熊猫

大熊猫有"活化石"之称。现仅分布于我国四川、陕西、甘肃，过着与世无争的隐居生活。

（2）仰鼻蓝面：金丝猴

中国金丝猴包括川、滇、黔三种。大家最熟悉的川金丝猴，分布于四川、陕西、湖北及甘肃，深居山林，结群生活。

（3）长江奇兽：白鳍豚

白鳍豚为我国长江中下游的特有水兽，比大熊猫更古老、更稀少。

（4）中华之魂：华南虎

华南虎的英文为"中国虎"，是我国特有亚种，原为中国分布最广、数量最多、体形较小，但资格最老的一个虎种。

（5）东方之珠：朱鹮

我国最珍稀的鸟，这种被动物学家誉为"东方明珠"的美丽涉禽仅在中国、朝鲜、日本及俄罗斯有分布。

（6）堪称国鸟：褐马鸡

褐马鸡是一种产于我国山西庞泉沟、河北小五台山及北京门头沟的珍禽，国家一级保护动物。

（7）中国独有：扬子鳄

扬子鳄是中国唯一的鳄种，也是从远古至今北方仅存的唯一分布在温带的孑遗种类。

（8）高原神鸟：黑颈鹤

黑颈鹤是世界上唯一一种高原鹤类，是藏族人民心目中神圣的大鸟。

（9）雪域喋血：藏羚羊

生活在生命极限的高寒地区的藏羚羊正以每年近万只的速度减少。

（10）失而复得：四不像

"四不像"为麋鹿的俗名，它是我国特有的湿地鹿类，角似鹿非鹿、脸似马非马、蹄似牛非牛、尾似驴非驴。

4. 动物的尾巴有什么用处？

世界上大约生活着150余万种动物。动物身上大都长有一条尾巴，动物的尾巴形状各异，妙用也各不相同。

鸟把尾巴当做飞行器。鸟的尾巴上，长着又长又宽的羽毛，这些羽毛展开时好像扇子，能够灵活转动，便于掌握飞行方向。鸟尾在飞行时起着舵的作用。

鱼把尾巴当做游泳器。鱼在水里靠尾巴的左右摆动，促使身体向前推进。鱼的尾巴还能控制方向，并随不同的摆动方向而转向游泳。

牛把尾巴当做平衡器。牛有长长的尾巴，末端长着丛生的毛。当它奔跑时，尾巴竖起，起着平衡身体的作用。

鳄鱼把尾巴当做武器。生活在热带地区的非洲鳄，见到牛、羚羊、鹿等动物在河边饮水时，便突然将尾巴一扫，把这些动物打入河里，然后张开大嘴，饱餐一顿。

狐猴把尾巴当做仓库。在食物丰富的雨季，狐猴就在尾巴里储存起大量营养品；在食源缺乏的旱季，狐猴靠消耗尾巴里储备的营养来度日。

松鼠把尾巴当做交际工具。美洲松鼠在合力对付蛇时，用尾巴来传递信息。尾巴猛挥三下，表示总攻开始；挥两下，表示继续进攻；挥一下，表示停止进攻。此外，它们还用尾巴的不同摆动状态，来表示威胁它们生存的蛇的种类、大小、距离和运动方向。

还有各种各样的动物的尾巴都有着独特的妙用，没有动物长着尾巴是为了装饰。

5. 为什么动物要有保护色？

主要是为了能更好地躲避天敌的攻击和能更好地不被猎物发现，保护色来自长期进化后的遗留和遗传，是物竞天择的结果。

动物学家从达尔文的时候起就把它叫做"保护色"或"掩护色"。这种保护色的例子在动物界可以举出几千个来。

沙漠里的动物，大多数都有微黄的"沙漠色"作为它们的特征。那里的狮子、鸟、蜥蜴、蜘蛛、蠕虫等等，总之是在沙漠动物群当中一切具有代表性的动物身上，都可以找到这种颜色。相反的，北方雪地上的所有动物，却都披上了一层白色，它们在雪的背景上简直看不出来。

水生动物也是这样。在褐色藻类里生活的海生动物，都有"保护性"的褐色，用眼睛无法察觉它们。银色的鱼鳞也同样具有保护性，它保护鱼类，使它们免受在水下威胁它们的大鱼的袭击。至于水母和水里的其他透明动物，如虾类、软体动物等，它们的保护色是完全无色或透明，使敌人在那无色透明的自然环境里看不见它们。

自然界在这一方面所用的"妙计"，真比人类的发明高明得多。许多动物都能按照周围条件的变动来改变保护色的色调。银鼠在春天会换上一身红褐色的新毛皮，使自己的颜色跟那些从雪里裸露出来的土壤的颜色一样。随着冬季的来临，它们又穿上了雪白的冬衣，重新变成白色。

6. 作为常识我们应该知道哪些动物之最？

世界上有许多种动物，从不同的角度去看，会产生许多的动物之最，那么有哪些动物之最是我们应该熟悉的呢？列举以下一些动物之最作为参考。

最大的动物：蓝鲸（平均长 30 米，重达 140 吨）

最大的陆上动物：非洲象（平均重达 7 吨）

最高的陆上动物：长颈鹿（平均高 5 米）

最原始的哺乳动物：鸭嘴兽

皮毛最保暖的动物：北极熊

体形最大的猫科动物：东北虎

最聪明的动物：海豚

最大的飞鸟：信天翁（翼展可达 3~4 米）

最早的鸟：始祖鸟（距今 1.4 亿年前）

形体最小的鸟：蜂鸟

飞得最高的鸟：天鹅（最高能达 17000 米）

最耐寒的鸟：企鹅

陆上奔跑速度最快的动物：猎豹（时速可高达 130 千米）

体积最小的犬种：吉娃娃（一般重量介于 1~5 千克）

牙齿最多的动物：蜗牛（共有 14175 颗牙齿）

足最多的动物：千足虫（700 只足）

最长的昆虫：竹节虫（最长超过 30 厘米）

筑巢最精巧的昆虫：蜜蜂

飞行能力最强的昆虫：蝗虫（每天能够连续飞行近 10 小时）

眼睛最多的昆虫：蜻蜓（每只复眼由 28 万个眼晶体组成）

对人类危害最大的昆虫：蚊子（一年内曾使 300 万人死于它们传播的疾病）

冬眠时间最长的动物：睡鼠（冬眠时间 5~6 个月）

怀孕期最短的哺乳动物：达呼尔鼠兔（孕期 15 天）

7. 哪些动物睡觉的姿势很有趣？

动物世界，无奇不有。各种动物的睡觉姿势，亦是千奇百怪，有的睡姿很难令人想象，有的睡姿甚至令人惊诧。家马有站着睡觉的本领，而野马的睡觉方式则比家马更高一筹，它能边走边睡，却从不失足。

招人喜欢的海狸一般在白天睡觉，睡时仰着头，有时还磨牙。尤其是小海狸，睡觉最有趣，它们并排着睡，有的还把小脚掌枕在头下，令人忍俊不禁。

大象睡觉时，总是把鼻子高高举起，有时还把鼻子衔在嘴里。原来，大象的鼻子虽然很大，却十分娇嫩，如果昆虫钻入，就难以成眠。

野山羊胆虽小却很聪明，为使自己睡得安稳，便跑到土拨鼠那里去睡。因为土拨鼠一发现情况便警觉地叫起来，野山羊闻之便逃之夭夭。

睡鼠是冬眠动物中最有名的"瞌睡虫"，它一睡就是 6 个月，不吃不喝，呼吸相当微弱，身体几乎僵硬，被当球踢也浑然不知，但当醒来时，立刻变得活蹦乱跳。

獾的冬眠十分有趣，冬眠时把嘴对着肛门，拉了吃，吃了拉，自然循环，维持生命。

蝙蝠睡觉时将后脚钩在岩石或树枝上成团侧悬而睡。

鹧鸪睡觉时总是几只挤在一起，头朝外围成一个圆，无论危险来自哪个方向，它们都能准确地发现。

猫头鹰睡觉最有趣，总是睁一只眼，闭一只眼。即使在熟睡时，依然能用睁着的那只眼，监视出没的老鼠和敌害的侵袭。

8. 动物怎样进行"自我医疗"？

人生了病，可以吃药看医生，那动物患了病，它们应该怎么办呢？科学家通过研究发现，其实动物也会自己治疗疾病。

有不少动物能够为自己做"复位治疗"。肚子被划破了，内脏漏了出来，它们能将内脏塞进去，然后躲到一个安静的角落里去"疗养"，等待伤口愈合。有只青蛙被石块击伤，内脏从口腔露出来。这只青蛙会始终蹲在原地，慢慢地吞回内脏，三天后，它基本复原，又活蹦乱跳了。

巴西的一种猿猴，甚至可以用挑选的草药来控制生育。如雌猿想怀孕了，它们就会采食一种叫猴耳树的果子，吃过这种果子之后，雌猿就比较容易受孕。而在产下小猿之后，某些雌猿便有目的地大量吃含有植物性雌激素的豆子，以起到避孕的作用。

鹿闹腹泻的时候，就常常吃食槲树的皮和嫩枝，能够止泻。

有趣的是，印度的长臂猿受伤后，常常把香树叶子嚼得很碎，捏成一团，敷在伤口上。

猩猩得了牙髓炎后，就把湿泥涂到脸上或嘴里，等消炎后，再把牙齿拔掉。

吐绶鸡被大雨淋湿后，它会吞下苦味的草药——安息香树叶来预防感冒。

狼和山犬的胃肌能够自动收缩。当它们疑心自己吃了有毒的食物的时候，便立即收缩胃肌，把胃里的东西吐出来，以防被毒死。

猫和狗常常用舌头舔疮面或伤口，因为唾液中的溶菌酶有杀菌的作用。

9. 动物能听懂音乐吗？

我国有句成语，叫做"对牛弹琴"，意思是白费工夫，因为动物听不懂音乐。现在看来，这话并不全对。有报道称，对奶牛播放音乐，结果奶牛产奶特别多。这说明牛还是"懂"音乐的。其实，不光奶牛，还有不少动物也能听懂音乐。

俄罗斯著名驯兽员杜洛夫曾有一只名叫卡什坦卡的小狗，那只小狗曾在马戏团的赛台上表演过精彩的音乐节目。

有些动物听音乐还有选择。英国有位乐曲收藏家，他一演奏风琴，成群的鸽子便从四面八方飞临他家，认真地听他的演奏，赶都赶不走。而他若是换成演奏别的乐器，鸽子都飞走了。有个在巴士底监狱担任守卫的士兵，每当他演奏钢琴时，成群的老鼠和蜘蛛就出现在他眼前，充任他的"知音"。当他试着改成小提琴时，老鼠、蜘蛛全都跑光了。

动物不但能听"懂"音乐，而且还能随着音乐起舞。巴基斯坦人在庆贺盛大节日时，人们围成一个大圆圈，男子们在圈内奏起欢快的民族乐器，马和骆驼再也顾不得别的，也随着乐曲情不自禁地跳起舞来，它们纷纷扬起前蹄，身子有节奏地一扭一扭，伴着乐曲的节拍翩翩起舞。

动物与音乐有怎样的关系，这真是一个既古老又有趣，同时又十分复杂的问题，还需要广大的专家和学者去不断探索与研究，以揭示其中的奥秘。

10. 人类最早驯养的家畜是什么？

今天我们农村说有个好年景时会说风调雨顺，六畜兴旺，那么在六畜中，人们最早驯化的是哪一种呢？考古学家通常认为，在马、牛、羊、鸡、狗、猪这六畜中，人类最早驯养的动物既不是猪，也不是马，而是狗，其驯养历史有1万多年。

据推测，从狗的作用上来看，最初驯化的狗可以帮助狩猎、交通、看家，随后，在人类社会的发展过程中，狗又逐渐被驯化出许多其他功能。

由狼或野狗驯化成为真正的家狗，首先要改变它们的"野性"，这绝非一件轻而易举的事情，这个驯化过程可能是不同时期里一个持续的过程。除了家狗品种之间的杂交之外，无论是由狼直接驯化成家狗，或者从野狗驯养成家狗，都有一个从野生到家养的过程。

有些学者大致推测了一下这个过程，狼或野狗与人类初次相遇被捕，结果大狼和大狗成了人类的美餐，幼狼和幼狗成了俘虏，并被带回原始村落关养起来。待它们长大了，一部分将作为食物被杀掉，而另一部分幼狼和幼狗主要在妇女和孩子们的喂养下慢慢长大，平时还与孩子们嬉耍。到了发情交配时期，有的狼或狗仍会跑到野外物色配偶，交配期过后又会乖乖地回来；有的狼或狗则在被俘房的同伴中找"对象"，繁殖出后代。这样代代相传，就逐渐成了家狗。

11. 动物真的有预知地震的能力吗？

千百年来，人们根据经验，已经认可了动物对地震的预感要比人灵敏得多。1948 年，苏联阿什哈巴德大地震的前两天，有人看到许多爬行动物大量出现，便向有关部门作了报告，但没有引起重视，结果导致惨重损失；1968 年，亚美尼亚地震前的一个小时，几千条蛇穿过公路大规模迁徙，以致影响了汽车的通行；1978 年，中亚的阿赖地震时，蜥蜴在地震前几天、蛇在震前一个月就离开了冬眠的地方，爬出洞穴，冻死在雪地里。

震前动物异常地区的分布并不是任意的，而是沿着震源的地质构造线两侧分布。1976 年，内蒙的一次地震，动物异常集中分布在与长城走向一致的断裂带上，越过断裂带向北，动物异常反应就没有了。另外，地震前动物的异常反应在地区上有点状分布的现象，有的地方异常反应很突出，有的地方则不明显，这显然不是偶然现象，而是与地下断裂等分布情况有关。

人们根据经验总结了地震前动物的反常表现：狗乱叫、鸡乱跳、老鼠乱窜、牛羊不进圈等等；比如 2008 年的汶川地震前，绵阳地区的人就看到数十万只蟾蜍在大规模迁徙，但当时人们没有重视这些反常现象。

现在，人们已基本认可动物预知地震的现象，但地震源以什么信号刺激动物、动物又以什么方式接受了这些信号，却还没有弄清楚。

12. 为什么有的动物身体会是透明的？

人们发现，有些海洋里的动物身体是透明的，这使人感到很不可思议，其实，科学家揭示说这是动物保护自己的一种本领，叫做隐形。

在不同环境里生活的各种动物，都有一套保护自己的本领，隐形就是它们的绝技之一。例如，水族中的玻璃鱼、水晶虾、面条鱼、海蜇、墨鱼等，它们的身体都是透明的。

生活在南美洲的蛇眼蝴蝶的双翼像两扇玻璃窗子，在空中飞舞时几乎看不到它的形体。海蜇在大海中可以上下垂直地游动，尽管不同深度的海水颜色不一样，但因其身体透明，不论它穿行到哪层海水，身体都能与该层海水浑然一色，以适应环境，隐蔽自己。玻璃鱼和水晶虾的自卫能力差，但身体透明，在水中能隐蔽自己，逃离捕食者的视线。

另外一些隐形动物，身体只有一部分透明。如两栖节肢动物——钩虾，身体是透明的，而内脏是不透明的。捕食者看到的只是它的肠胃，而不是它的整体，认为它小得不值一吃，就不去吃它，钩虾从而保存了自己。

隐形动物的身体为什么会是透明的呢？原来，隐形动物都具有透明度很高的肌肉组织和皮肤组织，皮肤组织中几乎没有色素细胞，因而皮肤也没有色素，于是看起来就是透明的。透明是为逃避捕食者的一种伪装。当然，透明的身体也是自然进化选择的结果。

无脊椎动物

原生动物

13. 世界上最早诞生的动物是什么样的？

世界上最原始、最简单、最低等的应该是原生动物门的单细胞动物。原生动物门种类约有 30000 种。原生动物是单细胞，细胞内有特化的各种胞器，具有维持生命和延续后代所必需的一切功能，如行动、营养、呼吸、排泄和生殖等。每个原生动物都是一个完整的有机体。

原生动物分布广泛。自由生活的种类能分布在海洋、陆地（包括淡水、盐水、土壤、冰、雪以及温泉中），甚至在空气中也有原生动物的包囊；至于寄生的种类，则几乎所有的多细胞动物都能被原生动物所寄生，植物也可成为原生动物的宿主；此外还有附生、共生、重寄生的类型。

多细胞动物的单个细胞一般不能脱离其他细胞而独立生活，更不能像原生动物那样具有生命的一切功能。原生动物包括相当多样性的生物类群，在系统发育过程中它们可通过多种途径进化到多细胞动物。例如海绵动物中就有与领鞭毛虫十分相似的鞭毛细胞。

原生动物结构较简单，繁殖快，易培养，因此是研究生物科学基础理论的好材料，如眼虫、变形虫、草履虫。生物科学基础理论中，细胞生物学是一个重要的部分，而原生动物本身就是单个细胞，因此在揭示生命的一些基本规律时，原生动物已经显示并将要显示其更大的科学价值。

扁形动物

14. 在农村怎样防治绦虫病？

绦虫病是由猪肉绦虫或牛肉绦虫寄生在人体所引起的疾病。绦虫所致的病变，主要是吸食人体食物中的营养以及扰乱脾胃运化，从而引起腹胀、腹痛，甚至消瘦、乏力等症，并常在内裤、被褥或粪便中发现白色节片。驱除绦虫、调理脾胃是治疗绦虫病的主要原则。中药有良好的驱绦效果。驱除绦虫，务必驱尽，须连头节同时排出，方能彻底治愈。

绦虫病的病因，是人吃了未煮熟的、含有囊虫的猪肉或牛肉，囊虫进入体内吸附在肠壁上，颈节逐渐分裂，形成体节，约经 2～3 个月而发育为成虫。成虫虫体脱节，从肛门排出体外，故可在内裤或被服上发现白色的虫体节片，节片随大便排出则可见粪便中有虫体节片。

开展卫生宣传，纠正吃生肉的习惯是预防本病的关键。此外，应对炊事人员进行宣传，须将肉类煮熟烧透，菜刀与菜板应生熟分开。彻底治疗病人，减少以至消除传染源。加强屠宰工作管理，发现含有绦虫的猪、牛肉，要经严格处理后再出售。加强粪便管理，防止粪便污染草地、水源，以杜绝人畜感染。加强肉类检查，不准出售米猪肉或有囊虫的牛肉，不吃未熟的猪肉与牛肉。

15. 血吸虫病怎样防治？

我国血吸虫病流行严重、分布广泛、流行因素复杂，根据几十年来的防治实践和科学研究，当前我国防治血吸虫病主要有以下一些措施。

（1）查治病人、病牛、消灭传染源。病人的确诊需要粪检虫卵或孵化毛蚴。随着血防工作深入开展，提出一系列血清学诊断方法，这些方法日趋完善，简便有效。在现场大规模普查，可根据实际情况采用综合查病方法。耕牛是重要的血吸虫宿主，在防治中切不可忽视。

（2）控制和消灭钉螺。平原水网区及部分丘陵地区主要是结合生产与兴修水利来灭螺，局部配合应用杀螺药。

（3）加强粪便管理，搞好个人防护。结合农村爱国卫生运动，管好人、畜粪便，防止污染水体。如建造无害化粪池，粪尿混合储存粪便方法。

血吸虫病在我国流行已有悠久的历史，由于大规模的农田水利基本建设和大量人口流动，给血吸虫病的扩散提供了条件，致使这种古老的疾病仍在不断延续。据推算全国有 154 万名病人，每年有数以千计的血吸虫急性感染发生，特别对儿童的危害巨大。目前，全国尚有未控制的流行区，绝大多数是流行严重的湖沼地区和环境复杂的边远山区。

新中国成立以来，党和政府非常关心疫区人民的健康，组织了大规模的血吸虫病防治和研究工作，毛主席还专门为防治血吸虫病写了一首《送瘟神》。

腔肠动物

16. 珊瑚虫是怎样变成美丽的珊瑚的？

珊瑚虫是腔肠动物，身体呈圆筒状，有八个或八个以上的触手，触手中央有口。多群居，结合成一个群体，形状像树枝。骨骼叫珊瑚，产在热带海中。

珊瑚虫体形微小，口周围长着许多小触手，用来捕获海洋中的微小生物，它们能够吸收海水中矿物质来建造外壳，以保护身体。

珊瑚虫大多群居生活，虫体一代代死去，而它们分泌的外壳却年深月久地堆积在一起，慢慢形成千姿百态的珊瑚，进而形成珊瑚礁。

珊瑚虫体内有藻类植物和它共同生活，这些藻类靠珊瑚虫排出的废物生活，同时给珊瑚虫提供氧气，藻类植物需要阳光和温暖的环境才能生存，珊瑚堆积的越高，越有利于藻类植物的生存。

聚在一起成为群体的珊瑚，其骨架不断扩大，从而形成形状万千、生命力巨大、色彩斑斓的珊瑚礁。著名的大堡礁就是这样形成的。由大量珊瑚形成的珊瑚礁和珊瑚岛，能够给鱼类创造良好的生存环境，加固海边堤岸，扩大陆地面积。因此，人们应当保护珊瑚。

珊瑚虫喜欢在水流快、温度高的暖海地区生活，我们见到的珊瑚就是无数珊瑚虫尸体腐烂以后，剩下的群体"骨骼"。珊瑚虫的子孙们一代一代地在它们祖先的"骨骼"上面繁殖后代，形成了各种各样的珊瑚，珊瑚具有很高的观赏价值，很多珊瑚成为价值连城的收藏品。

棘皮动物

17. 海参为什么成为中国传统名菜？

葱爆海参是鲁菜的当家菜、最高端的菜品。海参主要是以肉作为菜肴原料，但它的内脏特别是肠子含有极高的营养价值，在鲁菜中一般做成蛋汤的配料。

那么海参为什么能成为中国的传统名菜呢?

现代科学研究证明,海参营养价值很高,每日克中含蛋白质 15 克、脂肪 1 克、碳水化合物 0.4 克、钙 357 毫克、磷 12 毫克、铁 2.4 毫克,以及维生素 B_1、维生素 B_2、尼克酸等 50 多种对人体生理活动有益的营养成分。其中蛋白质含量高达 55% 以上,18 种氨基酸、牛磺酸、硫酸软骨素、刺参粘多糖多种成分,精氨酸是构成男性精细胞的主要成分,又是合成人体胶原蛋白的主要原料,可促进机体细胞的再生和机体受损后的修复,还可以提高人体的免疫功能,能延年益寿、消除疲劳。

海参因含胆固醇极低,为一种典型的高蛋白、低脂肪、低胆固醇的食物。又因肉质细嫩,易于消化,所以非常适合老年人与儿童以及体质虚弱者食用。

海参中的牛磺酸、尼克酸等,具有调节神经系统、快速消除疲劳,预防皮肤老化的功效。

目前海参已可以人工养殖,但尚未研制出饲料,仍必须依靠自然养分。山东荣成有大型养殖基地。活海参不易保存,因为海参还有某种酶,容易融化成水,特别要注意活海参不能沾上头发和油。

18. 海参是怎样逃避敌害的?

很多动物都有独特的保护自己的方式,比如壁虎会断尾逃跑,昆虫很多都有保护色,那海参是怎样保护自己的呢?你一定想不到,它在遇到敌害时会把自己的肚肠抛出去。

海参,是生活在浅海海底的一类棘皮动物,其中大多数种类能食用,有很高的营养,素有"海中人参"之称。

海参圆筒形的身体上长满肉刺,形似黄瓜。这软软的身体没有强有力的自卫武器,更没有快速游泳的本领,只能依靠身体腹面管足与肌肉的收缩蹒跚行动,它的爬行速度非常缓慢,每小时仅能移动 3 米,比蜗牛还慢。但它善于伪装,肤色和环境类似。尽管它长相怪模怪样,偶尔也能吓唬对方,而且喜欢躲进石头缝里生活,但因它弱小无能,仍难免遭受其他海洋动物的袭击。不过海参自有护身妙法。当海参遇到敌害进攻无法脱身时,便会耍弄一下"分身术"。通过身体的急剧收缩,将内脏器官迅速地从肛门抛向敌害,敌害因此无奈离去。失去内脏后的海参,只要水温和水质适宜,可以在几个月后重新长出全部内脏,但前提是剩下的一半必须有头部或肛门,因为生长细胞集中于这两个部位。海参的天敌是螃蟹。海参有了这种高超本领,就能逃避敌害,保护自己。

海参在遇到敌害时抛出肚肠这一招可以说是典型的弃车保帅。

19. 为什么把海星切成块，反而会让海星繁殖得更快？

在潮水退去的海滨沙滩或礁石缝里，常可见到一种手掌大小，形似五角星的动物，这就是海星。海星主要分布于世界各地的浅海海底沙地或礁石上，我们对它并不陌生。然而，我们对它却也并不熟悉。

海星看上去不像是动物，而且从其外观和缓慢的动作来看，很难想象出，海星竟是一种贪婪的食肉动物，海星一动不动的时候，感觉就像是一个橡胶做的五角星掉到了地上。

海星是一种具有高超"分身"本领的动物，海星的身体由五个对称的腕及五腕交汇处——体盘所组成。行动时，以腕代脚。若它的腕被石块压住或者被敌害咬住时，它会自动折断被压住或被咬牢的腕，断臂逃生。用不了多长时间，又会重新长出来，可见海星有极强的再生能力。海星喜欢吃贝类，因此，海星是贝类养殖业的大敌。养殖贝类的渔民们捉住海星后常将其切碎扔入海中。可是这样反而会使海星更快增殖，原来，海星除了有性生殖外，还有一种特殊的能力——无性生殖，通过分裂就可以成倍数地增长。海星的腕、体盘受损或自切后，都能够自然再生。海星的任何一个部位都可以重新生成一个新的海星。这就是海星切成块反而繁殖得更快的原因。

节肢动物

20. 哪些昆虫给了科学家发明创造的启示？

科学家通过观察大自然和动物界，得到启示，发明创造了好多东西。飞机的出现毫无疑问是来自人们对飞禽鸟类的直接模仿，船和潜艇来自人们对鱼类和海豚的模仿。

其实，给过发明家启示的动物有很多，下面介绍几种昆虫带来的启示。

萤火虫：萤火虫可将化学能直接转变成光能，且转化效率达100%，而普通电灯的发光效率只有6%。人们模仿萤火虫的发光原理制成的冷光源可将发光效率提高十几倍，大大节约了能量。

苍蝇：苍蝇的复眼包含4000个可独立成像的单眼，能看清几乎360度范围内的物体。在蝇眼的启示下，人们制成了由1329块小透镜组成的一次可拍1329张高分辨率照片的蝇眼照相机，在军事、医学、航空、航天上被广泛应用。

蜂类：蜂巢由一个个排列整齐的八棱柱形小蜂房组成，每个小蜂房的底部由 3 个相同的菱形组成，这些结构与近代数学家精确计算出来的——菱形钝角 109°8′，锐角 70°2′完全相同，是最节省材料的结构，且容量大、极坚固，令许多专家赞叹不止。人们仿其构造用各种材料制成蜂巢式夹层结构板，强度大、重量轻，不易传导声和热，是建筑及制造航天飞机、宇宙飞船、人造卫星等的理想材料。

21. 昆虫为什么要装死？

假死性是昆虫的一种防御策略，多见于鞘翅目昆虫（俗称甲虫）。除此之外，很多昆虫都有假死习性。例如很多甲虫，当受到震动时，立即呈麻痹状态，从树上掉到地下，这种习性叫假死性。

装死——昆虫社会中较为普遍的一种习性，但科学家的研究告诉我们：僵滞不动，根本无什么心计可言，更不是装出来的，那是一种真实的状态，复杂的神经紧张反应使它们一时陷入某种动弹不得的状态。任何紧急的情况都会使它极度紧张，而另一种情况却可以解除这种状态，特别是受到阳光照射时。生性粗暴、肆无忌惮的残酷刽子手——大头黑步甲，浑身黝黑的它极乐于装死。而鞘翅昆虫，如像叶甲虫、金匠花金龟、瓢虫等，几分钟，甚至几秒钟便恢复活力。还有许多昆虫，如闪光吉丁，断然拒绝装死。换个话题，传说中的白蝎自杀是真有其事吗？而研究却告诉我们：其实杜撰蝎子自杀的那些人，是被它突然失去活力的现象迷惑了，蝎子身陷周围都是火堆的高温之中，怒不可遏，痉挛至倒卧。这场面欺骗了他们。假如他们不那么轻信，早些把蝎子从火圈中取出，就能看到，已"死"的蝎子又恢复了活力，它全然不知自杀是什么。

在害虫防治中，人们常常利用它们的假死习性，将它们集中消灭。

22. 食用昆虫可以丰富人类的饮食吗？

如今在城里有一些专门经营以昆虫为主要原料的饭店，而且生意都不错，有很多的顾客光顾。昆虫那么吓人真的可以吃吗？吃昆虫真的可以让人们变得更健康吗？

专家指出，食用昆虫是有科学道理的。昆虫含有十分丰富的营养物质，其中包括的有机物质有蛋白质、脂肪、碳水化合物等，还有大量人体所需的游离氨基酸和维生素；无机物质有各种盐类：钾、钠、磷、铁、钙等。据分析，每100毫升人的血浆，含有游离氨基酸24.4～34.4毫克，而每100毫升昆虫的血液中，含有游离氨基酸高达293.3～2430.1毫克，高出人血几倍到几十倍。

我国的食虫历史悠久，早在3000年前的《尔雅》、《周礼》和《礼记》中就记载了蚁、蝉和蜂3种昆虫加工后供皇帝祭祀和宴饮之用。北方人喜食蝗虫、蚕蛹、蝉和豆天蛾幼虫；江浙一带人们爱吃蚕蛹；福建、两广一带捕食龙虱；台湾同胞最爱吃"香酥蟋蟀"；湘西人对炸马蜂幼虫感兴趣。

昆虫食品的开发和人们食虫的传统消费模式有两种：在农村是把昆虫作为餐桌上的主食；在城市则把昆虫作为一道美味，以小吃、快餐或配料的形式来享用。这两种方式皆以传统烹饪方法加工食用昆虫，如油煎蚂蚁卵、油炸黄粉虫、烤大蟋蟀、爆炒蜂儿、盐水龙虱、蚁子酱、凉拌白蚂蚁卵等等。

23. 昆虫为什么要蜕皮？

昆虫自卵中孵化出后，随着虫体的生长，经过一定时间，要重新形成新表皮，而将旧表皮脱去。这种现象被称为蜕皮，脱下的那层旧表皮称为蜕。

昆虫的生长和蜕皮是相互伴随、同时又常常是交替地进行的。在每次蜕皮后，当虫体体壁尚未硬化时，有一个急速生长的过程，随后生长又趋缓慢，至下次再蜕皮前，几乎停止生长。所以昆虫的生长速率是不均衡的。

蜕皮的次数在各种昆虫中很不相同，多数有翅亚纲昆虫一生的蜕皮次数大都在4～12次之间，如直翅目和鳞翅目幼虫通常为4～5次。极端的例子也是有的，例如双尾目的双尾虫和铗尾虫，只蜕一次皮，而蜉蝣、石蝇等可脱二三十次，衣鱼甚至可多达五六十次。

绝大多数昆虫只在幼期蜕皮，唯有在无翅亚纲中，如弹尾目昆虫，在性成熟后，生长已经停止，还继续蜕皮。缨尾目中的斑衣鱼也有类似情况，它一生中可经历45～60次的蜕皮。

一些人认为昆虫之所以蜕皮是因为随着身体的生长，旧的表皮已经无法再容纳它的身躯，所以要蜕皮，但研究已经证明，昆虫的蜕皮是受激素控制的。不能简单地认为昆虫的蜕皮就是因为生长受到了旧表皮的限制。实际上尽管是具有柔软而富有弹性表皮的幼虫，也是一定要蜕皮的。蜕皮现象从昆虫祖先，甲壳类就有了，所以它是在长期演化过程中被保留下来的特征。

24. 对农业生产有益的昆虫有哪些?

益虫的定义是取决于对人类的利害来划分的,一般指不破坏农作物的虫类或者专吃、破坏农作物的虫类。我们比较熟知的昆虫益虫有以下一些。

一类是捕食性昆虫,如一种生活在森林的红褐林蚁,是保护森林、保持生态平衡的忠实卫士。林蚁的动物性食物中有许多蝶蛾类害虫,据统计,在面积为一公顷的松树林里,只要有几十万只林蚁的蚁群在其中休养生息,就能有效地抑制松毛虫等森林害虫在林地里大量繁殖。七星瓢虫也是一种甲虫,俗称花大姐。它们专门对付农业害虫——蚜虫。步行虫凶狠而勇猛,奔跑的速度极快,尽管步行虫自己是甲虫的一种,但这并不妨碍它们攻击那些危害农业的有害甲虫。它们专门捕食鳞翅目幼虫,是黏虫等害虫的重要天敌。

一类是寄生性昆虫,如姬蜂与赤眼卵蜂。它们"为民除害"的手段都是将卵产在害虫幼虫(如蝶蛾类害虫)的体内,或产卵于害虫的虫卵中(赤眼卵蜂就是如此)。孵化出来的幼虫依靠害虫的虫体(或卵)组织所提供的养分成长起来,即用"寄生"的方式来达到消灭害虫的目的。

一类是资源型昆虫,如蜜蜂、家蚕、白蜡虫等。

昆虫家族占全部动物种数的 4/5,约 100 万种,要统计出它们中间究竟有多少益虫,确实不易,有益昆虫有多少还是一个谜。

25. 昆虫也用嘴吃东西吗?

人吃东西时用的是嘴,那么昆虫呢? 它们吃东西时用的也是嘴吗? 经过研究发现,昆虫吃东西的方式各种各样,它们也是用嘴,不过它们的嘴叫口器,以下举一些例子。

蚊子的口器像一根空心针,适合刺入,吸食植物的汁液或者人、畜的血液。这种口器叫刺吸式口器。

蜜蜂的口器上颚适合于咀嚼花粉,下部形成管子的形体,适合于吸吮液体的花蜜。这种口器叫嚼吸式口器。

蝗虫的口器分上、下唇,上、下颚,舌头。上颚适合嚼东西,下颚和下唇生有触须,能起到触觉和味觉的感知作用。这种口器叫咀嚼式口器。

昆虫吃东西除了方式多种多样外,它们所吃的食物也多种多样,可以分为以动物为食的肉食性昆虫;以植物为食的植食性昆虫,还有以粪便为食的粪食性昆虫等。

此外，还有一些食物很奇怪的昆虫。例如有一种名为"石油虫"的小虫，专门吃石油。它能把吃下去的石油变成脂肪酸，而这种脂肪酸对海洋生物毫无害处，还可以作为鱼类的食物。这种小虫只吃石油，把它们倾入石油污染的海区，石油会被小虫清除大半。当石油完全被清除后，"石油虫"也会因为没有其他食物可吃而饿死。所以这种"石油虫"对海洋生物并不构成任何威胁。

自然界中的昆虫形态各异、食性各异，认真研究它们对我们人类的生活有很大的帮助。

26. 昆虫是怎样过冬的？

大家都很奇怪，为什么像苍蝇、蚊子等昆虫到了冬天就不见了？它们是怎样过冬的？不同种类的昆虫的过冬方式是不一样的，以幼虫过冬的占43%；以蛹过冬的占29%；以成虫过冬的占17%；以卵过冬的占11%。

以卵的方式过冬的常见的如蝗虫、蟋蟀、蚜虫、飞虱。每年秋末，各种蝗虫进入老熟期准备产卵越冬。产卵时选择适宜的土壤和场所，这样，小生命就可以安全越冬了。

以幼虫方式过冬如大豆天蛾，当冬季来临，老熟的幼虫便靠坚硬的头壳和身体的蠕动，钻到寄主附近的土里，利用身体上下左右摇摆、挤压，做成一个坚固的土房子。房子做好后，还要从嘴里吐出黏液，用来涂刷室壁，使土室更为牢固和光滑。冬季它们在土室里进入休眠状态，醒来时已是春暖花开了。

以蛹过冬的昆虫种类数量不多，多种蝴蝶是以蛹期度过冬天。蛾类的蛹大部分是在地下的土茧中过冬，因为土壤成了它们冬眠的温床，只要不受到冬耕翻地的破坏、禽畜的刨食，就可安全过冬。

以成虫过冬的昆虫大多数在成虫期能取食，或有坚硬的体壁。只要它们把肚子吃饱，储备下足够供冬季消耗的养料，并选择好越冬场所，就能熬过漫长的冬季。蚊、蝇大部分是以成虫过冬。每年冬季将要来临时，它们就钻到石洞、菜窖、空房、畜舍等阴暗挡风的角落里躲藏起来度过冬天。

27. 为什么天干旱的时候庄稼地里容易起病虫？

2009年年初，我国冬小麦主产区遭受了历史罕见的旱灾，受气候异常影响，小麦条锈病呈重发态势。据各地监测，西北、西南麦区发病时间均比去年提早 10~55 天。由旱灾造成我国病虫害大量增加，人们一般也会说，大旱之年也是病虫害的多发之年，气候干旱和病虫害有什么联系呢？

科学证明，主要有以下原因。

由于温度升高，冬季变暖，病虫更易越冬，害虫的越冬休眠期缩短，世代增多，虫源和病源增大。害虫发育的起始时间有可能提前，一年中害虫的繁殖代数也因此而增加，在温度适宜环境条件下，某些害虫的数量将呈指数式增长，造成农田多次受害的概率增大。气候变暖后，黏虫发生的世代均将在原来的基础上增殖数倍。更为严重的是多种主要作物的迁飞型害虫比今天分布更广、危害更大，其结果不仅大范围地加重越冬作物的病虫危害，而且也增加了来年开春迁飞害虫的基数。另外，迁飞性害虫往返迁飞的路径也将受到一定的影响，使其危害的分布区发生相应的变化。气候变暖会改变病虫的地理分布，目前局限在亚热带的病原将会扩展到温带地区。病虫害的流行蔓延，杂草的超常生长，不得不施用大量的农药和除草剂，这将加剧环境的污染。

28. 为什么雌蜘蛛要吃掉雄蜘蛛？

在自然界中有很多奇异的现象，比如雌蜘蛛在交配完成后会吃掉雄蜘蛛，然后成为寡妇。为什么雌蜘蛛会吃掉雄蜘蛛呢？难道真的是因为它残忍吗？

这是自然选择的结果。因为雌蜘蛛生育后代之前一个星期左右都不会再外出觅食，而后代出生后，它还会在至少一个星期的时间里需日夜守护着后代。而蜘蛛最多只能耐得住两天的饥饿，就像人一样，经不住饿，但在繁育期的雌蜘蛛，会有超强的毅力去忍受饥饿，而雌雄蜘蛛交配后雌蜘蛛吃雄蜘蛛可以补充营养，雌蜘蛛一般并不辨别来到身边的是雄蜘蛛还是食物。一般雌蜘蛛比雄蜘蛛大，如果雄蜘蛛来不及逃跑，常常会被吃掉。但是，并不是 100% 雌蜘蛛都吃掉雄蜘蛛，只有当雌蛛饥饿的时候才可能发生。有些雄蛛头部有抑制交配的神经，雌蛛在交配时吃掉雄蛛的头部可以去抑制，使得交配更加顺利。一般交配开始后，雄蜘蛛常会心甘情愿地牺牲。雌蜘蛛在吃了雄蜘蛛后，就较不愿意再接受第二只雄蜘蛛的求偶。被吃的雄蜘蛛有可能留下更多的后代。

生物现象有时的确古怪。但是从自然选择的角度看，就完全可以理解了。正是在自然选择的作用下，发生了如此奇妙的事情。

29. 蜘蛛为什么不属于昆虫类？

蜘蛛是不是昆虫？要回答这个问题，我们首先要明确什么样的动物才属于昆虫类，先让我们一起来看看到底昆虫有着怎样的特征。

昆虫和其他生物一样，有着自己特殊的分类位置。它在动物界中属于节肢动物门中的昆虫纲，是动物世界中最为庞大的一个家族，其主要特征如下。

（1）身体的环节分别集合组成头、胸、腹三个体段；

（2）头部是感觉和取食中心，具有口器（嘴）和 1 对触角，通常还有复眼及单眼；

（3）胸部是运动中心，具有 3 对足，一般还有 2 对翅；

（4）腹部是生殖与代谢中心，其中包含着生殖器和大部分内脏；

（5）昆虫在生长发育过程中要经过一系列内部及外部形态上的变化，才能转变为成虫。这种体态上的改变称为变态。就是说它的幼虫、蛹、成虫等各个阶段是完全不一样的。

因此，昆虫的基本特征可以概括为："体躯分为三段，头、胸、腹，2 对翅膀 6 只足；1 对触角头上生，骨骼包在体外部；一生形态多变化，遍布全球旺家族。"

有了昆虫的概念，对于蜘蛛是不是昆虫这个问题我们就知道答案了。蜘蛛的身体分为头胸部和腹部两段，还长着 8 条腿，所以它是万万归不到昆虫这个家族去的。

30. 蚕吐的丝可以纺织，那蜘蛛的丝可以吗？

蜘蛛和蚕都是纺织高手，蚕丝可以纺织这是众所周知的，那么蜘蛛丝可不可以用来纺织呢？曾经有段时间，鉴于中国的丝绸出口西方获得大量的财富，欧洲学者曾尝试着用蜘蛛丝来纺织，不过最后都失败了。

专家们研究发现，在目前的科技条件下，大规模的运用蜘蛛丝纺织还不是很现实，但是看起来细弱的蛛丝，具有"内刚"的特性。它独特的机械特性，使它具有了被仿制和工业应用的重要价值。目前的研究向有机合成和导入基因到其他生物载体这两个方向转变。它的高强度、高弹性的本质已经摸索得相当清楚，但是大规模生产仍然有不小的差距。如果能够生产，则蜘蛛丝就是纺织业最有潜力的材料。

除了在纺织方面运用，蜘蛛丝在医学上的作用也引起了人们的重视，蜘蛛丝的主要成分是蛋白质。一根极其细小的蜘蛛丝就可以"悬吊"一只蜘蛛，这种强度是其他物质难以达到的。鉴于蜘蛛丝极轻、韧性极强，它将在制造人工关节韧带、人工肌腱及医用绷带等方面具有广泛应用前景。研究的重点首先在于如何能够在实验室内大批量制造蛛丝蛋白。人造蜘蛛丝医疗用品最大优点在于和人体组织几乎不会产生排斥反应，使用寿命通常可达5 10年。

蜘蛛丝的运用有广阔的前景，具体还需要我们的专家、学者去研究。

31. 为什么毛毛虫刺过的皮肤又痛又痒?

被毛毛虫刺过之后常常会觉得又痛又痒，这是因为毛毛虫的体表长有毒毛，呈细毛状或棘刺状。毒毛蜇入人体皮肤后，往往随即断落，放出毒素。被毛毛虫蜇伤后，皮肤会出现刺痛烧灼感，一段时间后患处皮肤痛痒加重，皮肤表面变红，甚至可溃烂。严重者还可引起荨麻疹、关节炎等全身反应。

毛虫皮炎是毛虫毒毛刺入皮肤释入毒素引起的急性炎症反应。常由桑毛虫、松毛虫引起。好发于夏秋季节。桑毛虫皮炎表现为绿豆至黄豆大小的水肿性红色风团，中央有水疱或黑点，散在或群集分布，剧痒。如毒毛进入眼内可引起结膜炎、角膜炎。松毛虫皮炎除有上述皮疹外，尚伴有手足关节红肿疼痛，活动受限，若反复发作可致畸形。

若被毛毛虫蜇伤后，可按以下方法处理。

局部冷湿敷。

先在放大镜下观察，用刀片顺着毒毛方向刮除毒毛，然后在患处涂擦3% 氨水。

可用南通蛇药外敷患处，也可用七叶一枝花或鲜马齿苋捣烂，外敷。

伤口溃烂时用抗生素软膏涂抹。

有全身症状时，可对症处理。

32. 屎壳郎是怎样处理草原上的牛粪的?

你大概想不到吧！屎壳郎曾经为澳大利亚立下了汗马功劳。原来，在澳大利亚有几千万的奶牛，每天产生的牛粪成千上万吨。牧场上的草因为大量牛粪的影响而枯死，苍蝇也泛滥成灾。最后，澳大利亚决定请中国的屎壳郎来帮忙，屎壳郎和它们的同伴们从中国远渡重洋来到澳大利亚，仅仅三年，就成功地使那儿的牧场重新焕发生机。为什么中国的屎壳郎能够胜任这个工作呢?

原因是一对正在繁殖的屎壳郎发现美味的食物（动物粪便）后，便会用前足清扫出一小块地面，并把食物搬来，放在自己的腹下，再用后足搓动，使食物不断旋转、滚动，最后搓成一个圆圆的粪球，然后会把一个粪球藏起来，这时雌屎壳郎会用土将粪球做成梨状，当它搓完之后可以把卵产在粪球里，小屎壳郎出生后第一眼见到的并不是自己的爸爸妈妈，而是动物的粪便，幼虫孵出后，它们就以粪球为食。等到粪球被吃光，它们已经长大为成年屎壳郎，破土而出了。因为有着这一特殊的喜好，所以获得了"自然界清道夫"的称号。由于有了屎壳郎的存在，很多粪便被它轻而易举的消灭了，我们的大自然也变得优美了很多。要补充说明的是，澳大利亚原来也有屎壳郎，但它们只爱吃袋鼠的粪便，却不吃牛粪。

有人还借屎壳郎的口创作了一首小诗：

虽然我很丑，但我很快乐。

在臭气熏天的环境中，

享受生活，享受帮助别人的幸福。

也许，你看不见我的身影，

但我会为我爱的自然之家，

推到永远，永远……

33. 为什么说蚜虫对农业造成了巨大的危害？

蚜虫俗称腻虫或蜜虫等，目前世界已知的有 4700 余种，中国分布约 1100 种。蚜虫基本上都是害虫，对农业生产的危害十分巨大。

蚜虫的寄生植物几乎包括被子植物和裸子植物的松柏纲的所有的科。蚜虫常造成寄主植物组织变形或变色，或节间变短。蚜虫的繁殖力很强，1 年能繁殖 10～30 代，雌性蚜虫一生下来就能够生育，而且蚜虫不需要雄性就可以生下小蚜虫，叫孤雌生殖。如果人类以蚜虫的速度繁殖后代，则一个女人一天生下的婴儿可以坐满一个网球场。多数种类为寡食性或单食性，少数为多食性，部分种类是粮、棉、油、麻、茶、糖、菜、烟、果、药和树木等经济植物的重要害虫。由于迁飞扩散寻找寄主植物时要反复转移尝食，所以可以传播许多种植物病毒病，造成更大的危害。

在蚜虫的防治上，应利用各种手段，停止其危害活动，主要有以下各点。

（1）消灭蚜虫，要从作物越冬期开始，可收事半功倍之效，如单纯依靠在蚜虫危害最严重的春、秋季进行，防治效果并不显著。

（2）作物的品种不同，其抗虫性也有所不同，应选用抗病虫品种，既减轻蚜虫危害又可节省药物费用。

（3）对新引进的作物应严格检查，防止外地新害虫的侵入，对土壤及旧花盆进行消毒，以杀死残留的虫卵。

（4）发现大量蚜虫时，应立即选用药物或土法消灭虫害。

34. 蚂蚁为什么要保护蚜虫？

蚂蚁保护蚜虫，为的是蚜虫分泌的蜜，而蚜虫因此而免遭天敌瓢虫的捕食，这是著名的双利共生。蚂蚁与蚜虫，这对动物气味相投，亲密无间。蚂蚁保护蚜虫，蚜虫供给蚂蚁"蜜汁"，蚜虫是蚂蚁饲养的"奶牛"。蚜虫以植物的汁液为食。工蚁把成群的蚜虫养在蚁穴中，每天晚上都把这些"奶牛"驱赶到植物枝叶上，为了安全起见，每次"放牧"之前，工蚁总是先爬到树枝上把甲虫、草蛉之类的昆虫赶走，好让蚜虫安枕无忧地吃食。蚂蚁之所以饲养这些蚜虫，是因为蚜虫吸食植物的汁液，经过消化，可以产生带有甜味的粪便枣蜜露。当蚂蚁"挤奶"时，只要用触角轻轻的敲打蚜虫的腹部，蚜虫就可以分泌出蜜露。工蚁吸食后，回到巢穴内吐出，由专门储藏蜜露的工蚁储藏起来备用。

蚂蚁也帮了蚜虫许多大忙。北美洲有一种小黄蚁，到了严寒的冬天，便把蚜虫的卵搬到自己的巢穴内过冬；天气转暖，它又把这些蚜虫卵搬出穴外，在太阳底下受日光浴。等蚜虫的卵孵化成蚜虫以后，小黄蚁又把没有翅膀的蚜虫，运到野草或玉米根上去，正像人们把乳牛牵到青草地去一样。

三月天里，常有大批蚜虫危害农作物。同时还会发现很多蚂蚁在身边，别以为它们是来吃蚜虫的，其实，它们是在帮助蚜虫，间接危害作物呢！

35. 蚁群中就一个蚁后，它是如何繁育出庞大的蚁群的？

蚂蚁建立群体，也是以通过婚飞方式两性相识结交为起点。相识后一见钟情，在飞行中或飞行后交尾。交尾后"新郎"就会死亡，留下"遗孀"蚁后独自过着孤单生活。

蚁后脱掉翅膀，在地下选择适宜的土质和场所筑巢。她"孤家寡人"，力量有限，只能暂时造一小室，作为安身之地，并使已"受孕"的身体有个产房。藏在与世隔绝的洞里，蚁后不仅仅要警惕其他动物对它的侵略，更要担心自己能否在身体衰弱之前繁育出足够的蚂蚁。据研究，在许多完成婚飞想要建立王国的蚁后中，大部分还未等到建立起自己的王国，就与世长辞了。待体内的卵发育成熟产出后，小幼虫孵化出世，蚁后就忙碌起来。最初一批工蚁的生长，完全靠蚁后所携带的能量生活，在封闭的巢穴中，没有能量的补充。这时候的蚁后就完全像一个刚刚创业的人士，要充分有效地利用每一点有限的资源，不容许出现任何一点差错。

当第一批工蚁长成时，它们便挖开通往外界的洞口去寻找食物，随后又扩大巢穴建筑面积，为越来越多的家族成员提供住房。自此以后，饱受苦难的蚁后就可以享受生活了，成为这个群体的统帅。抚育幼蚁和喂养蚁后的工作均由工蚁承担。蚁后产卵，以繁殖大家族。她的寿命可长达15年。

36. 蚂蚁为什么要打架？

经常看到蚂蚁聚在一起打群架，那么它们为什么要打架呢？

如果你从一个蚁群中抓一只蚂蚁并在它身上涂上香水等其他气味的东西然后再放回蚁群的话，其他蚂蚁就会认为其是异类，并进攻，不单是其他类的蚂蚁，有时候会攻击自己同类的蚂蚁。之所以喷香水的蚂蚁会受到攻击是因为蚂蚁之间是通过气味区分敌友的，蚂蚁之间发生冲突真正的原因是蚂蚁和蚂蚁种族之间的气味不同，气味不同的蚂蚁碰到一起就会发生战争。

蚂蚁打架分两种情况，如果是两个不同的蚁群，则有可能是因为争夺食物，也有可能是因为两个蚁群的洞穴打通了，也有可能是为了争夺蚂蚁的卵，蚂蚁的卵对于蚁群是相当重要的，有的时候蚂蚁会把其他蚁群的卵通过战争的形式抢夺过来，然后充当自己的奴隶，从而扩大自己蚁群的数量。当自己蚁群的蚁后没有了生殖能力，蚁群就会把蚁后赶出洞穴，重新培养新的蚁后，这种情况下也会发生去别的蚁群抢夺卵的情况。

第二种情况是在同一范围内出现两个蚁后。这种可能性在一个蚁群中可以出现，有的工蚁保留了生殖能力，在一些情况下会变成蚁后，而蚁后有着以某种化学物质控制工蚁的能力，工蚁只为自己所能识别的蚁后服务，所以当有两个蚁后同时出现在一个蚁群当中的时候，工蚁的行为就会出现混乱，从而开始互相残杀。

37. 蚂蚁有什么药用价值？

蚂蚁是古老的昆虫，它的祖先可追溯到一亿多年前的恐龙时代。随着环境的变化，躯体庞大的恐龙早已灭绝，而躯体细小的蚂蚁却生存了下来，它们依靠集体的力量，不断地繁衍、壮大，发展至今已有15万种以上，其数量之多居百万种陆生动物之首，形成了鼎盛的蚂蚁王国。蚂蚁看起来是一种脏兮兮的昆虫，但是难以想象人们会把蚂蚁作为一种药物吞食下去，这是因为蚂蚁有极大的药用价值。

经各人医疗研究机构实验证明：蚂蚁具有抗炎、镇痛、镇静、解痉、平喘、抗惊厥、抗癫痫、增强红细胞变形性、抑制胃酸分泌和阻止急性溃疡等广泛的保护作用。如：（1）骨关节系统：类风湿、风湿性关节炎、肩周炎、腰腿痛；（2）心脑血管系统：冠心病、心肌梗死、心绞痛、心肌炎；（3）呼吸系统：气管炎、哮喘、肺结核；（4）泌尿系统：肾炎、阳痿、早泻、性冷淡、前列腺炎；（5）神经系统：头痛、失眠、植物神经功能紊乱；（6）免疫系统：红斑狼疮、硬质病、皮肌炎、结节性动脉炎；（7）其他：糖尿病、少白头、牙齿脱落等，起帮助调节、恢复作用。

蚂蚁的药用价值极高，作用很广泛，蚂蚁与酒制成的饮品能起到护肤、抗炎、抗衰老、平喘、镇静、解痛等作用。

38. 蚂蚁为什么认识寻找食物的路径？

蚂蚁一般外出觅食，就算走很远也不会迷路，它们有什么本领可以准确的找到回家的路呢？

如果仔细注意一下蚂蚁爬行的姿态，就会发现其腹部末端是断断续续地接触地面的。原来蚂蚁的腹部能分泌出一种物质，称为追踪素，如果某只工蚁发现食源后，即在回来的路上释放追踪素；如果没找到食物，它爬过的路上就不留下追踪素。因此食物越丰盛，释放的追踪素就越多，被吸引的蚂蚁越多。当食源即将耗尽，它们在回来的路上就不再留下追踪素了；追踪素是易挥发的物质，只要不加强很快会消失。通常蚂蚁出洞的时候，一般都是很有秩序地排成一纵队前进，前边蚂蚁分泌出这种带有象征气味的追踪素，边走边散发在路上，留下痕迹，后边走的蚂蚁闻到这种气味，就能紧紧地跟上，即使有个别的蚂蚁暂时掉队，也能沿原路前进不会迷路。这种追踪素的气味就成了它们前进的路标。回来的时候，仍按此路标返回洞内。

如果做个实验，在蚂蚁走的路线上，用手指重复划几次，截断它们的路线标志，这时候，蚂蚁们就会乱作一团，到处绕圈子。几分钟后，才能重新排成一条整齐的队例。从这些可以看出蚂蚁认路并不是因为它有多聪明，而是本能的行为。

39. 蚂蚁也像人类社会一样有等级吗？

蚂蚁是群居性的动物，那么它们是不是像我们人类社会一样也有着明确的分工以及明显的等级制度呢？动物学家研究发现所有的蚁科都过社会性群体生活。一般在一个群体里有四种不同的蚁型。它们分工明确，并且也有等级。

蚁后：有生殖能力的雌性，或称母蚁，在群体中体型最大，特别是腹部大，生殖器官发达，触角短，胸足小，有翅、脱翅或无翅。主要职责是产卵、繁殖后代和统管这个群体大家庭。

雄蚁：或称父蚁。头圆小，上颚不发达，触角细长。有发达的生殖器官和外生殖器，主要职能是与蚁后交配。

兵蚁：头大，上颚发达，可以粉碎坚硬食物，在保卫群体时即成为战斗的武器。

工蚁：又称职蚁。这是蚂蚁群体中最庞大的群体。无翅，一般为群体中最小的个体，但数量最多。复眼小，单眼极微小或无。上颚、触角和三对胸足都很发达，善于步行奔走。工蚁是没有生殖能力的雌性。工蚁的主要职责是建造和扩大巢穴、采集食物、伺喂幼蚁及蚁后等。

蚂蚁群体作为一个等级分明，职责明确的团体，它们对内是和谐的，对外是矛盾的。蚂蚁分工清楚，不同蚂蚁自我意识都单纯——它知道自己是干什么的，不去想其他，它不会觉得自己做得多就了不起，它们没有这种意识，只知道勤勤恳恳的干好自己的本职工作。

40. 为什么蚂蚁能帮助探矿？

蚂蚁，人们已经研究了很长时间，发现它不但有很高的药用价值，而且还可以作为高蛋白的食物，最新研究发现它竟然可以探矿！

利用动物探矿是一门新兴而极有趣的学科，人们把它叫做地动物学。地动物学，主要是研究利用动物的器官和行为，以及与其活动有关的矿物进行地质、地球、化学环境的调查和矿产资源普查勘探的各种方法，并探索其间的变化规律和理论依据的学科。有些爱打洞的动物如刺猬、土拨鼠和穿山甲等，在打洞时常把煤屑和其他矿物搬运出来，不自觉地给人们报了矿。

蚂蚁报矿可谓不计功名。在非洲的莫桑比克，人们从分析经过风化淋滤的蚁穴土样中发现铜和镍特别富集，从而在其下面找到了铜矿床。

动物探矿，节省资金，只要留心观察所处环境的动物"信息"，或许会有重大发现。看来在大自然的世界即使是小小的蚂蚁也有着很大的学问，认真研究这些小动物对我们的生产生活是大有益处啊。

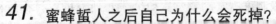

41. 蜜蜂蜇人之后自己为什么会死掉？

在农村，人们非常害怕在野外干活的时候被蜜蜂蜇，但一般蜜蜂是不会轻易地去蜇人的，因为蜜蜂蜇人之后自己也会死去。那么，为什么蜜蜂蜇人后自己会死去呢？

原来蜜蜂腹部末端的毒针是由一根背刺针和两根腹刺针组成，针后面连接着毒腺和内脏器官，腹刺针尖端有几个呈倒齿状的小倒钩，上面还有倒刺。如果被蜇了一下，你会发现它的刺会留在肉里，还会自己往里钻。当蜜蜂的毒针蜇入人体的皮肤后，排出毒液再拔出刺针要慌忙飞走时，由于小倒钩牢固地钩住了皮肤，所以把刺拔除时刺常会留在对方体内，将自己的内脏扯烂。就算勉强将刺拔出，内脏也常被严重撕裂，导致蜜蜂最后死于内伤，毒针连同一部分内脏也一起被拉了出来，这样蜜蜂当然就会死去。这就是蜜蜂蜇人之后就会死的原因。所以，蜜蜂不到万不得已时是不会蜇人的。但是当蜜蜂蜇到那种身上覆盖着硬质表皮的昆虫时，它的刺针可以从形成的破口中拔出，而自己也不会死掉。

而其他如胡蜂的刺本身没有倒刺，将刺拔出时对内脏无损。所以胡蜂更危险，因为它不用顾虑蜇人后失去生命。

42. 在农村经常会被蜂蜇，应该怎样应付这样的情况？

被蜂蜇后轻者伤处中心有淤点的红斑、有烧灼感及刺痛。如蜇伤后 20 分钟无症状者，可以放心。重者伤处一片潮红、肿胀、水疱形成，局部剧痛或搔痒，有发热、头痛、恶心呕吐、喉头水肿、腹痛腹泻、呼吸困难、血压下降、神志不清等过敏性休克现象，甚至因呼吸、循环衰竭而亡。

被蜜蜂蜇了，立即在被蜇部位寻找到蜂针并拔除，然后再拔火罐吸出毒汁，减少毒素的吸收；取些碱面（食用碱就行）弄湿了敷于被蜇处就行，这种方法简单却很管用；大蒜或生姜捣烂取汁，涂敷患处；在野外被蜜蜂蜇了，如果没有碱的话，你可以找一种叫"荆"的灌木丛（野外这种植物很多的），把它的叶子捣碎敷在被蜇处。不过如果太严重的话，比如说被大群的蜂蜇的较重的话，要立即送往医院。

因此，农民在蜂类较多的户外工作时，要注意预防。最好穿戴浅色光滑的衣物，因为蜂类的视觉系统对深色物体在浅色背景下的移动非常敏感；离草丛和灌木丛远些，因为那里往往是蜂类的家园；发现蜂巢应绕行；如果有人误惹了蜂群，而招至攻击，唯一的办法是用衣物保护好自己的头颈，反向逃跑或原地趴下；千万不要试图反击，否则只会招致更多的攻击。

43. 蜜蜂群里的蜂后是怎样产生的？

一般一个蜂群中只有一个蜂后，那么蜂后是怎么产生的？是竞争呢，还是世袭？

在蜜蜂的世界中，雄蜂是一个蜂巢里仅有的几只专用于与蜂后交配的，不参加劳动。工蜂是雌蜂，是生殖系统没发育成熟的雌蜂，占了一个蜂巢里面绝大多数的数量，他们勤劳的工作，不能生育。

蜂后在小的时候，在外形上和工蜂没有区别，蜂后和工蜂都是受精卵发育形成的，雄蜂是未受精卵发育的。但是，如果孵化的幼虫只被喂食三四日蜂王浆就长成普通的工蜂。而在王台中的幼虫会产生信息素，使它一直被喂蜂王浆，就会变成蜂王。一个蜂巢中的王台常有多个，则最先破蛹而出的蜂王会下令杀死未破蛹的蜂王。如果有两只蜂王同时破蛹，则二者必有死战，直到一只死去。

44. 在蜂群中可不可以出现两个蜂后？

人类养殖蜜蜂已经有了悠久的历史，对于蜜蜂的习性也很了解，那么在蜜蜂养殖的过程中会不会出现一窝蜂中两个蜂后的情况呢？

蜂后也叫"母蜂"、"蜂王"，是蜜蜂群体中唯一能正常产卵的雌性蜂。一般一窝蜂群只能有一个蜂后，当蜂群过于壮大时，蜂后分泌的激素不足以控制整个蜂群的时候，部分的工蜂就会筑"王台"（培育新蜂后用的），并强迫旧蜂后在其产卵。工蜂对"王台"幼虫自始至终都喂以蜂王浆，让其发育为新蜂后。旧蜂后在新蜂后即将出房的前几天，会带走一半的工蜂。余下的一半工蜂，会与出房后的新蜂后组成新蜂群。

当旧蜂后过于体弱，工蜂也会筑"王台"，新蜂后出房后，与旧蜂后和平相处，直到旧蜂后死去才取代她的位置。蜂后在蜂群中寿命为 3～5 年。由于年老的蜂后生殖率逐渐下降，在养蜂业中常被人工淘汰。

养蜂业中可以一巢双王，这样可以增加蜜量，但是这两个蜂后一定要遵循"王不见王"的规定，不然就会发生混乱。

45. 为什么蜂王浆有丰富的营养？

蜂王浆被专家称为"液体营养黄金"。它富含 140 多种有益成分和物质，21 种以上的氨基酸。

蜂王浆是青年工蜂舌腺和上颚腺共同分泌的混合物，是一种乳白色或淡黄色浆状物质，专供蜂王食用。新鲜的蜂王浆有微辛辣味，回味微甜，并具有特殊香气。蜂王浆中含有多种丰富的营养成分，诸如蛋白质、多肽、氨基酸、有机酸、维生素等。蜂王浆具有增强体力、提高免疫力、促进生长发育、促进受损组织再生、提高思维能力和抗逆力、改善睡眠、提高性功能、抗菌消炎、抗辐射、抗化疗、提高造血功能、降低血糖、增强呼吸功能、强化心血管系统的功效。

蜂王浆不仅能内服、祛病、延年益寿，而且能防治皮肤病和养颜美容，所以蜂王浆还是可外擦的一种安全、高效的天然美容佳品。

46. 在野外怎样捕获野生蜂？

有些野蜂的蜂蜜营养价值比人工培育的要高，但怎样获得野生蜂呢？一般来说，收捕的方法分诱捕和猎捕。

所谓"诱捕"，就是在蜜粉源充足的地区、容易分蜂的季节（一般是春、秋季)，将附有蜡基的旧蜂桶或插有上了窄条巢础巢框的旧蜂箱放置于可避雨的屋檐下、树下或朝南的山腰突出岩石下，让分蜂的蜂群自动进入，然后运回饲养。这种方法简便省力，但"守株待兔"毕竟不如有计划地进行直接猎捕收获大。

猎捕首先一定要做好准备工作，道具有蜂箱、巢础、巢框，选择好蜂箱放置的地点，并准备好猎捕的工具，如面网、手套、喷烟器、搬运箱等。时间要选在大流蜜期，这样有利于猎捕后的蜜蜂较快恢复正常生活。然后寻找野生的蜂群。这是一项有趣但需要耐心的工作，根据幼蜂试飞找蜂巢的方法值得推荐。晴朗的天气，每天下午 2~3 点，幼蜂会出巢在巢前试飞半小时左右。这种飞行混乱无序，声音大且嘈杂。听到这种声音寻觅而去，可找到蜂巢。至于捕获没有什么秘诀，要戴好面罩，并先用柴火的烟熏一会，这会使得蜜蜂失去攻击能力，这时如看到蜂王也可将双翅剪短，防止飞逃，并捉入箱内，其他工蜂也会飞进箱内。

47. 为什么苍蝇贴在墙顶上不会掉下来，而人不能？

根据地心引力，我们知道人不能停留在天花板上，那样会掉下来。但是苍蝇为什么可以停在天花板上？难道地球对苍蝇没有引力？

经过科学家研究发现，苍蝇有六条细长的腿，每条腿的末端长着两个尖而硬的爪，爪的基部有一个被茸毛遮住的爪垫盘。爪垫盘是一个袋状结构，里面充血，下面凹陷。当苍蝇停留在光滑的墙壁或天花板上时，爪垫盘和平面之间产生了真空，苍蝇便牢牢地吸附在平面上。这种吸附力，足以承受苍蝇本身的体重。苍蝇吸在天花板上，即使背部向下，也不会掉下来。另外，苍蝇的爪垫盘上还能分泌一种黏液，这也能使它牢牢的吸在物体上。还有一点是地心吸力的大小是和身体的质量成正比的，质量越大，吸引力就越大。由于昆虫的体重很小，地心吸力相对也小，再加上它们自身独有的构造，所以能吸附在天花板上。

以上就是苍蝇可以自由地在墙顶上爬而不会掉下来，而我们人类不能做到这一点的原因。

48. 人们为什么要养殖蝇蛆？

近几年农民养殖的东西实在是越来越不可思议了，什么蝗虫、蚯蚓什么的都可以养殖，最不可思议的是竟然有人开始养殖蝇蛆了，这是为什么呢？

随着生活水平的不断提高、健康意识的增强，人们对绿色食品的需求也不断地增加，怎样才能生产绿色食品呢？采用虫来饲养经济动物，生产出的动物产品就成了绿色动物食品。而养殖蝇蛆就是获得虫的最有效的途径。

现在常规动物的养殖成本居高不下、市场价格在不断走低，养殖蝇蛆可以替代购买昂贵的动物蛋白饲料，能提高动物的生长速度和增强动物的抗病力，从而降低了养殖成本。

大型的养殖场，大量的动物粪便要处理，不但污染了环境，而且堆积的面积也越来越大。养殖蝇蛆不但能环保地处理养殖场的动物粪便，同时也获得了大量的动物蛋白饲料，降低了养殖成本。养殖蝇蛆后的动物粪便再养殖蚯蚓，又获得了大量的动物蛋白饲料，养殖蚯蚓后的蚯蚓粪，不但可以替代部分饲料，还是可以出售给城市作绿化或花卉肥料等。真可谓是一举多得。

特种水产养殖中，大部分特种水产都是肉食性的动物，购买全价配合饲料不但成本高，且生产出的动物食品也没有原来的味道。怎样才能获得充足的昆虫来代替饲料喂养特种水产动物呢？养殖蝇蛆就是最佳的选择。

49. 苍蝇对人有什么危害？

苍蝇是我们经常见到的一种动物，那么它对我们有什么危害呢？

苍蝇生活和飞落于垃圾堆、厕所、腐烂的动物尸体及痰液和呕吐物之间，并从中觅食。苍蝇有边吃、边吐、边拉的习性，它飞落到哪里，就会把细菌、病毒、虫卵带到哪里。当人们吃了被污染的食物或使用被污染的食具时，就可发生肠道传染病或寄生虫病。

苍蝇一生可分四个阶段，即从成蝇交配产卵开始，经过卵→幼虫→蛹→成蝇的过程，这个过程只需 10 天左右，气温高时可缩短。苍蝇繁殖力极强，一次交配可终生产卵，所以一只苍蝇一生可繁殖成千上万只苍蝇。春天是第一代成蝇繁殖的高峰期，在春天里消灭一只苍蝇等于夏天消灭上万只苍蝇。人们生活中常见的苍蝇有大头金蝇、家蝇、厕蝇、丝光绿蝇、黑尾麻蝇等。

要消灭苍蝇可以从以下几方面着手。

以环境治理为主，消除苍蝇的产生地，加强垃圾粪便管理，垃圾淤泥要做到日产日清，并进行无害化处理；公厕要有专人管理，定时清扫，做到无蛆无蝇；饭菜、糕点等熟食品及洗净后的碗筷等食具，要用纱橱存放或用纱罩盖好，防止被苍蝇污染；用拍打、药杀相结合的办法消灭室内外苍蝇，降低其密度。同时要大力提倡春季消灭第一代成蝇。

50. 苍蝇也能用来抗癌？

在人们的印象中苍蝇令人作呕，是传播疾病的元凶。然而，它也是食疗佳品，这是人们所不了解的。

经科学实验证明，苍蝇体内含蛋白质 51%，脂肪 15%，还含有钙、磷、镁等人体必需的元素。

苍蝇生长在龌龊之地，传播各种疾病，而本身却安然无恙。为什么呢？因为蝇体内有一种具有强烈杀菌作用的"抗菌活性蛋白"。这种蛋白杀病菌的能力极强，万分之一的浓度就足以置各种细菌、病毒于死地。此外，在苍蝇身上还发现了一种具有抗癌作用的蛋白质，引起了医学界的极大关注。需要说明的是，蝇体内的抗菌物质尚未能分离合成，但随着科学技术的发展，将不是一件十分遥远的事。

51. 为什么苍蝇帮助解决了飞行器的难题？

苍蝇是声名狼藉的"逐臭之夫"，凡是肮脏的地方，都有它们的踪迹。令人讨厌的苍蝇，与伟大的飞行事业似乎风马牛不相及，但仿生学却把它们紧密地联系起来了。

苍蝇的特别之处在于它的飞行技术，这使得它很难被人抓住。即使在它的后面也很难接近。那么，它是怎么做到的呢？科学家研究发现，苍蝇的后翅退化成一对平衡棒。当它飞行时，平衡棒可以调节翅膀的运动方向，是保持苍蝇身体平衡的导航仪。科学家据此原理研制成一代新型导航仪——振动陀螺仪，这改进了飞机的飞行性能，可使飞机自动停止危险的滚翻飞行，即使是飞机在最复杂的急转弯时也万无一失。

52. 为什么苍蝇每天待在那么脏的地方却不会得病？

苍蝇是追腥逐臭的典范，哪里最脏它就会飞向哪里，生活在各种腐败的脏东西里面并且以之为食，这些东西里面包含着大量的、各式各样的细菌。这些细菌大多数是对人和其他动物有害的，但是却对苍蝇本身没有什么害处，这是为什么呢？为什么苍蝇自己不会生病呢？

研究发现苍蝇身体感染的许多细菌。但在长期的进化过程中，细菌与苍蝇之间形成了一种适应，苍蝇对细菌具有一种很强的免疫功能。这些致病的微生物，可以在昆虫体内生存，或进行繁殖。苍蝇所感染的细菌，主要躲藏在它的消化道里，5~6天后，一部分细菌死亡，另一部分随着粪便排除体外。所以，苍蝇虽然专门待在脏地方，身体内也携带很多细菌，但这些细菌不会使它生病。

此外，苍蝇身上也有杀菌的武器，日本科学家就从苍蝇的消化道中分离到一种小分子蛋白质，将它滴在伤寒、霍乱、痢疾、脑炎、肠炎等病菌的培养基上，生长得好好的病原菌大部分都溶化死去了。就是这种杀菌物质，使苍蝇身在病菌中，从来不生病。

由此看来，苍蝇真是有了金刚钻，才敢揽这个瓷器活啊。运用苍蝇体内的杀菌物质也可以为人类的医疗事业作出贡献。

53. 蚊子爱叮咬哪些人？

夏天是蚊子的活跃期，但是我们发现，有些人特别容易招蚊子。那么，哪些人最受蚊子青睐呢？

研究者称，蚊子凭气味选择对象，当人类呼出二氧化碳和其他气味时，这些气味会在空气中扩散，告诉蚊子一顿美餐就在眼前。一般的以下几种人易受蚊子攻击：

一是汗腺发达的人。喜欢流汗的人，血液中的酸性增强，所排出的汗液使得体表乳酸值较高，对蚊子产生吸引力。

二是穿深色衣服的人。原来，蚊子怕光但又不喜欢光线太暗，最喜欢在弱光环境下吸血。蚊子之所以昼伏夜出，主要是因其具有趋暗的习性，如果穿着深色衣服，在夜间便会呈现一团黑影，蚊子就会追逐而来。衣服颜色如黑色是蚊子进攻的首选对象，其次是蓝、红、绿等，蚊子不爱叮白色。同理，蚊子爱叮肤色较黑或肤色发红的人。

三是体温较高的人。人在从事运动或体力劳动后呼吸会加快，呼出的二氧化碳相对较多，二氧化碳气体会在头上 1 米左右的地方形成一股潮湿温暖的气流，蚊子对此比较敏感，会闻味而至。

四是 A 型血的人。蚊子也更爱叮咬他们。

五是小孩。小孩易遭蚊叮，是因为新陈代谢快的人易遭叮咬。

54. 如何防蚊子咬？

蚊子叮咬会传播疾病，在蚊子最活跃的夏季应该如何防止蚊子叮咬呢？

运动后应尽快洗澡，保持皮肤清爽，因为汗液会吸引蚊子。天热流汗多，要及时用纸巾、手绢擦去汗液。

夏天切莫因嫌热而不穿袜子，这样会使汗水气味挥发，把蚊子引来对人体其他部位发起攻击。穿上吸汗效果好的袜子不仅能有效降低皮肤湿度，还可遮掩气味。

如果日常活动场所内的蚊子较多，应身着长袖衣服。这倒不是因为身上多了层布，蚊子就无法用口针扎进去吸血。实际上，蚊子的口针十分尖利，连牛皮和厚牛仔裤都能穿透，夏天穿的衣服根本不堪一击。衣服的功能主要是用来遮掩汗液等皮肤分泌物的气味，让蚊子无法追踪而来。

户外运动最好穿着白色衣服，因为白色衣服反光能力强，有驱赶蚊子的效果。

蚊子多的地方不宜使用香水等气味浓郁的化妆品，化妆打扮过火，也会挨蚊子咬。使用香水、发胶、面霜等带花香味的化妆品以及焗油膏，被蚊子叮咬的几率都会增加。有人认为，大多数化妆品都含有吸引蚊子的化学成分。所以化妆的女士比素面朝天者更受蚊子"追捧"。夏天洗澡也不宜使用香味过浓的香皂和沐浴液。但是香茅油、桉叶油气味，反而是驱蚊的良药。

55. 蚊子能传播艾滋病吗？

很多人都关心这样一个问题，蚊子或其他吸血昆虫能否传播艾滋病？

回答是否定的。

嗜血昆虫一般是通过生物和机械这两种途径传播疾病的。疟疾的传播即是生物传播，当疟原虫进入蚊子体内后，即在其体内繁殖，然后进入它的唾液腺，通过叮咬传给其他人。这个过程对艾滋病病毒是不可能实现的，因为艾滋病病毒仅局限在哺乳动物细胞内繁殖。

那么，蚊子是否能通过机械传播途径的传播艾滋病病毒呢？因为从理论上讲，蚊子在健康人和艾滋病病毒携带者之间的叮咬，其作用就像一个细小的污染针头。

但很多事实不支持机械传播的说法。

首先，在非洲，感染艾滋病病毒的人中，年龄和性别的分布具有性传播疾病的特征。老人和儿童的感染率低于中青年人。

对非洲艾滋病病人家庭的研究表明，生活在有艾滋病病人家庭中的人被感染的可能性并不比生活在没有艾滋病病人家庭的人大，当然这些人不包括艾滋病病人的性伴侣和孩子。目前各国的研究者并没有发现除性传播和母婴传播之外，艾滋病病毒可以在生活在一起的人中间传播，这也就否定了嗜血昆虫传播艾滋病的可能性。

另外一个不支持昆虫传播艾滋病病毒的理由是，蚊子喙部的血量很少，感染者血中艾滋病病毒的数量也很少，这两种因素亦使得机械传播不可能发生。

56. 蚊子对人的危害有多大？

夏秋季节是传播性疾病的高发期，而蚊子则是传播疾病的主力军，蚊虫究竟能传播哪些疾病呢？

传染性乙型脑炎：高热、意识障碍、惊厥、强直性痉挛和脑膜刺激征，重型患者病后往往有后遗症。

黄热病：是黄热病病毒所引起的急性传染病，经蚊子传播。

丝虫病：通过蚊虫叮咬而传播，在我国仅有斑氏及巴来丝虫病流行，长江以南地区流行。

登革热和登革出血热：登革热以发热，头痛，全身肌肉、骨骼和关节痛，极度疲乏，皮疹、淋巴结肿大及白细胞减少为主要症状。登革出血热以发热、皮疹、出血、休克等为主要特征，病死率高。

疟疾：由按蚊传播，是疟原虫传播引起的可怕传染病，夏秋两季多见，常年可发病。

黑热病：是由伊蚊叮咬而传播的，要及时隔离和治疗病人，控制相关动物传染源。

我们发现现在蚊子越来越聪明，用苍蝇拍很难打中，常用的防蚊子的方法有：蚊子爱躲在暖气片、床下、桌下、墙角等隐蔽处，可以用蚊香把它们熏出来，再一一捕杀；地漏、下水道等处防止积水，并时常喷点杀虫剂，不给蚊子生存环境；注意关好纱窗、纱门，不要门户大开让蚊子长驱直入；晚上天色渐暗时，蚊子喜欢趴在窗上，这时不要开灯，用苍蝇拍或灭蚊喷剂捕杀；如果到野外夜里怕蚊子叮咬，可以购买蚊不叮等驱避剂涂在身上，能有效保持 4 小时左右；如果出差或长期不居住，把抽水马桶的盖子盖上，把洗手池、水池里的水放干净，以防蚊子产卵。

57. 要是蚊子、蚂蚁等小虫子进了耳朵怎么办？

进入耳朵的小虫子如蚂蚁、蚊子等小动物都会引起不适或疼痛，总觉得好像耳朵不舒服，经常性的发痒，甚至可能会伤及鼓膜。那遇到这样的情况应该怎么办呢？为大家提供以下的方法。

首先，可以尝试着用手电筒照。小飞虫一般喜欢光，有亮的地方它们就愿意飞过去。所以用手电筒一照，它奔着光就去了。还可以将香烟的烟雾徐徐吹入耳内可将虫子熏出。另外，如虫子在左耳就用手紧按右耳；反之，虫子在右耳，就用手按住左耳，以促使虫子倒退出来。你家里头如果有酒精，或者有油，你就可以滴几点到里头。油浓度很高，进入到耳道以后，能把虫子黏住，使它很快窒息。

如果各种方法都试过了，还是不能将小虫子赶出来，这时候就不要硬取，以免使耳朵受伤，最好的办法是及时请医生帮忙。

58. 蝉和知了是一种动物吗？

有这样一首古诗《牧童骑黄牛》："牧童骑黄牛，歌声振林樾。意欲捕鸣蝉，忽而闭口立。"歌曲《童年》中也有这样的歌词，"池塘边的榕树上知了在声声地叫着夏天"。那么蝉和知了是一种动物吗？

蝉是一种昆虫，最大的蝉长 4～4.8 厘米，翅膀的颜色是黑褐色。夏天在树上叫声响亮。蝉的两眼中间有三个点，是单眼。两个翅膀上简单地分布着起支撑作用的细管。蝉也有不同的种类，它们的形状大体相同但是颜色不同。在我国，土地辽阔，一年四季均有蝉鸣。春天有"春蝉"，鸣叫时大喊"醒啦——醒啦"；夏天有"夏蝉"，鸣叫时大喊"热死啦——热死啦"、"知了——知了"；秋天时有"秋蝉"，鸣叫时大喊"服了——服了"；冬天有"冬蝉"，鸣叫时大喊"完了——完了"。但是在我国，夏天是蝉最活跃的时期，人们在夏天经常听到"知了、知了"的声音，对这个声音的印象最为深刻，所以人们就把蝉俗称为知了。

因此，蝉和知了其实就是同一种动物。蝉是学名，一般在书本上出现，而知了是俗名，一般在日常生活中用。所以，我们在说话时经常使用知了来代替蝉。

59. 蝉为什么要损坏树木？

在人们的印象中，大都不把蝉看做是害虫，这大约是因为古今中外，人们往往是只听它的叫声，觉得很有韵味，并且写了很多诗歌去赞美它。其实如果听其声、观其行，就会知道蝉也是害虫之一。

蝉的存在，受危害最大的就是树木了。夏天，人们常可以看到柳、杨、榆等碧绿的树冠上，出现一蓬蓬蜡黄的枯枝，这便是蝉的所为。在林业生产中，它是人们非常痛恨的害虫，那么它为什么要危害树木呢？原来，蝉是以树木为食物的，它的头部腹面有一个长嘴，能插入树枝吮吸汁液。雌蝉在产卵时，用产卵器在树枝上刺成一排排卵窝，把卵产在里面。蝉的幼虫在昆虫中是最长寿的，如蚱蝉的幼虫，要在土中生活12~13年或者更长，才能化成蝉。到春暖花开之时，蝉的幼虫渐向土地上层移动，吸食树根的汁液，危害树木。幼蝉出土，爬上树干，外皮从背部中央裂开后，幼蝉就脱壳而出，渐渐老熟，爬到树梢上去。然后开始它们最为绚丽的人生的一部分，每天鸣叫，进行下一个周期的繁殖。

一代又一代的蝉就是靠着吸食树木的汁液而繁衍它的生命，正是由于对树木的损害它们才能生存下去。所以，人们应该控制蝉的数量，为保护林木做一些贡献。

60. 蝉为什么要撒尿喷人？

到了夏天，蝉经常在树木上引吭高歌，这个时候会有许多顽皮的孩童去捉这些蝉。但孩子们大多会被蝉撒的尿淋到，那么蝉为什么会撒尿呢？是不是也像人一样受到了惊吓所以要小便失禁呢？

其实不是的，原来蝉是林业上的大害虫。该虫分布全国，一般在海拔不超过250米的地方都有出现。它危害梨、枣、苹果、杏、李、桃、樱桃、桑和葡萄等果树，以及柳、槐、杨、榆等多种树木。它长着一个长嘴能插进树皮里专门吸食树的汁液。而且，雌蝉在产卵时还要划开树皮，损坏树木；特别是蝉的幼虫，生活在土中，刺吸植物根部汁液，削弱树势，使枝梢枯死，影响树木生长，它在地下能够活1～17年，完全靠吸食树根里的汁液生活。这么漫长的时期，可以想象它们能够吸食多少树木的汁液，正是因为它们专门靠吸食树的汁液生活，所以会在身体里储存大量的水分，身体变得特别笨重。眼看着要被人捉住，但是却没有办法逃走，为了活命，就不得不排泄出好多液体，身体变轻了才能飞走。所以，蝉会撒尿喷人。

人们把这看做是蝉在撒尿，其实这只是蝉保护自己的一种手段，是它们在大自然中长期进化而获得的本能。

61. 世界上最长寿的昆虫是什么？

我们知道，昆虫的生命都很短暂，那么，世界上最长寿的昆虫是什么呢？答案是十七年蝉。这种蝉能活17年，故此得名。绝大多数的昆虫，只有一年或更短的生活史，一般的蝉只有3～9年的生活史，另外还有一种十三年蝉。十七年蝉，是在地下生活了17个年头，这使它获得了昆虫世界里最长寿的头衔。

十七年蝉凭借什么成为世界上最长寿的昆虫呢？主要是因为它们长期蛰伏于地下，因此很难成为其他动物的食物。当然，如果它们破土而出，进行交配时，它们会成为所有生物也包括人的猎物。但是，它们的数量十分庞大，地下常常出现密密麻麻的蝉穴洞，空的蝉壳到处可见。这在一定程度上可以保证它们可以继续繁殖后代。而且，它们在地面上生活的时间很短暂，往往只有交配时。十七年蝉经过交配后，雌蝉就立即钻透树的表皮，把受精卵通过锯状的产卵器，排在树枝的裂缝中。大约过了3～4周之后，老的雄蝉和雌蝉就死去。留下的受精卵经过发育孵化，出来无数1毫米长的幼虫，它们本能地从树上落到地下，又钻进地里藏了起来。

这种十七年蝉在保持生态平衡的过程中起着至关重要的作用。蝉打凿通道可以松软泥土，使泥土通风。虽然它们产下的卵可能对小树有危害，但却能给大树修剪枝叶。它们为鼹鼠、老鼠、蛇和燕雀等许多动物提供了营养丰富的食物。在它们死后，数十亿个尸体会为土地顶层的土壤提供大量宝贵的氮。

62. 为什么螳螂会成为捕虫的神刀手？

说起螳螂那是鼎鼎有名的。相传，春秋战国时代，齐庄公出巡，路上遇到一只螳螂，昂首奋臂，阻拦庄公的车轮。齐庄公好奇地问驾车的人：

"这是什么东西?"驾车的人诡谲地说:"一只不自量力的螳螂。"从此,"螳臂挡车,不自量力"这句成语一直流传至今。还有一句与它有关的成语叫"螳螂捕蝉,黄雀在后"。

看来,螳螂在动物界还是很有威名的,这个敢于挡车的螳螂,确实凭着一对粗壮、厉害的螳臂称霸一方,昆虫在它面前都无法逃遁。螳螂有一对犀利的前足,收缩在胸前;长颈上,顶着一个扁三角形的小脑袋;小小的嘴巴上,长着一对不显眼的紫黑色的颚;它的颈部很灵活的,能使头向任何方向窥视。螳螂平时栖息在植物上,因体色与所处环境相似,所以不易被发觉。它常常昂头抬足,静止不动,观察敌情,一旦发现目标,就会像箭一样,伸出前足,迅速地将猎物捕获,从不扑空。螳螂是食肉性昆虫,平时吃蝗虫、苍蝇、蚊子、蝶、蛾等害虫。一只螳螂在两三个月中,能吃700多只蚊子。

螳螂之所以能够准确捕食,是因为它的一对复眼有一套完整的跟踪瞄准系统。依靠这套瞄准系统,把进入视野的食物的大小、运动方向和路线,及时报告给脑神经,然后抓住时机,准确出击。从猛扑到擒获,整个过程只要0.05秒,可谓百发百中。

63. 螳螂有什么经济价值?

螳螂和蟑螂虽然只差一个字,但要说对人类的作用,可说是天上地下,蟑螂是人民公敌,而螳螂则是人类的好朋友。螳螂在农业上是捕虫能手,但是它的价值不仅仅在于捕捉农业害虫,它还有很高的经济价值。

螳螂可以用来食用,它是一种营养丰富的高蛋白质食用昆虫,现在很多人已经开始意识到它的营养价值,对它进行人工养殖。

螳螂具有药用价值,中药桑螵蛸是螳螂科昆虫的卵鞘。桑螵蛸含有18种氨基酸,其中8种为人体必需的氨基酸,还含有7种磷脂成分。桑螵蛸性味甘、咸、温,无毒,入肝、肾经。有补肾壮阳、固精缩尿之功能。主治遗尿、遗精、便频、肾虚腰痛、神经衰弱,也适用于妇女带下、经血不调等症。桑螵蛸的市场价格已经达到近百元每千克。除桑螵蛸以外,螳螂也可入药,即将螳螂的成虫干燥入药。螳螂有滋补强身、健肾益精、止搐定惊功能。主治体虚无力、阳痿遗精、小儿惊风抽搐、遗尿、痔疮及神经衰弱等症。临床应用主要是与其他药物配伍,治疗风湿性关节炎和类风湿性关节炎等。

螳螂还有生态观赏价值,通过人工反季节培育,可以使人们终年欣赏到螳螂。螳螂也是建设小小动物园、野生昆虫园的良好素材。

64. 人工可以饲养螳螂吗?

螳螂的经济价值很高,但野外的螳螂数目毕竟有限,那么我们可以自己饲养它吗?回答是肯定的。

首先,要采集种源,多种螳螂均以卵块在树枝、树干、草茎、墙壁或石块上过冬。一般在 9 月至第二年 2 月均可开始采卵。采卵时,选择卵块大,表面保护层较厚,光泽性强,卵块外无破口、磨损或被寄生虫蛀孔的优质、健壮卵,连同卵块的粘连枝条的一段剪下,插入放少许水的罐头瓶中。

幼虫孵化出之后就要饲养,螳螂属于捕食性昆虫,喜欢捕捉活虫,特别是以运动中的小虫为食。3 日龄前的幼虫,如无活虫,很难饲养成功。因此,在螳螂卵块孵化前,应准备活虫饲料,如蚜虫和家蝇等。等幼虫稍大一些则可以开始喂人工的饲料。

饲养时要注意,螳螂因有自相残杀的习性,因此人工笼养要注意隔开,笼内移植栽种矮小树木和棉花等隔离物,并供螳螂栖息,减少接触机会,避免自相残杀。同时,喂以人工糊状饲料。

人工饲养螳螂要反季节培育、打破休眠、模拟温湿度,人工创建自然条件,每天光照 250 瓦红外线,另外加照紫外线。

65. 为什么要消灭蟑螂?

蟑螂对人的危害仅次于苍蝇,有时甚至更让人讨厌。有蟑螂存在的地方,人类一定要警惕,因为它会对人造成巨大的危害。

那么蟑螂具体对人有什么害处呢?首先,蟑螂会传播疾病。蟑螂可使人感染亚洲霍乱、肺炎、白喉、鼻疽、炭疽以及结核等病的细菌;可携带蛔虫、十二指肠钩口线虫、牛肉绦虫、蛲虫、鞭虫等多种的蠕虫卵,它们还可以作为念珠棘虫、短膜壳绦虫、瘤筒等多种线虫的中间寄主。蟑螂也可携带真菌。我国就曾在室内捕获的蟑螂体内分离出多种真菌,包括大量黄霉曲菌。蟑螂把这些病菌携带在身上到处传播,最终的受害者往往就是人类。其次,它不仅传播疾病,还会使人造成过敏反应。由于蟑螂取食时会产生有臭味的分泌物,破坏食物味道,体质弱或敏感的人如果接触蟑螂污染过的食品或蟑螂粪便和分泌物及污浊的空气,会产生各种过敏反应,如过敏性哮喘、皮炎等。最后,蟑螂除了传播许多疾病外,还可能造成家电、器械等设备短路损坏,所以有的时候它可以称得上是电脑病毒,而苍蝇则没有这个本领。

总地看来，蟑螂的存在，尤其是在我们人类所处的环境中，蟑螂就是巨大的威胁，全社会应该携手消灭它。

66. 消灭蟑螂的方法有哪些？

蟑螂已经存在超过 3 亿年，它传播大量的疾病，对人类的健康造成了巨大的危害，以下是几种有效消灭蟑螂的方法。

蟑螂主要聚居于厨房，在橱框与墙之间所有的缝隙之内、墙壁裂缝、厨房排水道内都是它的栖身之地，可向这些地方喷洒杀虫剂，堵塞其缝隙，用开水烫。

利用蟑螂爱吃香甜食物的习性，用一只小口径长颈玻璃瓶，瓶内放些香甜食物，瓶口涂上芝麻油，蟑螂进入瓶内，因为瓶壁很滑，爬出来就困难了。

也可用化学药物对付蟑螂，在蟑螂栖息和活动的场所，喷洒千分之五的敌敌畏，或万分之三的溴氰菊酯、硼酸粉等，或者放几片蟑螂片，就能杀死蟑螂。

利用蟑螂爱钻缝隙的习性，用一个纸盒，盖上开有一些缝隙，盒内涂上粘胶，撒些新鲜面包屑，让蟑螂钻进去偷吃而被粘住。但这种方法见效甚微，等于"守株待兔"。

蟑螂不可用蝇拍拍打，更不可用脚踩死，最好用蟑螂纸见一个粘一个，十分准确有效。用脚踩会使蟑螂体内的大量病菌、病毒到处扩散。

不久前，国外科研人员还研制出一种人工合成的化学药品，能释放出一种特殊的香气，诱使蟑螂进行不育性交配。长此下去，蟑螂就不能传宗接代了。

另外还有，鲜黄瓜驱蟑螂、鲜桃叶驱蟑螂、鲜洋葱驱蟑螂等土方法。

67. 蚕为什么要吐丝？

"春蚕到死丝方尽"的诗句常被用来赞扬那些有奉献精神的人们，说的是像蚕一样有奉献的精神，此句源自唐代李商隐的著名诗句"春蚕到死丝方尽，蜡炬成灰泪始干"。那么蚕为什么要吐丝呢？

原来，蚕吃了桑叶后，它肚子里的消化液和各种酶就开始分解桑叶，桑叶的蛋白质、糖类、脂肪、矿物质等被吸收了，又继续进行特殊的加工，制成氨基酸，这种氨基酸通过蚕体内特有的新陈代谢关系，被组成了丝素、丝胶等蛋白质。而在蚕身体里有一套结构复杂的、叫做丝腺体的造丝系统。丝腺体下面有一个叫做挤压器的吐丝泡,这就像一套完整的"天然纺织机"。一只老熟幼虫体内,有两列细胞组成的丝腺体,它比身体长 5 倍,与储藏丝液的袋状囊相通。头上的肌肉不停地伸缩,将丝液抽压出来,丝液与空气接触后,便形成了丝。

蚕吐丝的时候,先将丝吐出,黏结在蔟器上,形成结茧支架,即结茧网。然后继续吐出凌乱的丝圈,加厚茧网内层,再以 S 形方式吐丝,开始出现茧的轮廓,叫做结茧衣。茧衣形成后,茧腔逐渐变小,蚕体前后两端向背方弯曲,成"C"字形。蚕继续吐出茧丝,吐丝方式由 S 形改变成 ∞形,这就开始了结茧层的过程。当蚕由于大量吐丝,形成松散柔软的茧丝层,称为蛹衬。蚕这样就把自己包裹起来了,就是人们所说的"作茧自缚"。

68. 眼睛最多的昆虫是什么?

要问哪种昆虫的眼睛最多?答案当属蜻蜓了。蜻蜓怎么会有那么多眼睛呢?研究者通过研究发现:蜻蜓的头部,一般生有一对复眼,另外还有 3 只单眼。它们是主要的视觉器官,对昆虫的取食、生长、繁殖等活动起着重要的作用。昆虫的复眼是由许多六边形的小眼面构成的,复眼的体积越大,小眼面的数量就越多,它们的视力越强;反之,复眼的体积愈小,视力就愈弱。

而且,蜻蜓的复眼在所有昆虫中最大,它们鼓鼓地突出在头部的两侧,占头部总面积的 2/3 以上,由 28000 个小眼面组成。蜻蜓的视力是很发达的,能在飞行中捕捉小昆虫;它们在草茎上停息时,每当人影掠过,也能感知。蝴蝶的复眼比蜻蜓小,由 12000 ~ 17000 个小眼面组成;龙虱的复眼有 9000 个小眼面;家蝇的复眼有 4000 个小眼面。有些昆虫的复眼,小眼面不到 100 个,它们可能连物体的轮廓也看不清。生活在土壤中的一些蚂蚁,周围一片黑暗,视力极不发达,它们的复眼只有 6 个小眼面,只能模糊地辨别光线的来源,它们的感觉更多地依靠触觉和嗅觉。

69. 为什么说蜻蜓是除害专家?

蜻蜓是飞行的捕食性昆虫,极常见于全世界各地的淡水环境附近,蜻蜓体格比较强健。

蜻蜓专门捕食各种小型蛾类、浮尘子、稻飞虱、蝇、蚊等昆虫。一只蜻蜓一小时能吃 20 只苍蝇或 840 只蚊子。蜻蜓的幼虫在水中也能消灭孑孓等害虫。蜻蜓是不完全变态昆虫。卵在水里孵化的幼虫叫水虿。幼虫要经过一年半时间，蜕皮 10 次以上，然后沿水面爬到露出水面的植物或岩石上，蜕去最后一次皮，才能变成成虫。

然而，随着各种农药以及化学药品的使用，蜻蜓家族的品种在一个接着一个灭绝，那些害虫可能要笑了吧。

70. 为什么称蜻蜓为飞行之王？

我们经常发现，在闷热的秋季，暴雨将至或骤雨初停之际，蜻蜓常常三五成群，甚至数十、数百成群地在空中飞舞，蜻蜓有飞行之王的美誉。首先，它们飞行的姿势与众不同。它们好似一架架飞机，但它的飞行技巧却远远高于现在的任何一种飞机。它们能够忽上忽下、忽快忽慢地飞行，能够稍稍抖动一下翅膀就来一个 180°的急转弯。它可以悬在空中不移位，这让大多数以飞行著称的鸟类也望尘莫及，而蜻蜓只要将它的翅膀每秒钟挥动 30～50 次就能做到。它可以长途飞行，一小时飞行 60～70 千米而不着陆，也可以在急剧飞行中突然降落，停在一个尖尖的树梢上，瞬间又飞得无影无踪。

蜻蜓被称为飞行之王和它的身体构造有关。它得以如此自由自在地飞行，主要是靠神经系统控制着翅的倾斜角度，微妙地与飞行速度和空气压力相适应。蜻蜓的眼非常发达，它那两只大复眼，由 2 万多个小眼组成。因此，虽然它的眼睛不旋转，急速飞行时，也能很清晰地看到周围的情况。

71. 蜻蜓为什么下雨前飞得很低？

有一句谚语这样说："蜻蜓低飞，不风即雨。"雨前，气压低，昆虫多在低空浮游，蜻蜓为了觅食，往往在离地二三米处飞行，这是即将有风雨的征兆。为什么蜻蜓会在下雨前飞得很低呢？难道是翅膀被粘住了？

原来，通常在下雨之前，空气中的湿度相当高，低飞是那些要被蜻蜓捕食的昆虫阴雨前保护自己的做法，蜻蜓要捕食它们，就只有随它们低飞而低飞了。还有一个原因是蜻蜓的翅膀是网叶形，不像有羽毛的动物可以承受大的气压。快下雨的时候或者阴天的时候气候比较湿润，空气中的湿度很大，蜻蜓翅膀的组成成分是角质化的蛋白质，在蜻蜓飞翔的时候，一遇到潮湿的水汽，往往会把翅膀沾湿，由于重量的原因造成了蜻蜓飞不高。

所以有经验的农民一看见蜻蜓低飞，就知道要下雨了，为自己的农业生产早做安排，防止下雨造成庄稼的损失。看来生活中要是仔细观察到处都是学问。

72. 为什么萤火虫会发光？

夜晚，人们可以看到萤火虫一闪一闪地在飞行。为什么萤火虫会发光呢？

研究证实并不是所有的萤火虫都会发光，萤火虫中绝大多数种类的雄虫有发光器，而雌虫无发光器或发光器较不发达。而且雄虫发光的频率也有变化，并非整晚的发光频率都一样。萤火虫的发光器是由发光细胞、反射层细胞、神经与表皮等所组成。如果将发光器的构造比喻成汽车的车灯，发光细胞就有如车灯的灯泡，而反射层细胞就有如车灯的灯罩，会将发光细胞所发出的光集中反射出去。所以虽然只是小小的光芒，在黑暗中却让人觉得相当明亮。

萤火虫能发光，简单来说，是荧光素在催化下发生的一连串复杂生化反应；而光即是这个过程中所释放的能量。由于不同种类的萤火虫发光的形式不同，因此在种类之间自然形成隔离。

萤火虫发光的原因，第一，是为了求偶。由于不同种类的萤火虫，发光的形式不同，因此在种类之间自然形成隔离。雌雄之间发光相互吸引，寻找自己满意的对象。第二，发光是为了吓唬敌人。1999年，学者发现，误食萤火虫成虫的蜥蜴会死亡，证实成虫的发光除了找寻配偶之外，还有警告其他生物的作用。

73. "五毒"之一的蝎子有什么益处？

蝎子是民间传说中的"五毒"之一，经常被塑造成妖精的化身，比如《西游记》中就曾经出现过蝎子精。那么它们就没有一点益处吗？

其实不是的。首先它们捕食很多农业害虫，也可算是一种益虫。蝎是肉食性的节肢动物，与蜘蛛是亲戚，但它的形态不像蜘蛛。它们典型的特征包括瘦长的身体、螯、弯曲分段且带有毒刺的尾巴。蝎昼伏夜出，在夜里全副武装，耀武扬威。一旦遇到猎物，立即用脚须钳住，尾巴钩转，用尾刺注射一针，将猎物毒死。它依靠一对大螯和一个尾刺，捕食很多害虫，耍尽威风。

另外，蝎子最大的作用大概就是它的药用价值了。每年在春末至秋初捕捉蝎子，除去泥沙，置沸水或沸盐水中，煮至全身僵硬，捞出，置通风处，阴干，就可作为药物入药了。随着现代医学发展，国内外对蝎毒进行分离纯化的研究证明，蝎毒中蛋白不仅含量高，而且还具有独特的生理活性，医学上主要用于神经系统、顽固病毒病、脑血管系统，对恶性肿瘤、艾滋病等有特殊疗效。

在农业生产中，蝎毒主要用于制造绿色农药。

我国对蝎毒的研究起步较晚，应用技术研究相对落后，但现已经引起了我国科学工作者的高度重视，其应用技术已进入试生产阶段。

74. 为什么螃蟹要横着走？

有一次，一个人问一休和尚："既然你是全国最有智慧的人，那么请你告诉我，为什么螃蟹要横着走？"当时一休是以脑筋急转弯的方式回答这个问题的，那从科学上来说，螃蟹为什么要横着走呢？

世界上的螃蟹，除了一两种特殊的之外，几乎都是横着走路的。原来螃蟹是依靠地磁场来判断方向的。在地球形成以后的漫长岁月中，地磁南北极已发生多次倒转，地磁极的倒转使许多生物无所适从，甚至造成灭绝。螃蟹是一种古老的洄游性动物，它的内耳有定向小磁体，对地磁非常敏感。由于地磁场的倒转，使螃蟹体内的小磁体失去了原来的定向作用。为了使自己在地磁场倒转中生存下来，螃蟹采取"以不变应万变"的做法，干脆不前进，也不后退，而是横着走。从生物学的角度看，蟹的胸部左右比前后宽，八只步足伸展在身体两侧，它的前足关节只能向下弯曲，这些结构特征也使螃蟹只能横着走。

螃蟹为什么横行的答案，似乎能给我们提供了一个解决生活中某些问题的启示。一个人生活在世界上，会遇到很多不以人的意志为转移的变化，而适应这些变化的最佳途径就是调整自己。否则，只能像那些不适应地磁极倒转的生物，造成"灭绝"的悲剧。

大家以后看到螃蟹横着走就不用感到十分惊奇了。

75. 为什么虾、蟹蒸煮后会变成红色？

爱吃海鲜的人都知道，虾和蟹蒸煮后会变成红色，但是虾原本是透明的，而蟹也不是红色，为什么它们会变成红色呢？

螃蟹身体的颜色主要是由甲壳真皮层中的色素细胞决定的。在螃蟹甲壳的真皮层中，分布着各种各样的色素细胞，不过它们大多数是青黑色的，这也是活蟹呈青色的原因。在这些色素细胞中，有一种叫虾红素的色素，平时它与别的色素混在一起，无法显出鲜红的本色，可是经过烧煮后，别的色素都被破坏和分解了，唯独它不怕高温。所以，蒸煮后的螃蟹的甲壳便呈现出虾红素的红色。不过，在螃蟹甲壳的真皮层中，虾红素的分布是不均匀的。因此，你会发现螃蟹煮熟后，并不是通体红彤彤的，在虾红素分布较多的地方，如背部显得格外红，而虾红素分布较少的地方，如蟹脚的下部红色就会淡一些。由于螃蟹的腹部根本没有虾红素，所以无论蒸煮多少次，永远都不可能变成红色。而虾在蒸煮后会变成红色也是因为这个原因，虾全身的虾红素分布比较均匀，所以会全身都变红。

76. 为什么把两只蟋蟀放在一起，就会争斗呢？

蟋蟀因其能鸣善斗，自古便为人饲养。据记载，中国家庭饲养蟋蟀始于唐代，当时无论朝中官员，还是平民百姓，人们在闲暇之余都喜欢带上自己的"宝贝"，聚到一起一争高下。古时娱乐性的斗蟋蟀，通常是在陶制的或磁制的蛐蛐罐中进行。两雄相遇，一场激战就开始了。首先猛烈振翅鸣叫，一是给自己加油鼓劲，二是要灭灭对手的威风。然后才龇牙咧嘴地开始决斗。几个回合之后，弱者垂头丧气，败下阵去，胜者仰头挺胸，趾高气扬，向主人邀功请赏。最善斗的当属蟋蟀科的墨蛉，民间百姓称为黑头将军。一只既能鸣又善斗的好蟋蟀，不但会成为斗蛐蛐者的荣耀，同样会成为蟋蟀王国中的王者。

为什么蟋蟀这么好斗呢？原来在蟋蟀家族中，雌雄蟋蟀并不是通过"自由恋爱"，而是通过决斗成就"百年之好"的。哪只雄蟋蟀勇猛善斗，打败了其他同性，那它就获得了对雌蟋蟀的占有权，所以在蟋蟀家族中"一夫多妻"现象是屡见不鲜的。

77. 为什么干旱之年容易起蝗灾？

据统计，我国从春秋时代到新中国成立之前的 2600 多年中，重大的蝗灾就发生过 800 多次，间隔 5～7 年就有一次大范围的蝗灾发生，危害严重。1929 年的蝗灾，据不完全统计，全国受灾农作物 240 万公顷；1944 年发生的大蝗灾，约 330 万公顷庄稼被吃毁等等。因此，蝗灾与水灾、旱灾成为我国历史上威胁农业生产、影响人民生活最严重的三大自然灾害。

人们很早就注意到严重的蝗灾往往和严重旱灾相伴而生，我国古书上

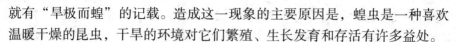

就有"旱极而蝗"的记载。造成这一现象的主要原因是，蝗虫是一种喜欢温暖干燥的昆虫，干旱的环境对它们繁殖、生长发育和存活有许多益处。

干旱使蝗虫大量繁殖，迅速生长，酿成灾害的缘由有两方面。一方面，在干旱年份，由于水位下降，蝗虫产卵数量大为增加，多的时候可达每平方米土中产卵 4000～5000 个卵块，每个卵块中有 50～80 粒卵，即每平方米有 20 万～40 万粒卵。同时，在干旱年份，河、湖水面缩小，低洼地裸露，也为蝗虫提供了更多适合产卵的场所。再者，干旱环境生长的植物含水量较低，蝗虫以此为食，生长得较快，而且生殖力较高。

在干旱之年，蝗虫就会改变原本独来独往的习惯，变得喜欢群居，最终大量聚集、集体迁飞，形成令人生畏的蝗灾，对农业造成极大损害。

78. 如何防治蝗虫？

蝗虫一旦成灾，会对农业生产造成难以估量的损失，那么怎样防治蝗灾呢？

防治蝗虫的方法很多，主要包括农业防治、生物防治、化学防治和物理防治等，这些防治要达到的目标都是消灭蝗虫，避免蝗虫对庄稼的为害。

农业防治可以提高耕作和栽培技术，达到控制蝗卵的作用，因地制宜，改变作物的布局，减少蝗害；植树造林，改变蝗区小气候，减少飞蝗产卵繁殖的适生场所；做到大面积改造荒滩、荒地，植树种草，改变蝗虫的栖息环境，减少发生基地的面积。

生物防治方法目前采用的主要有三种：保护和利用当地蝗虫的天敌控制蝗虫；采用生物农药防治蝗虫；牧鸡和牧鸭防治蝗虫。

目前用于防治蝗虫的生物农药有蝗虫微孢子虫，蝗虫微孢子虫是专门针对蝗虫的、只有单个细胞的原生动物。蝗虫取食了有微孢子虫的食物后，就会得微孢子虫病。经过一段时间后，蝗虫因得病而行动迟缓、不能飞行，产卵量下降，直至死亡。蝗虫一旦得了微孢子虫病，它就成为了传染源，到处传播微孢子虫；而且得了病的蝗虫产下的卵也带有微孢子虫。这种病可以通过食物污染、蝗虫相互咬食，在蝗虫群中传播，形成长期的流行病，就像是流感一样。因此一次防治后，该病可以在蝗群中流行多年。

79. 蝗虫在现代社会有什么经济价值？

蝗虫的经济价值在近些年引起了人们的注意。据统计，蝗科共有 859

种蝗虫，能入药供食用的主要有两种，即东亚飞蝗和中华稻蝗，恰巧这两种蝗虫都在我国有广泛的分布。这两种蝗虫营养丰富，肉质松软、鲜嫩、味美如虾，富含蛋白质、碳水化合物、昆虫激素等活性物质，并含有维生素 A、B、C 和磷、钙、铁、锌、锰等微量元素。早在古代，史书就记载，人们在蝗灾之年捕捉蝗虫来作为食物，随着社会的发展和生活质量的不断提高，人类餐桌上的食物已由鸡鸭鱼肉等传统型转为绿色野味型，蝗虫就受到了不少人的追捧。据报道，有些肥胖和高血压、心脑血管疾病的患者目前多趋于食用昆虫，意欲达到减肥祛病之目的。随之而来的有些国家和地区都相应的兴起昆虫食品。用昆虫做菜，或制成罐头、饼干、雪糕等食品，十分畅销。

蝗虫不但是美味佳肴，而且还是治病良药。《本草纲目》记载，蝗虫单用或配伍使用能治疗多种疾病，如破伤风、小儿惊风、发热、平喘、疹胀、百日咳、冻疮、气管炎和防止心脑血管疾病等。蝗虫还有暖胃助阳、健脾消食、祛风止咳之功效。

80. 养殖蝗虫应该注意什么？

蝗虫的经济价值引起了农民的注意，因此蝗虫养殖业成为了农民新的致富途径。但是蝗虫毕竟是害虫，一有不慎可能会造成巨大的危害，在蝗虫养殖的过程中应该注意：

选择适合的蝗种。常见的养殖蝗虫种类有：东亚飞蝗、中华稻蝗等。这些品种各有优缺点，结合当地的气候、食料来源等情况选择养殖品种。

若虫期管理，蝗蝻取食量很小，应注意防雨，以防淹死蝗蝻；之后蝗蝻食量逐步增大，此时要保证棚内有充足的食物，否则影响其正常生长，还会出现自相残杀的现象。棚的建造面积，按饲养蝗虫多少确定，做一个像蚊帐一样的棚罩，挂于棚架上，底边埋在地下，留下门口，门口安上拉锁，这个装置是为了不让蝗虫跑出来和便于进出喂养管理。

蝗虫是灾害性昆虫，它不同于其他的特种养殖业，养殖它一方面可以变害为宝，增加农民收入，一方面又增加了蝗虫的种量，形成了潜在危害。必须对它的养殖进行必要的安全管理措施，才能达到事半功倍的效果。对于成规模的养殖，按 1 亩地养殖为标准，在养殖场地四周应建有半米宽的植物染毒隔离带，周围要用铁丝网做围栏，并配有农药喷雾器。

养殖户如果不再想对蝗虫进行养殖，要进行最后一次的灭绝措施，这样的措施才能保证根除以后的潜在危害，利于蝗虫养殖产业的健康发展。

81. 瓢虫中哪些是益虫，哪些是害虫？

瓢虫，在昆虫学上属于鞘翅目瓢虫科。因为它的形状很像用来盛水的葫芦瓢，所以叫瓢虫。瓢虫的身体很小，只有一粒黄豆那么大。它是一种像半个圆球那样的小甲虫，有坚硬的翅膀，鲜艳的颜色，还生有很多黑色或红色的斑纹，讨人喜爱，在我国有的地区叫它"红娘"，也有些地区叫它"花大姐"。

瓢虫有两层翅膀，外面的一层已经变成硬壳，只起保护作用，所以叫做鞘翅。鞘翅的下面还有一层很薄的软翅膀，能够飞翔。瓢虫主要是益虫，也有少量的害虫。常见的益虫有：二星瓢虫、六星瓢虫、七星瓢虫、十二星瓢虫、十三星瓢虫、赤星瓢虫、大红瓢虫等。而十一星瓢虫、二十八星瓢虫都属于害虫。

益虫无论幼虫还是成虫，都能吃蚜虫和壁虱等害虫。这些害虫在植物的茎叶上繁殖生长，吸吮植物的汁液，致使花蕾脱落果实减少，作物的产量和质量都受到严重影响。是益虫的瓢虫找到蚜虫等害虫密集的地方，挨个儿把蚜虫一只又一只地吃掉。一只瓢虫平均一天能够吃掉一百多只蚜虫。其幼虫也是吃蚜虫的能手，利用瓢虫来防治害虫，已有很久的历史了。

一般来说，鉴别瓢虫为益虫或为害虫看它们的外翅上是否有细小的绒毛，有则为害虫，无则为益虫。这个方法比数点数来分别益虫、害虫要可靠并且科学。

82. 蝴蝶也迁徙吗？

"北雁南飞"是我们所熟知的，但是，蝴蝶像大雁那样迁徙我们似乎没有听说过。其实，在蝴蝶世界中，有一种"彩蝶王"是迁徙的。多少年来，美洲"彩蝶王"的迁徙一直是个难解之谜。

近年来，许多昆虫学者怀着浓厚的兴趣对此进行了大量的研究。后来发现"彩蝶王"和候鸟一样，每年冬天都飞往南方，而夏天则又飞回北方。每天平均飞行45千米以上。在长途迁徙中，雄蝶总是在雌蝶周围组成一道锦障，自己担负起护卫和前导的责任。因此每次艰苦跋涉，总不免有1/3的雄蝶在途中殒命。"彩蝶王"的队伍通常都是夜晚休息，白日飞行，而且黎明即起，从不偷懒苟息。尽管有时行进中队伍在高空强风吹袭下时聚时散，有的落伍、死去，但还是保持着强大的阵容，向着既定的方向从容地飞去，飞过高山、大河、沙漠……成千上万只彩蝶在碧空长天上与飞云竞驰，和流霞争艳，真是蔚为奇观。

83. 蝴蝶能吃动物吗？

在人们的印象中，蝴蝶是不吃动物的。可是，大千世界，无奇不有。在法国首都巴黎的西北部山区有一种十分美丽的蝴蝶，以动物为食。有一支动物考察队来到这里考察，不料有一名队员掉队。当大家寻找到这个队员时，发现他已躺在地上奄奄一息，脸上还有一只大蝴蝶在咬他呢！这位队员很快就死去了。于是，他们把这位队员运回巴黎进行化验和分析，同时还走访了山区的山民，最后才弄清，蝴蝶为什么很快就会咬死人和动物。

据山民介绍，这种吃人的美丽蝴蝶以肉类为食。每当遇到山兔、山鼠之类的小型动物，它们就成群结队追捕，然后一点一点吃掉。当碰到牛及大型动物时，它们则以千计联合起来追捕攻食，直到把对方叮咬死。正因如此，这里的山民进山，第一件事是穿好保护衣。后来，考察队在当地山民的帮助下，捕到几只蝴蝶带回了巴黎，将它们同老鼠放到一起。由于这些蝴蝶饿了几天，所以一关进大铁丝笼子，就立即向老鼠进攻，咬得老鼠"吱吱"叫，满笼子乱窜！人们将被咬的老鼠抓住，进行化验，终于揭开了这个谜。原来，这种蝴蝶的唾液里，含有一种剧烈的毒性物质，可以使被咬的人和动物失去知觉，直至死亡，然后食其肉。于是，考察队员们称这种艳丽的蝴蝶为"吃人蝴蝶"。

84. 蝴蝶翅上的粉是什么？

蝴蝶的种类很多，已知的约有1万4千种，而我国境内有1千3百种以上，大多数分布在云南、海南岛和台湾等地。

人们一向认为蝴蝶的翅上有粉，其实，糊蝶的翅上并不是粉，而是鳞片。英国一位著名昆虫学家耐尔氏，曾经截取0.8平方厘米的蝶翅放在显微镜下观察，见蝶翅上有鳞片70行，每行90个，它同鱼的鳞片差不多，有尖形，有圆形，有锯齿形，并且颜色鲜艳，像屋上的瓦一行一行的重叠着。

软体动物

85. 蚯蚓对土壤的改良有什么作用？

夏天，刚刚下过一场大雨。当你走过多少还有点泥泞的田间小道的时候，你会看见路边的泥土上，出现一个个卷曲的泥土小堆，这些就是被蚯蚓排出的土堆，蚯蚓的存在对土壤的改善有很大的作用。

首先蚯蚓生活在潮湿松软的土里，它在土壤里钻来钻去，自然起到了疏松土壤的作用。其次蚯蚓以土为食，它们以翻出的口腔把沙粒、土壤和腐败的有机物包围起来，一起吞下。有机质被它消化吸收，沙土便从肛门排出，这就是我们在春天的时候在地面上常常见到的许多卷曲的小黏土堆（蚓粪）。沙土经蚯蚓的消化管后，不仅粗糙变得细腻，干燥变得湿润，而且氮、磷、钾的含量是一般土壤的数倍，贫瘠变成了肥沃。蚯蚓还能把酸性、碱性土壤转变成近中性。蚯蚓经常在土壤中穿行，在疏松土壤的同时，又增加了腐殖质，对土壤团粒结构的形成起了很大作用。蚯蚓很小，但数量很多，经蚯蚓改良的土壤自然也就面积可观了，不愧为改良土壤的有功之臣。

有人估计，每平方米耕地有蚯蚓200～800条，每年形成的土壤团粒结构每公顷达47千～170千千克，增加氮素75～125千克。

所以，蚯蚓是大家公认的农民的好朋友，也有许多农民朋友在田中放养蚯蚓，以起到改良土壤，增加土壤肥力的作用。

86. 利用蚯蚓进行鸡、猪综合养殖有什么好处？

鸡、猪、蚓综合养殖，就是利用鸡粪喂猪或养殖蚯蚓，反过来再用蚯蚓喂鸡，通过物质的多层次循环利用可提高物质利用率，促进生态系统的良性循环，降低生产成本。

蚯蚓的营养价值很高。据日本对"大平二号"蚯蚓的成分分析，鲜体中水分85.8%，粗脂肪2.5%，碳水化合物2.2%；干体中水分为8%，粗蛋白66.5%，粗脂肪12.8%，碳水化合物8.2%。

江苏省海安县曾利用蚯蚓进行喂猪试验：在青、粗饲料供应充足，精料相同的情况下，试验猪每头每天加150克煮熟的鲜蚯蚓。结果证明，加喂蚯蚓的猪比不加喂的增重74.2%，而且肉质更加鲜美、细嫩。

87. 珍珠是怎么形成的？

珍珠是人们喜爱的饰品，大家经常佩戴珍珠项链、珍珠耳环及其他珍珠饰品，那么珍珠是怎么形成的呢？

珍珠是由珠母层形成的。珠母贝里面是滑溜的肉，由外套膜包着，为了保护细嫩的肉，大自然赋予珠母贝一种本能，就是由外套膜分泌一种称为珍珠质的东西，在外壳内壁形成光清的保护层，称为珠母层。珠母贝觅食时稍微张开两壳，吸进海中微小浮游生物，偶然也吸了异物（沙粒或贝壳的碎屑），为了不让这些异物伤害自己，就用一层层珍珠质把它们包裹起来，一颗珍珠由此产生了。

天然珍珠是蚌贝类体内自然形成的珍珠，异常罕见，因此被人们誉为稀世珍宝。养殖淡水珍珠是人们根据天然珍珠的形成原理，人为将珠蚌的外壳切成小片移植到另一个成年珠蚌的外套膜中，等活性细胞增殖后发育成珍珠囊，形成珍珠。

88. 蜗牛在农业生产上是害虫还是益虫？

蜗牛有很多种，有的是有害的，也有有益的。对于农民来说蜗牛是害虫，因为它会吃庄稼；而对于药物学家来说，蜗牛全身是宝，它可以用来做许多药物。

其实在农业生产上看一种生物是益虫还是害虫主要看是肉食性的还是植食性动物。一般肉食性的是益虫，植食性的是害虫。蜗牛觅食范围非常广泛，主食各种蔬菜、杂草和瓜果皮，农作物的叶、茎、芽、花、多汁的果实，各种青草青饲料、多汁饲料、糠皮类饲料、饼粕类饲料。

有一次广东中山检验检疫局的工作人员从来自莫桑比克、刚果进口的集装箱中截获 7 只非洲大蜗牛。据检验检疫人员介绍，非洲大蜗牛是危险性极大的有害生物，十分贪食，可危害草本、木本、藤本植物 100 多种，对蔬菜、花卉、甘薯、花生会造成严重危害，甚至吃光植物枝叶。其繁殖速度又非常快，所以一直是我国严禁进口的动物。

89. 人们为什么要大力地养殖蜗牛？

随着科学的发展，人们变害为利，把蜗牛进行人工饲养，让蜗牛为人类提供营养价值很高的蜗牛肉。人们养殖蜗牛主要是出于以下两个方面的考虑。

首先是蜗牛的营养价值。如果不说对农业的危害，蜗牛可说是经济价值很高的一种动物，在国际上享有"软黄金"美誉。它的肉嫩味美，营养丰富，蛋白质含量高于牛、羊、猪肉，脂肪却大大低于它们，并含有多种矿物质和维生素，是体质虚弱、营养不良以及久病体弱者的食疗首选。它所含的酶能化积除滞，谷氨酸和天冬氨酸则能增强人体脑细胞活力。科学家认为多吃蜗牛能对皮肤和毛发产生营养美容作用。

其次是它的医药价值。蜗牛性寒、味咸。有清热、消肿、解毒、利尿、平喘、软坚等功能。《本草纲目》中早有以蜗牛治病的记载。近代中医学也公认蜗牛具有清热、解毒、消肿、消渴等作用，对糖尿病、高血压、高血脂、气管炎、前列腺炎、恶疮和癌症等疾病有治疗作用。还能消肿疗疮，缩肛收脱，通利小便，治疗肿毒，治瘰病，治牙齿疼痛。

目前，河北、广东、福建、上海、浙江、湖北、海南、江苏、河南、山东、湖南、四川、辽宁、内蒙古、甘肃等20多个省市均出现饲养蜗牛热潮，我国的蜗牛养殖正在赶超世界先进水平。

环节动物

90. 蚂蟥具有医学价值吗？

蚂蟥又名水蛭，是一种吸血环节动物。蚂蟥叮人吸血后容易引起感染，所以我们应该学会保护自己，同时在遭到侵袭时，冷静地处理。但是，蚂蟥在医学上具有很高的价值。

我国对医蛭的利用很早，古籍上记载有把饥饿的蚂蟥装入竹筒，扣在洗净的皮肤上，令其吸血，治赤白丹肿。不过更重要的是把蚂蟥入药，首载于我国《神农本草经》，后在《本草纲目》和《中国动物药》等专著中均有收载。其中据明朝李时珍《本草纲目》的汇总，水蛭主要用来治疗跌打损伤、漏血不止以及产后血晕等症。

近年来，医务工作者试验用活水蛭与纯蜂蜜加工制成外用药水和注射液，治疗角膜斑翳、老年白内障的触发期和膨胀期，能使混浊体逐渐透明。蛭素还能缓解动脉的痉挛，降低血压的黏着力，所以能显著减轻高血压的症状，也有人以水蛭配其他活血、解毒药，用于治疗肿瘤。目前心脑血管疾病已成为国内外常见病、多发病，因此水蛭的需求量逐年增加。

目前世界上正在对水蛭素进行大规模的试验，究竟最合适的适应症是什么，采用多大剂量为宜等问题，有待这方面的实验结果，才能做最后的结论。近年来，我国已有几个单位开展重组水蛭素合成的研究，相信会给血栓性等疾病带来新的治疗方法。

91. 农村外出的时候怎样防止水蛭吸血？

水蛭在农村经常见到。这种动物虽不传染疾病也不立即使人致命，但它吸血多，会使人的体力衰弱，并容易发生感染。蚂蟥吸血量很大，可吸取相当于它体重2～10倍的血液。同时，由于蚂蟥的唾液有麻醉和抗凝作用，在其吸血时，人往往无感觉，当其饱食离去时，伤口仍流血不止，常会造成感染、发炎和溃烂。

夏天在农村有些人喜欢到江河水塘中去游泳洗澡，不小心就会被水蛭吸附在身上吸血。由于水蛭会寻找一些皮肤较脆弱且靠近血管的地方吸食，也有不注意时会顺肛门或阴道爬进体内。

防治措施：应避免在林中小溪、河沟、池塘中游泳。如需涉水，过河沟、沼泽、水田时，应穿长裤、扎紧裤脚，在接触水的皮肤暴露部位涂抹避蚊剂或防护油膏。若水蛭叮咬在身体上时，不要用力硬拔，这易使水蛭口器断留在皮下并引起感染。可在叮咬处附近拍打，将其震落；或者用肥皂水、浓盐水涂洒在水蛭身上；或用烟头、火柴烤一下，即可使水蛭脱落。水蛭进入体内时首先要保持镇定，不要鲁蛮乱扣，未完全进入的可用手指抓住将其慢慢扯出。不过这时最好就医处理。

线形动物

92. 怎么防治蛔虫寄生在人体内？

蛔虫是人体肠道内最大的寄生线虫，成体略带粉红色或微黄色，体表有横纹，雄虫尾部常卷曲。人体内有蛔虫时常有食欲不振、恶心、呕吐以及间歇性脐周疼痛等表现。蛔虫的分布呈世界性，尤其在温暖、潮湿和卫生条件差的地区，人群感染较为普遍。蛔虫感染率，农村高于城市，儿童高于成人。目前，我国多数地区农村人群的感染率仍高达 60% ~90%。

对蛔虫病的防治，应采取综合性措施，包括查治病人和带虫者，处理粪便、管好水源和预防感染几个方面。注意饮食卫生和个人卫生，做到饭前、便后洗手，不生食未洗净的蔬菜及瓜果，不饮生水，防止食入蛔虫卵，减少感染机会。使用无害化人粪做肥料，防止粪便污染环境是切断蛔虫传播途径的重要措施。

对病人和带虫者进行驱虫治疗，是控制传染源的重要措施。驱虫治疗既可降低感染率，减少传染源，又可改善儿童的健康状况。驱虫时间宜在感染高峰之后的秋、冬季节，学龄儿童可采用集体服药。由于存在再感染的可能，所以，最好每隔 3 ~4 个月驱虫一次。对有并发症的患者，应及时送医院诊治，不要自行用药，以免贻误病情。

脊椎动物

鱼类

93. 水里的鱼有可以离开水的吗？

常言说，"鱼儿离不开水"。可是，弹涂鱼却能离开水生活。弹涂鱼为河口最常见的鱼种，栖息于沿海、河口或红树林等沙泥底质且水流较平缓的区域。挖洞穴居，不好游动，靠胸鳍爬行及跳跃，属底栖鱼类，随着盐度变化而有明显的迁移特性。肉食性，以浮游动物及小型底栖无脊椎动物为主。

在我国沿海的滩涂上，常常可以看到蚕豆大小的洞穴里，弹涂鱼不时探出一个个两只眼睛高高突起的鱼脑袋，它们机警灵活，在没有水的滩涂上爬行、跳跃，有时还能爬到红树林的树枝上，因此也叫跳鱼。弹涂鱼的胸鳍成臂状，很像高等动物的两只脚，它就是靠这两只"脚"，在海边滩涂上爬行、跳跃。弹涂鱼有离水觅食的习性，每当退潮时，它常依靠胸鳍肌柄爬行跳动于泥涂上以觅食，或爬到岩石、红树丛上捕食昆虫，或爬到石头上晒太阳。当它出水后，发达的鳃室充满了空气，并把尾部浸在水中，作为辅助呼吸之用。离水生活已经成为它们的重要习性，在陆地上能像蜥蜴一样运动。

每当退潮时，你可以在滩涂等地方看到弹涂鱼在跳来跳去地玩耍和互相追逐，它的视觉十分敏锐，一只眼睛专门用来搜寻食物，另一只眼睛却在警惕地注视着可能出现的敌害。当它受惊吓时，就很快跳回水中或钻入洞穴、岩缝中。因此，想要捉住它可不是一件容易的事。

94. 有没有小鱼吃大鱼的？

人们常说："大鱼吃小鱼"，可是小小的盲鳗却偏偏要吃大鱼，而且它也成功了。

它能从大鱼的鳃部钻入腹腔，在大鱼肚里咬食内脏与肌肉，边吃边排泄，最后咬穿大鱼的腹肌，破洞而出。由于长期在鱼体内过着寄生生活，眼睛已退化藏于皮下，所以叫它盲鳗。盲鳗的嗅觉和口端4对触须的触觉非常灵敏，能迅速感知大鱼的到来。它身体像河鳗，但头部无上下颌，口如吸盘，生着锐利的角质齿，鳃呈囊状，内鳃孔与咽直接相连，外鳃孔在离口很远的后面向外开口，使身体前部深入寄主组织而不影响呼吸。盲鳗凭借吸盘吸附在大鱼身上，然后寻机从鳃钻入鱼腹之后就可以开始享受自己的美餐了。

鲨鱼是海中最凶猛的鱼类，在海底世界所向披靡，其他鱼儿闻风丧胆，落荒而逃。但盲鳗却敢于挑战它的权威。当盲鳗用吸盘似的嘴吸附在鲨鱼身上时，鲨鱼并没有意识到危险已至。盲鳗会一点点向鲨鱼的腮边滑动，而后悄悄地从鳃边钻进它的体内。鲨鱼应该觉得有点儿不对劲儿了，但盲鳗已经直入它的腹腔。此时，盲鳗深居鲨鱼的体内，它开始大举吞食鲨鱼的内脏和肌肉，盲鳗的食量很大，每小时吞吃的东西相当于自己体重的两倍，从里到外将鲨鱼吃个干净，然后掉头便走。

95. 小小的食人鱼为什么那么凶残？

一些电影或者电视中有关于鱼吃人的描述，那么到底存不存在吃人的鱼呢？原来在南美真的有这么一种鱼。这种鱼主要栖息在主流、较大支流，河宽甚广、水流较湍急处。在巴西的亚马孙河流域，食人鱼被列入当地最危险的四种水族生物之首。在食人鱼活动最频繁的巴西每年有一些在水中玩的孩子和洗衣服的妇女不时也会受到食人鱼的攻击。食人鱼因其凶残的特点被称为"水中狼族"、"水鬼"。成年食人鱼主要在黎明和黄昏时觅食。

食人鱼之所以这么厉害是因为它们的颈部短，头骨特别是颚骨十分坚硬，上下鄂的咬合力大得惊人，可以咬穿牛皮或者坚硬的木板，能把钢制的钓钩一口咬断，其他鱼类当然不是它的对手。

食人鱼常成群结队出没，每群会有一个领袖，其他的会跟随领袖行动，连攻击的目标也一样。在干季时，水域变小，使得食人鱼集结成一大群，经过此水域的动物或人就容易受到攻击。平时在水中称雄称霸的鳄鱼一旦碰到了食人鱼也会吓得缩成一团。翻转身体面朝天，把坚硬的背朝下，立即浮上水面，使食人鱼咬不到腹部，救自己一命。不过，食人鱼成群结队的时候不可一世，但一离开群体，被放到鱼缸里时，就会变得胆小如鼠，成了可怜巴巴的胆小鬼了！

96. 鱼死后为什么大都会肚皮朝上？

河里或者湖中的鱼死了之后，大都会肚皮朝上，要是大面积死亡则白白的一片。那么，为什么鱼死了之后都是白色的肚皮朝上翻，而不是背部朝上呢？

原因是大多数鱼的身体内，有一种调节身体比重的器官，叫做鳔。鳔是用来装空气的，也可以调节鱼鳔里面空气的体积。当鱼健康的时候它可以控制鱼鳔中空气的多少，利用神经系统控制运动系统来调节姿势。在不同的深度放气或吸气来调节身体的比重，使和周围水的比重一样，这样鱼可以不费力地停留在水中。上浮或者下沉的时候只需要调节鳔里的气体的量就可以了。而当鱼死了以后，失掉了调节能力，鳔也就吸满了气体，身体比重减轻。鱼类背部大多是脊椎骨和肌肉较多的地方，比重较大，而腹部多为内脏器官，比如鱼鳔就是重要的组成部分，因为它的存在，使得鱼腹部的空腔大，而体积就相应大，重量却比背部的要小得多。而在水中一般是重的部分在下方，比重大的背部自然而然地就沉到下面去了，比重较小的腹部自然就浮到上面了。

但有些鱼，如乌鳢，它的密度很大，而且比较耐缺氧，即使是死亡以后，它也是沉在水下的。所以凡事都有个例外，了解这些知识对于养鱼的渔民是很有帮助的。

97. 海里有美人鱼吗？

童话故事中美人鱼的故事很多人都熟悉，按传统说法，美人鱼以腰部为界，上半身是美丽的女人，下半身是披着鳞片的漂亮的鱼尾，整个躯体，既富有诱惑力，又便于迅速逃遁。

《自然历史》中描述："至于美人鱼，也叫做尼厄丽德，这并非难以置信……她们是真实的，只不过身体粗糙，遍体有鳞，甚至像女人的那些部位也有鳞片。"像这样据称见过美人鱼的例子不在少数，很多媒体也报道了关于美人鱼的事件。

没有确切的证据证明美人鱼的存在，关于美人鱼的原形，公认的说法是海牛或者儒艮，当时的人们很可能看错了，将它们误看做是美人鱼。

然而人类为何会把海牛认为是美人鱼呢？最具有说服力的要属海牛有两个乳房，像人的拳头那么大，都位于胸部鳍肢下，与人的乳房位置相似。而且它喂幼仔的姿势很像人，这大概就是将海牛认为是人鱼的最大原因吧！

传说虽然只是传说，它不代表任何科学依据也没有实际的意义，也许是人们美好愿望的体现，所以说，美人鱼的这种魅力是神圣的，是永恒的，是完美的。

98. 为什么鱼离不开水?

民间常说鱼儿离不开水,也常常用鱼和水的关系来比喻两者之间非常的亲密。那么鱼儿为什么离不开水呢?

这还要从鱼儿的呼吸系统说起。鱼儿最重要的呼吸器官要数腮,鳃主要由鳃弓、鳃隔、鳃瓣等几部分组成。鳃弓起支持作用,它的内侧是鳃耙,进出鳃的血管都从鳃弓上通过,鳃弓的外侧缘是鳃隔,鳃隔前后突起形成鳃丝,无数鳃丝紧密排列成栉状鳃瓣,鳃丝上的无数小突起称鳃小叶,是气体交换之处。鳃小叶上布满毛细血管,血液最后流入窦状隙内,窦状隙的壁由结缔组织组成,起支持作用,鳃小叶的表层为单层上皮细胞,故鱼鳃呈鲜红色。硬骨鱼类的鳃裂开口于体内,鳃隔发达,前后各有一个半鳃,这两个半鳃总称全鳃,外侧有鳃盖保护。

至于为何鱼儿离不开水,就要说说腮的组成部分腮丝了,鱼是靠这些鳃丝吸收水中的溶解氧来生存。但是由于鳃丝是一条一条的,所以只能利用水来将鳃丝展开,使吸收氧气的面积增大,从而为鱼提供足够的氧气;但如果离开水,鳃丝就会沾到一起,使吸收氧气的面积减少,导致鱼供氧不足,使鱼窒息死亡。

看来鱼是只能吸收溶解于水中的氧气,到了陆地没有了水,它就只能死亡了。

99. 为什么鱼身上长有侧线?

我们观察各种鱼时会发现每条鱼的身体两侧对称地分布着两条侧线,难道是为了好看而起装饰作用吗?

经研究发现侧线是鱼类的一种特殊的感觉器官,是在鱼体两侧的由许多小孔排列而成的线条。这些小孔称侧线管孔,小孔里面含有神经末梢。小孔分布在一些鳞片上,下面互相连通,形成长管,叫做侧线管。这个也叫做侧线系统,是鱼的神经系统,两侧各有一条。管中充满黏液,外界水流的刺激经过鳞片上的侧线管孔传达到侧线管中的感觉细胞,可以产生兴奋,把外界信息通过与其相连的感觉器官传至脑神经,兴奋经神经传递给脑,就能产生水流感觉。鱼类通过侧线可以感知水压大小、水流方向、水流速度、水中物体的位置和其他各种变化。

侧线系统通常与鱼体同长,有时经鳃盖延至鱼鼻部,和外界接触可作为探测感应之用,能感受到震动波及水流速度。所以许多鱼可以在黑暗的水域中自由游动,甚或眼睛机能已退化至看不见的鱼,都得以用侧线系统探测水中的障碍物。

脊椎动物鱼类及水生两栖类特有的沟状或管状皮肤感觉器也称为侧线。看来这个侧线还真的不是用来装饰的，而是有大用处啊。

100. 中国什么时候开始有稻田养鱼的？

稻田养殖是一种根据生态经济学原理在稻田生态系统进行良性循环的生态养殖模式。著名水生生物专家倪达书曾指出：稻田养殖既可以在省工、省力、省饵料的条件下收获相当数量的水产品，又可以在不增加投入的情况下促使稻谷增收一成以上。

利用稻田水面养鱼，既可获得鱼产品，又可利用鱼吃掉稻田中的害虫和杂草，排泄粪肥，翻动泥土促进肥料分解，为水稻生长创造良好条件。浙、闽、赣、黔、湘、鄂、蜀等省的山区稻田养鱼较普遍，养殖鱼类以草鱼、鲤鱼为主，也养殖鲫、鲢、鳙、鲮等鱼。我国约有水稻田 2446 万公顷，其中在目前条件下可养鱼面积约 1000 万公顷，但目前全国已养殖稻田面积仅占1/10,其进一步开发的潜力很大。

养鱼前，要将稻田堤埂加宽、加高，并拍打结实；同时挖鱼沟、鱼溜或鱼坑，并设置鱼栅。稻田养鱼后应保持较高水层，但要防止大雨时逃鱼。此外，在施用化肥、农药和烤田、耘草时，应充分考虑到鱼类生长的要求，可分片间隔施放，以免影响鱼类生长。

至于中国是从什么时候开始稻田养鱼的，可以最远追溯到汉朝，已有2000 年了，从有稻田养鱼文献记载的三国时期算起，至今也有 1700 多年。我国古代稻田养鱼最发达的时期是唐朝。这样看来，我国是世界上稻田养鱼最早的国家。

101. 老人鱼夫妻为什么终生不分离？

企鹅夫妻算是动物中少有的模范夫妻了，但有一种动物比企鹅更让人不可思议，它们竟然能够做到终生不分离，而且身体也会长在一起，这就是老人鱼。

老人鱼又叫海蛤蟆、蛤蟆鱼、结巴鱼。叫它老人鱼，是因为它发出的声音似老人咳嗽。老人鱼的姻缘是鱼类中少有的，它生长在黑暗的大海深处，行动缓慢，又不合群生活，在辽阔的海洋中雄鱼很难找到雌鱼，老人鱼的卵一经孵化，幼小的雄鱼就马上找"对象"，随后立即成家，附着在雌鱼头部的鳃盖或腹部或身体侧面。过一段时间，幼小雄鱼的唇和身体内侧就和雌鱼的皮肤逐渐连在一起，最后完全愈合。这时，雄鱼除了精巢组织以外，其他的器官一律停止发育，最后完全退化，这导致夫妻个体相差十分悬殊。人们曾经捕到一条1米长的雌鱼，而附着在它身上的雄鱼只有2厘米。从这点来看，老人鱼的雄鱼可是名副其实的小女婿了。它们终生不分离也是为了更好地繁育后代。

老人鱼不大游动，捕食机会少，然而它却是优秀的捕鱼能手。在长期的演化过程中，它的背鳍发生了变化，成了一根长长的"钓竿"，在这根"钓竿"的顶端又有一个肉质的穗，正好充当鱼饵。当小鱼在闪光点附近游动时，老人鱼就摇动它的钓具，引鱼上钩，送入口内。

102. 我国"四大海鱼"是指哪几种动物？

四大海鱼是我国人们非常熟悉的，也是渔民经常捕捞的品种，它们是指：

带鱼。又叫刀鱼、牙带鱼，带鱼的体形正如其名，侧扁如带，呈银灰色，背鳍及胸鳍浅灰色，带有很细小的斑点，尾巴为黑色，带鱼头尖口大，到尾部逐渐变细，好像一根细鞭，头长为身高的2倍，全长1米左右。1996年3月中旬浙江有一渔民曾捕到一条长2.1米、重7.8千克的特大个体，这条"带鱼王"后来被某小学的生物博物馆收藏。带鱼分布比较广，以西太平洋和印度洋最多，我国沿海各省均可见到，其中又以东海产量最高。

大小黄花鱼。大黄鱼也叫大先、金龙、黄瓜鱼、红瓜、黄金龙、桂花黄鱼、大王鱼、大黄鲞；小黄鱼也叫梅子、梅鱼、小王鱼、小先、小春鱼、小黄瓜鱼、厚鳞仔、花鱼。

乌贼。亦称墨鱼、墨斗鱼，它是头足类中最为杰出的放烟幕专家，渔业捕捞量很大，肉鲜美，富营养，生活在温暖海洋中，游泳快速，主要以甲壳类为食，也捕食鱼类及其他软体动物等。我国常见的乌贼有金乌贼与无针乌贼。其实乌贼并不是鱼类，因为它没有脊椎，是软体动物，但以前人们可能不清楚，所以一直把它归到四大海鱼之中。

四大海鱼在我国人们的饮食中占有很高的地位。

103. 如何辨别金鱼的雌雄？

如果要看金鱼的性别，较为可靠的方法是观察它腹部的特征，把金鱼翻过来看，您可以看到位于肛门前方的生殖乳突，雄鱼的生殖乳突既尖又细，而雌鱼的则是大而圆。这是最正确的辨别方法，不过通常还有粗浅的辨视法，就是以外形来判断，同一品种的金鱼，雄鱼的腹部一般都比雌鱼小，而雄鱼的体色反倒比雌鱼艳丽许多，另外雄鱼的鳍条也比雌鱼长。

金鱼有一定的生育周期，通常环境因素会透过内分泌而支配到金鱼生殖腺的发育，而对中国而言，春天就是金鱼主要的繁殖期，因为当春天来临，白天日照时间渐长，金鱼的脑下垂体会分泌一种刺激生殖腺的激素，使得雌鱼的卵日渐成熟，雄鱼的精子也相继活跃起来。生殖腺产生激素刺激鱼体，使得鱼体出现了第二性征，而这第二性征就是辨别雄雌鱼最好的方法。例如，雄鱼在繁殖期会出现追星，而雌鱼没有。

雄鱼的追星是易于辨认的第二性征，在雄鱼鳃盖和胸鳍的第一条鳍条上出现许多一颗颗的小白粒，有时连眼部周围和鳍盖后面的鳞片也会出现追星。当用手捕捞雄鱼时，会明显地感觉到它那粗糙感的追星。追星出现越多，它就会越发疯狂地追逐准备产卵的雌鱼。

从外形看，繁殖期的雌鱼其腹部胀大，而且更浑圆。另外一种方法是用力沿金鱼腹部向后摩擦，如果流出的是白色的液体，就是雄鱼，反过来说，如果排出一串串淡黄色的卵，那肯定就是雌鱼。

104. 为什么不能用凉开水养金鱼？

有些初次养鱼的人会用凉开水养鱼，认为这样的水干净，对鱼儿有好处，谁知道这样只是好心办了坏事，鱼儿最终都会死掉。这是为什么呢？

原来养鱼时水是十分讲究的，俗话说养鱼先养水。对于养鱼的人来说，水分四种：一是新水，就是刚刚晾好的自来水或新打的井水。这种水尽管干净，但并不适合养鱼。二是老水，富含腐殖质和微生物及藻类，这种水对鱼的生长极为有利。三是绿水，水中的有机质含量过多，有时会发出臭味，极易造成整缸的鱼死去。四是回清水，是水中藻类和微生物含量太多，将水里的氧气消耗殆尽，成为没有氧气而且有大量的厌氧性有害细菌的死水。

凉开水显然是上述第一种新水，生水一旦煮开后，与蒸馏水一样缺氧、钙及其他无机物。而鱼在水里不光需要吃东西、喝水，它也和我们人一样，需要呼吸氧气。鱼是靠鳃呼吸水中的氧气。而且它只能呼吸溶解在水中的氧气。自然界的河水、湖水和海水里都有氧气，鱼就靠呼吸这些溶解在水里的氧气生活的，而凉开水就不行了，因为水在烧开的时候，水里的氧气受热后大都跑掉了。用凉开水养鱼，鱼会因为吸不到足够的氧气而死去。所以，不能用凉开水养鱼。

105. 怎样用豆浆喂鱼苗？

我们都知道豆浆营养丰富，人们应该经常饮用。同样，豆浆也可以给鱼苗增加营养，用豆浆饲养鱼苗不仅可快速育肥，而且鱼苗的体质增强，成活率也高。其技术要点如下。

（1）豆浆制作。磨浆前先将大豆在 25～35℃ 温水中浸泡 5～8 小时，水温低浸泡时间长一些，反之短一些。磨浆工具一般采用磨粉机或磨浆机。磨浆时要将大豆和水同时加入，一般每千克大豆用水 10～12 千克。

（2）泼浆方法。一般每天泼浆 3～5 次，浆要洒得细，泼得匀。最好在鱼苗池四角堆一些较大的嫩青草，然后把豆浆泼洒到草的周围，这样幼小鱼苗也能吃到。草鱼、青鱼喜欢集中在池边浅水处活动，所以草鱼、青鱼苗池的池边要多泼些。

（3）泼浆时间。泼浆时间一般在上午 8 时至下午 5 时。喂得太早水温低，溶氧少，鱼苗吃食也少，特别是在鱼浮头时泼浆会加重浮头，所以此时不能泼浆。喂得太晚，天黑以前吃不完，豆浆在水中分解也容易造成鱼池缺氧。注意，如果天气闷热，要下雷阵雨时，一定要少喂或不喂。

（4）泼浆数量。幼苗期平均每天每亩投喂 3～4 千克大豆磨成的浆，一周后增加到 5～6 千克，并根据水色情况灵活掌握用量。水色要做到活、肥、嫩、爽。

另外，饲养草鱼或青鱼苗，在鱼苗入池后 10 天体长达 10 毫米左右时，除了泼喂豆浆外，最好将较稠的豆糊、豆饼糊等堆放在池塘四周浅水处，供它们摄食。草鱼苗长到 25 毫米以上时，还可增喂浮萍等饲料。

106. 为什么深海里的鱼会发光？

一般来说，海水深于 200 米的地方就没有太阳光射到了，一些会发光的鱼应该算是一种光源，正是它们给没有阳光的深海和黑夜笼罩的海面带来光明。事实上，在黑暗层至少有 44% 的鱼类具备自身发光的本领，以便在长夜里能够看见其他物体，方便捕食，寻找同伴和配偶。

这种发光的鱼可以分为两类，一类是"自发光鱼"，另一类是"它发光鱼"。美国的光头鱼就是自发光鱼，在红海和印度洋的闪光鱼则是"它发光鱼"。闪光鱼只有七八厘米长，它发出的光也十分明亮，在水下距离鱼 10 多米处潜水员就能见到它。由于这种鱼的闪光能使潜水员在水底看清时间，所以潜水员常把它捉住放入透明的塑料袋里，作为水下照明之用。鱼类发光是由一种特殊酶的催化作用而引起的生化反应。发光的荧光素受到荧光酶的催化作用，荧光素吸收能量，变成氧化荧光素，释放出光子而发出光来。这是化学发光的特殊例子，即只发光不发热。有的鱼能发射白光和蓝光，另一些鱼能发射红、黄、绿和鬼火般的微光，还有些鱼能同时发出几种不同颜色的光。

鱼类发光的生物学意义有四点：一是诱捕食物，二是吸引异性，三是种群联系，四是迷惑敌人。

看来，大千世界真是无奇不有啊！

107. 怎样利用板蓝根防治鱼病？

板蓝根又名大蓝根、大青根，性苦、寒。板蓝根具清热解毒、凉血止血等功效，是人们经常使用的药物。其实，板蓝根对多种细菌及病毒均有良好的杀灭效果。现将板蓝根在鱼病防治中的应用介绍如下。

（1）防治草鱼出血病。每半月投喂1个疗程的板蓝根、穿心莲合剂，预防出血病有特效。具体做法是：第一天，按每100千克鱼用板蓝根2.5千克、穿心莲1.5千克加开水浸泡1小时，取汁加食盐0.5千克，然后拌入麦麸或玉米粉4千克做成药饵投喂；第二天取第一天留下的药渣放入锅中加水煎1.5小时，取汁按第一天的方法再投喂1次。或者每100千克鱼每天用0.5千克大黄、黄柏、黄芩、板蓝根及0.5千克食盐拌饲投喂，连喂7天，防治草鱼出血病。

（2）防治草鱼细菌性烂鳃与肠炎并发病。先按每亩一米水深用生石灰15千克全池遍撒，然后每亩一米水深用黄边须根50克、板蓝根100克，加水2.5千克煎煮成药汤，再用药汤煮大米或稻谷喂鱼，每天1次，连喂2天。病情严重者，连喂3~4次。

（3）防治长吻鱼危赤皮病、烂鳃病与肠炎病并发症。每100千克鱼用板蓝根、黄连、半支莲、穿心莲、侧耳根、茅草根、甘草汁100克按适当比例配伍煎汁，加入土霉素2克，均匀拌入饲料中投喂，每天1次，连喂5天，结合外用杀菌消毒药物等可有效防治此病。

（4）防治甲鱼鳃腺炎病。用大青叶20ppm、板蓝根40ppm水煎剂全池均匀泼洒，可有效防治甲鱼鳃腺炎病。

108. 为什么泥鳅可以钻在泥中而不会被闷死？

泥鳅喜欢栖息于静水的底层，常出没于湖泊、池塘、沟渠和水田底部富有植物碎屑的淤泥表层，对环境适应力强。每当干旱的时候泥鳅会钻在泥中，这样当别的鱼类都因为缺水而死亡时，它还可以继续生存。每到冬季，它便钻入水底的淤泥深处长眠，以抵抗严寒的侵袭。是什么使泥鳅有这种能力呢？

原来这是因为泥鳅有特殊的呼吸方式，它除了和其他鱼一样能用鳃吸收水中的氧气外，还能通过肠和皮肤直接从空气中得到氧气。泥鳅的肠管较直，肠壁很薄，其中分布着许多微血管，能进行气体代谢，当空气经过肠管时，氧气被吸收，而其他废气则通过肛门排出。当天气闷热或池底淤泥、腐植质等物质腐烂，引起严重缺氧时，泥鳅也能跃出水面，或垂直上升到水面，用口直接吞入空气，而由肠壁辅助呼吸。每逢此时，整个水体中的泥鳅都上升至水面吸气。而当冬季寒冷，水体干涸时，泥鳅便钻入泥土中，依靠少量水分使皮肤不致干燥，并全靠肠呼吸维持生命。由于泥鳅忍耐低溶氧的能力远远高于一般鱼类，故离水后存活时间较长。在干燥的桶里，全长 4～5 厘米的泥鳅幼鱼能存活 1 小时，而全长 12 厘米的成鱼可存活 6 小时，并且将它们放回水中仍能活动正常。

泥鳅肉质鲜美，营养丰富，富含蛋白质，还有多种维生素，并具有药用价值，是人们所喜爱的水产佳品。

109. 泥鳅经常要吐泡，这是为什么呢？

在有泥鳅生活的小河或是水沟里，水面上常常会冒出许多气泡。假如把许多的泥鳅放在水桶里去，时间稍久以后。它就会在狭小的水桶中上下翻滚，同一时间也会吐出许多的气泡。这是为什么呢？

大家都知道，泥鳅平时同其他鱼类是类似的，都是用鳃进行呼吸的。但是，每当水中的氧气不足时，假如仍然是用鳃来呼吸，就无法满足需要，此时，它能冲出水面然后由口直接吸进空气，并暂时用肠子作为呼吸的器官，用它来代替鳃进行呼吸。

我们不禁产生了疑惑：泥鳅怎么能够用肠子呼吸呢？这是因为，泥鳅的肠子与众不同，它们的肠子并不像一般鱼的肠子那样在肚子中绕来绕去的，缠上 10 圈或 8 圈；它的肠子是将食道与肛门连接在一起的，成为一条直管，并且薄得像肠衣一样透明，上面满是血管。这一条又细又短的肠子，既有消化食物的功能，也起顶替鳃进行呼吸的作用。

每当泥鳅感到水中缺氧的时候，就会不停地把嘴冒出水面来，狠狠地咽下一口空气，之后，马上钻到水底。空气被吞到肠子中之后，肠壁上的血管就吸取了空气中的氧气，余下的气体与血液中释放出的二氧化碳气体，便从肛门排入水里。此时，水面上就会冒出许多的气泡。泥鳅呼吸空气的次数与水中的氧气的数量成反比，氧气越少，泥鳅呼吸空气的次数也就越多，要不然就活不下去了。

110. 黄鳝除了购买的动物性饲料，还可以用什么来当食物？

黄鳝是以动物性饲料为主的杂食性动物，不挑食，其饲料来源广泛，除了购买的动物性饲料，饲养者还可利用现有资源收集和培养饵料。

首先，蝇蛆即苍蝇的幼虫可以给黄鳝当饵料。培育蝇蛆可自制种蝇笼，到蝇蛆饲养场购良种家蝇种，生产无菌蝇蛆。可以用黄豆 0.5 千克磨成浆，倒入可装 40 ~ 50 千克水的水缸，加入 2.5 千克鲜猪血和 10 千克水拌匀，1 周后即可长出蛆虫。

其次，螺类也经常出现在黄鳝的"菜谱"中。螺类的套养方法也非常巧妙和有趣。套养螺类可以在养殖池四周挂若干个竹笼，笼眼网 4 ~ 6 目。将一定数量的种螺封闭于笼中，螺笼 2/3 浸于水中，繁殖的幼螺大部分从笼眼中爬出，可被黄鳝摄食。还可以到水渠、稻田等地方捡螺，去壳切碎后喂黄鳝。

最后，再来介绍一种黄鳝的食物——虫蛾。我们可以利用虫蛾喜欢聚集在灯光下的特点采用灯光诱虫法。即在鳝池上空吊起上下 2 只黑光灯，上面一只适当悬高，以招引较远的虫蛾，下面一只较低些，以距水面 20 厘米最为合适。天刚黑时，打开高空黑光灯，当发现高空灯周围虫蛾成团时，便打开水面黑光灯，并关掉高空灯，此时高空虫蛾会很快俯冲而下，聚于水面灯四周，同时，由于水中有电灯倒影，不少蛾虫会冲水而入，葬身鳝腹。

合理利用上述黄鳝的食物，不仅可以使黄鳝快速高产，还可以节省金钱。

111. 为什么鱼会探出水面呼吸？

在水质恶化，天气闷热，低气压的天气，会看到水塘中大量的鱼浮到水面并大口呼吸，鱼儿浮出水面呼吸往往预示着即将下大雨。

为什么要下雨的时候鱼儿要探出水面呼吸呢？外源性的源头就是水中缺氧。一般的热带鱼、金鱼、锦鲤要求的溶氧为 5 毫克每升，个别高氧鱼需要 7 毫克每升。通常情况下，水中溶氧低于 1 毫克每升鱼就会浮头，低于 0.5 毫克每升就会窒息死亡，高氧鱼未到 0.5 毫克就会死亡。如果溶氧长期低于 5 毫克，即使鱼不死，也会生长缓慢，颜色变浅。这就迫使鱼必须浮出水面进行呼吸了。

鱼不是用鳃呼吸的吗？它是靠什么来直接呼吸大气中的氧气呢？原来鱼类除了主要以鳃来吸收水中氧气外，一般皮肤等处也有微弱的呼吸功能，可以直接吸收空气特别是潮湿空气中的氧气。有些鱼种类除了鳃之外，还有比较发达的辅助呼吸器官，例如黑鱼的鳃皱、鳝鱼的皮肤、泥鳅的肠道等。有些不仅仅能辅助呼吸，它们的确是可以"呼吸"空气的，弹涂鱼（皮肤和鳃腔特化）和肺鱼（具肺型鳔）是其中的典型。为了呼吸空气，一般特别缺氧时表现为"浮头"，而不是跳跃！因为在低氧环境中时间长了，鱼的体力早已没有了，甚至奄奄一息，根本没有跳跃能力了。

但是，通常家庭养鱼都配有充氧设备，不会因为这种原因缺氧。

112. 为什么鱼在冰冷的水里不怕冷？

冬天池塘里，鱼照样悠闲地游来游去，难道它们不怕冷吗？

原来鱼是靠自身的血液来调节体温，让自己适应温度的变化。鱼的体温是随着水温变来变去。当水很温暖时，金鱼的身体也会变得很温暖；水变冷的时候金鱼的体温也跟着下降，大致与水的温度相同。鱼对水温的适应性颇强，所以无论是在冰点的寒冷气候，或是在超过 30℃ 的热暑，都能健壮地生活。而且在低温下，鱼的生殖机能更加发达；如常年保温，倒反而会造成它不能产卵的现象。

在寒冬，银鱼、南极鳕鱼等多种生物在体液达到零下 2 摄氏度时仍然能够生存。原来，它们都会制造抗冻蛋白质来帮助它们在冰水中生存。这种抗冻蛋白质通过依附在冰晶之上并迫使其改变形状来阻止冰晶大量生成——就好像把石头放在枕头上，枕头就变形了。这样，即使是鱼体内温度在零度以下，由于抗冻蛋白质的作用，体液也不会变成冰晶，而鱼也得以生存。

每种动物都有它能忍受的生命温度极限，只是忍受力不同而已。像热带鱼的生活适宜温度就比较高，太冷了就会受不了。海底下阳光都晒不到的地方还有鮟鱇鱼、巨嘴鱼等鱼类生活着，它们能忍受的温度下限就比较低，但一旦温度低于了它们能忍受的温度下限，也还是会受不了被冻死的。

113. 为什么人吃了河豚会中毒？

河豚是一种肉质非常鲜美的鱼类，但它身上又含有剧毒，人吃了很容易中毒，所以民间有"拼死吃河豚"的说法。为什么人吃了河豚会中毒呢？

河豚鱼是海洋鱼类，只有几种在淡水中生活。河豚的毒素主要有河豚毒和河豚酸两种，集中在卵巢、睾丸及肝脏等内脏和血液中，肌肉不含毒素。不同性别、不同鱼体部分以及不同季节，河豚鱼所含毒素的量有所不同。一般来说，卵巢和肝脏含毒素量最多，故毒性也最大，其次是肾脏、血液、眼、腮和鱼皮等处，而多数品种的新鲜洗净的鱼肉可视为无毒。主要中毒症状表现为：初期面部潮红，头痛，剧烈恶心、呕吐，腹痛、腹泻；继而感觉神经麻痹，如嘴唇、舌体、手指麻木、刺痛；然后出现运动神经症状，如手、臂、腿等处肌肉无力，运动艰难，舌头麻木，语言不清，甚至因全身麻木而瘫痪。严重者可血压下降、呼吸困难，以致因呼吸衰竭而死亡。

一般煮河豚的专家都会先将河豚进行放血，等其死后才去除内脏。但是将内脏去除干净、彻底就不是每一个人都能做到，因为河豚的胆囊比较薄，一不小心就会破，破了之后无论你如何清洁，煮后食用百分百会中毒。在日本，河豚料理的师傅都是有执照的，但是在中国还没有相关的事情，所以在中国吃河豚中毒的几率较日本高很多。千万不要自己煮河豚，这可是会出人命的。

114. 为什么有的鱼有鳞而有的鱼没有鳞？

鱼类我们是非常熟悉的，但是大家也注意到了有些鱼有鱼鳞，而有些鱼则没有鱼鳞，这是为什么呢？

首先我们要明确鱼鳞的作用，鳞片有三方面的功能：

（1）在鱼肚部的鳞，银光闪闪，能反射和折射亮光，犹如一面镜子，从而使底下凶猛的水生动物炫目，使其产生天水一色的感觉，不辨物体，成为天然的伪装。

（2）鳞为鱼的一层外部骨架，使鱼体保持一定的外形，又可减少与水的摩擦。此外，生物学家根据鳞片上环生的年轮，判知鱼的年龄，也可掌握其健康状况。

（3）鳞为鱼体提供了一道保护屏障，使它与周围的无数微生物隔绝，有效地避免感染和抵抗疾病。

有鳞或没有鳞，是鱼类在长期适应自然环境后逐渐形成的。其实所有的鱼类都有鳞片，只是由于生存环境和生活习性的不同而不同，鱼类的鳞片有大、小、厚、薄、疏、密之分。没鳞的鱼，它们的皮肤上有其他东西来代替鳞所起的作用。如黏液腺极为丰富的鱼，所分泌的黏液或紧密而厚的皮肤，已足够保护鱼长期生存下来而不需要鳞了。鱼鳞的有无有时候是人工饲养的结果，如革鲤，是一种无鳞鱼，但其实它的祖先是有鳞的。

无鳞鱼多数是底栖性的鱼类，身上无鳞而有黏液可以杜绝泥沙中有害微生物的侵袭；有鳞鱼多为游动性强的鱼类，身上的鳞片对身体有盔甲般的保护作用，可以防止外来的物理性伤害。

115. 为什么买不到活的海水鱼？

我们在市场可以买到鲤鱼、鲫鱼这些生活在淡水里的鱼，而且它们大都是活的，它们打捞上来后，放进盛有淡水的盆里，照样游来游去，跟在河水或者湖里没有什么两样。可是在市场上我们从来没有买到过活的海鱼，比如带鱼、黄花鱼，它们一离开海水，立刻就死了。这是为什么呢？

原来，海鱼为适应环境，它的身体的生理机能已经发生了很大变化。这些变化反映在海鱼的肌肉和骨骼上。深海的鱼常年生活在深水中，为了适应深海环境的巨大水压，鱼的骨骼变得非常薄，而且容易弯曲；肌肉组织变得特别柔韧，纤维组织变得出奇的细密。更有趣的是，鱼皮组织变得仅仅是一层非常薄的层膜，它能使鱼体内的生理组织充满水分，使体内的压强也很大，以保持体内外的压力平衡。但被打捞出的时候，水的压力要比海里低，体外压强越来越低，但体内的压强来不及降低，鱼身体里的鱼鳔因为压力降低就会胀大、爆裂，鱼的内部器官也受到损伤，这样，鱼就死了。所以，在市场上是买不到活的海水鱼。

还有一个原因是海水鱼体内的盐分要比淡水的盐分高得多，当海水鱼被放入淡水中时，体内外的盐分的差异会使它非常不适应，这也是促使它死亡的原因。

116. 鲨鱼为什么从来不吃依附在它身边的向导鱼？

鲨鱼和向导鱼是一对"黄金搭档"。性情凶猛的鲨鱼，一般在海洋中上层活动，它一口能吞下成群的小鱼，还能咬死和吃掉比它大的鱼或其他动物，真可谓是海中霸主。奇怪的是，它却从不吞食和它形影不离的小伙侣——向导鱼。

这是什么原因？原来，在海的深处，几乎没有一丝光线。鲨鱼是海洋中名副其实的"近视眼"，在黑暗中活动很不方便。但鲨鱼好像还是生活得自由自在，东游西荡。这是因为鲨鱼身边总是围满了一群向导鱼，向导鱼能在鲨鱼周围游来游去，既敏捷又快速，一点儿也不怕鲨鱼。而鲨鱼对它们也很友好，从来不伤害它们。向导鱼长仅30厘米左右，青背白肚，两侧有黑色的纵带，是一种会发光的鱼，它们照亮了鲨鱼的活动区域。它们和鲨鱼关系十分友好，每当鲨鱼出游时，它们就紧随其后，仿佛是护驾的卫队一样，准确地模仿它的一举一动。有时，向导鱼也游到前面去侦察情况，但会很快地回到自己的位置，可以说是寸步不离。鲨鱼有了向导鱼这个朋友，生活便有滋有味了，它可以在向导鱼的帮助下准确地找到食物。向导鱼也不用自己寻找吃的了，因为鲨鱼的残羹剩饭就够它们饱腹了，而且向导鱼可以凭借着朋友的威风来保护自己。

117. 为什么小海马不是海马妈妈生的？

海马生活在海洋中，虽然叫马，但它其实是鱼，头部像马，尾巴像猴，眼睛像变色龙，身体像有棱有角的木雕，这就是海马的外形。海马是最不像鱼的鱼类，集合了马、虾、象三种动物的特征于一身。它是世界上雄性产子的案例。

海马雌雄鉴别很简单，就是雄鱼有腹囊（俗称：育儿袋），而雌鱼没有腹囊。

海马并不是雌雄同体，海马只是雄性孵化。

每年的5～8月是海马的繁殖期，雄海马腹部有一个小袋，赋予雄鱼照顾卵和仔鱼的任务。这个小袋可用来装小海马，每次可装2000只小海马。每当交配季节来临，雄海马与雌海马的尾部就会交织在一起，这种交配动作使雌海马卵子巧妙地放到雄海马的育儿袋里。雌海马长着长长的产卵管，可将卵子排入雄海马的腹袋里。这些卵在爸爸的腹袋里经过数周后，便会孵化成小海马，准备诞生。雄海马预感到自己将要分娩，这时就会用尾巴钩住一根结实的海草茎，弯起尾巴，把身躯向前一弓，囊孔自动张开，依靠肌肉的收缩，把小海马一只只从囊中挤出来。随后，一只小海马从开口处喷了出来。小海马出生后不久就开始自行摄食水中的小生物。

所以说是海马爸爸负责生育，而不是真的由爸爸生小孩，爸爸的育儿袋只是起到了孵化器的作用，卵还是来源于妈妈。

118. 为什么雌黄鳝会变成雄黄鳝？

黄鳝体细长呈蛇形，体前圆后部侧扁，尾尖细，头长而圆。黄鳝为热带及暖温带鱼类，适应能力强，在河道、湖泊、沟渠及稻田中都能生存。刚孵化出来的小黄鳝都是雌的，可是大黄鳝却都是雄的。幼时为雌，生殖一次后，转变为雄性，这就是说，黄鳝在一生中既当妈又当爹。这种雌、雄性的转变现象生物学上称为性逆转现象。

鳝具有性逆转性，一生中先雌后雄。从胚胎至性成熟期，体长30厘米以下者一般为雌性。雌鳝产卵后，进入雌雄间体期，这时鳝鱼无繁殖能力，并且性别较难鉴别。随着年龄和体长的增加，雌性卵巢也逐渐变为精巢，过渡到雄性。鳝鱼体长在50厘米以上者一般为雄性。雌黄鳝都变成雄的，那么后代哪里来呢？原来，从卵发育而来的小黄鳝，性成熟后就进行产卵，然后才变性成为雄鳝，雄鳝则与下一代雌鳝交配生殖。每年都有一批雌鳝产卵后变性为雄鳝，同时也都有一批新的雌鳝繁殖出来，这样就能保持种族的延续，不会断子绝孙。

鳝鱼的性逆转受营养的影响，食物匮乏使性逆转提前。在雌鳝繁殖期应投喂高热量、高蛋白质、高维生素的饲料，这样有利于鳝鱼繁殖和生长。因为雄鳝生长速度是雌鳝的两倍以上，所以，必要时使鳝鱼雄性化而越过繁殖期，可以增加经济效益。

119. 黄花鱼的鱼头里的小石头有什么用？

人们在烹制黄花鱼的时候尤其是油炸小黄花鱼时经常会看到鱼头里有几颗小石头，它看起来白白的，而且特别的硬，大家可能会问，这是石头吗？是鱼儿不小心吃进去的吗？

其实，黄花鱼头里的两块小石头叫"耳石"，耳石位于鱼头内耳的球囊里，主要由碳酸钙组成，起着平衡和听觉的作用。黄花鱼在海里游动时，一旦外界的声波传到鱼体后，由于刺激了耳石和感觉细胞，它就感应到了。耳石还能压迫感觉细胞，将它失去平衡的身体加以调整，使鱼体保持平衡。

耳石并不是鱼儿把石头吞进去后形成的，是黄花鱼耳朵里本来就有的。科学家们更特别注意鱼类的耳石，他们可以根据鱼耳石的样子，判定鱼儿的种类；也可以把鱼的耳石磨成薄片，从上面一圈圈的纹路，推算出鱼的年龄。

在20世纪七八十年代人们用在船上打鼓的方式来捕黄花鱼。就是用声音的振波来振动鱼头上的这个小小的石头，这样鱼就晕了！所以那几年黄花鱼的数量大大减少。

科学家研究发现，并不是只有黄花鱼才有耳石，很多动物都有，只不过是小黄鱼和大黄鱼所属的石首鱼科耳石较大，所以我们容易发现。其他鱼类的耳石较小，通常不注意看不见，但是它们的耳石所起的作用和黄花鱼的差不多。

120. 电鳗是如何放电的？

电鳗是南美鱼类，能产生足以将人击昏的电流。电鳗行动迟缓，栖息于缓流的淡水水体中，尾部具发电器，来源于肌肉组织，并受脊神经支配。能随意发出电压高达数百伏特的电流，所发电流主要用以麻痹鱼类等猎物。

电鳗是鱼类中放电能力最强的淡水鱼类，输出的电压为 300 ~ 800 伏，在水中 3 ~ 6 米范围内都能感受到。常有人触及电鳗放出的电而被击昏，因此电鳗有水中的"高压线"之称。电鳗的发电器是由许多电板组成的，分布在身体两侧的肌肉内，身体的尾端为正极，头部为负极，电流是从尾部流向头部。当电鳗的头和尾触及敌体，或受到刺激影响时即可发出强大的电流。电鳗的放电主要是出于生存的需要，因为电鳗要捕获其他鱼类和水生生物，放电就是获取猎物的一种手段。

电鳗肉味鲜美，虽然它能释放出强大的电流，但南美洲土著居民利用电鳗连续不断地放电后，需要经过一段时间休息和补充食物后，才能恢复原有的放电强度的特点，先将一群牛马赶下河去，待电鳗放完电筋疲力尽时，就可以直接捕捉了。

121. 北方地区在冬季养鱼要注意什么？

北方地区冬季养鱼比较难，非常容易造成鱼的死亡，那么应该怎么做才能让鱼安全过冬呢？综合养鱼户多年的经验，冬季养鱼要注意以下几点。

（1）水不能过浅

冬季雨水少，易造成鱼塘水位降低；还有些养鱼户喜欢将鱼塘水放浅，欲使鱼能在浅水里晒到太阳而达到取暖的目的。其实，冬天塘水浅、水温变化快、温差大，对鱼生长不利。

（2）注意补充氧气

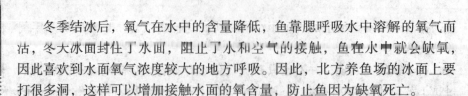

冬季结冰后，氧气在水中的含量降低，鱼靠腮呼吸水中溶解的氧气而活，冬天冰面封住了水面，阻止了水和空气的接触，鱼在水中就会缺氧，因此喜欢到水面氧气浓度较大的地方呼吸。因此，北方养鱼场的冰面上要打很多洞，这样可以增加接触水面的氧含量，防止鱼因为缺氧死亡。

（3）防止冻害

寒冷的冬天常常使越冬的鱼种受到冻害，可采取如下方法来避冷增温：施粪升温，在水面投施畜禽粪便，利用肥料发酵、分解、释放出热量来升高水温。在鱼塘边用木竹棍打桩围上编织袋或稻草秸秆来抵挡北风。烟熏制暖，在降温天气，可将湿稻草、柴禾堆放在鱼塘岸边生火熏烟来增温。注水增温，在气温较高的晴天午后将浅水面的经日晒升温的浅水注入鱼塘。投放水草，冬季往鱼塘投放一定数量的水草，让鱼在草丛中取暖驱寒。

要是以上的几点都可以做到，鱼儿基本上就可以安全过冬了。

122. 鳑鲏和河蚌是怎样互相抚育子女的？

鸟类中的杜鹃把子女托付给别人抚养让大家感到很不可思议，但是与河蚌、鳑鲏比起来就不觉得十分奇怪了，这两种动物互相交换着抚养孩子，这在大自然中可称得上独一无二了。

鳑鲏是似鲤的小鱼，为小型淡水鱼类。体呈卵圆形或菱形；头短，口小；最大个体不超过 200 毫米，绝大多数种类仅 50~70 毫米。体极侧扁而高，体色鲜艳，尤其是每当生殖季节，雄鱼艳丽的体色配上追星，更具吸引力。而雌鱼在生殖季节拖着一条长长的产卵管，在雄鱼的陪伴下更显得别具一格。

每到了生殖时期，鳑鲏常常雌雄相伴，在水中寻找河蚌的栖息场所。一旦发现河蚌，雌鱼就伸出产卵管，插入河蚌的入水孔中，把卵产在河蚌的外套腔里。随后，雄鱼也在蚌的入水孔附近射精，当河蚌呼吸时，把附近排有雄鱼精液的水流吸进鳃腔，精卵得以结合。约一个月后，幼鱼离开河蚌，开始独立的生活。鳑鲏也不是单方面的受惠，它也会帮河蚌养育它的孩子，鳑鲏与软体动物的繁殖期恰相一致，在鳑鲏把自己的孩子交给河蚌后，河蚌也把幼体排在鳑鲏体上，埋入皮内发育一段时期，于是这个幼体便开始它的寄生生活，直到能可以独立为止。

这两种动物互育后代看来很奇怪，不过这也是大自然发展过程中动物为了适应环境而形成的习性。

123. 乌贼有什么贼本领？

乌贼是海洋中常见的头足类动物，长得像个橡皮袋子。乌贼的名字中含有一个贼字，是因为乌贼真的有贼本领吗？的确如此，乌贼有三项贼本领。

首先，乌贼的行动奇特，别的动物前进的速度快，乌贼却是后退的速度快。乌贼靠肌肉收缩，把外套腔里的水从漏斗管中喷出，由于水流的反作用，使它飞快地向后离去。极快的速度是乌贼的贼本领之一。

乌贼还能施放"烟幕"，当遇到敌害时，它就把墨汁喷出来，把海水染黑，自己便逃之夭夭了。这种墨汁里有麻醉剂，可以麻痹敌害的嗅觉，更可以麻醉小鱼虾，以便捕食它们。放"烟幕"是乌贼的贼本领之二。

乌贼的第三个贼本领是变色的。它靠体表的色素细胞伸缩，改变颜色。在明净的海水里乌贼身上的颜色浅，当进入海藻褐色的环境里，又呈现出深褐色。它总是尽量地把自己打扮得与周围环境色调一致，以此来隐蔽自己，便于捕食。

124. 为什么晚上捕鱼时用灯照射可以引诱鱼群？

从古至今人们发明了一系列的捕鱼方法，有用电的、用网的，还有一些是利用动物的习性来引诱它们上当，渔民在晚间用灯光照射捕鱼就是利用鱼类对光线的喜爱。

鱼眼虽然看不远，但它在水中也能看到空气里的东西，由于光线的折射作用，岸上物体的形象传到水面后，必定经过折射而落而鱼眼里，因为有这样一个折射作用，所以鱼眼所感觉到的物体距离比实际的物体距离要近得多。鱼能感觉光线的明暗，不少鱼类有趋光习性，在海洋渔业生产中的灯光捕鱼就是利用这一特性。过去曾有人认为鱼类是色盲，其实不然，它能分辨颜色，而且不同鱼类所喜爱的色谱是不相同的。

灯光捕鱼一般是捕鱿鱼，是利用鱿鱼对光的趋性，道理是跟蚊子喜欢躲在暗处是一样的，5～9月是在闽南渔场捕鱿鱼的最好时机。人们在捕鱼的时候，为了一网能网到更多的鱼，便想办法使鱼集中在一个地方。如果夜间没有月光或月光很暗的情况下，就用柔和的灯光把鱼引诱到同一个地方。这样，水中的鱼便都游到灯光的附近，人们捕起鱼来，省时省力，捕得又多。但是，并不是所有的鱼都喜欢光线。所以，捕鱼只用这一种方法是不够的，还应根据不同鱼的不同特点采取相应的捕鱼方法。

125. 龙虾有什么营养及药用价值？

也许有人觉得龙虾营养价值不高，吃它就是为了吃个味，吃个气氛，其实不然。龙虾的营养成分和海虾相当，只是海虾味道更鲜，人们便以为它的营养成分高。水产品的营养素种类与含量都不亚于畜禽肉，而各种虾体内的营养成分几乎是一致的。各种虾体内含的都是高蛋白、低脂肪，蛋白含量占总体的 16%～20% 左右，脂肪含量不到 0.2%。而且所含的脂肪主要是由不饱和脂肪酸组成的，宜于人体吸收。虾肉内含有锌、碘、硒等微量元素的含量要高于其他食品，同时，它的肌纤维细嫩，易于消化吸收。

龙虾不仅肉洁白细嫩、味道鲜美，高蛋白、低脂肪，营养丰富，而且还有药用价值，能化痰止咳，促进手术后的伤口生肌愈合。

爬行类

126. 为什么恐龙会灭绝？

恐龙是中生代的多样化优势脊椎动物，属于陆生爬行动物，但能直立行走，曾经支配全球陆地生态系统超过 1 亿 6 千万年之久。那么这么强大的一个物种最后为什么灭绝了呢？

科学家经过研究后得出了以下的猜测。

（1）可能是因为小行星撞击或地壳运动带来的火山喷发或气候变化和食物不够。

（2）物种斗争说。恐龙年代末期，小型哺乳类动物出现了，这些动物可能以恐龙蛋为食，最终吃光了恐龙蛋。

（3）可能是因为地表产生变化、植物变少，恐龙不适应环境变化，无法与鸟类、哺乳动物争食物，慢慢从地球上消失了。

（4）地磁变化说。现代生物学证明，某些生物的死亡与磁场有关。比较敏感的生物，在磁场发生变化的时候，可能由此灭绝。恐龙的灭绝就可能与地球磁场的变化有关。

（5）大陆漂移说。地质学研究证明，在恐龙生存的年代地球的大陆只有唯一一块，即"泛古陆"。由于地壳变化，这块大陆后来发生较大的分裂和漂移现象，最终导致环境和气候的变化，恐龙因此而灭绝。

（6）被子植物中毒说。恐龙年代末期，地球上的裸子植物逐渐消亡，取而代之的是大量的被子植物，这些植物中含有裸子植物中所没有的毒素，恐龙大量摄入被子植物导致体内毒素积累过多，终于灭绝了。

127. 恐龙是传说中的龙吗？

我们中国人非常崇拜龙，并自称是"龙的传人"。

其实龙并不存在，它是人们心目中的一种神异动物，是人们创造的一种崇拜物——图腾。在原始社会里，人们坚信某种动物或自然物与本氏族有血缘关系，这就叫图腾。蛇曾是许多氏族的图腾。龙图腾就是从蛇图腾渐渐演化而来的。

在我国，龙的传说已有数千年的历史。龙被赋予了许多超自然的力量，它的地位至高无上，神圣不可侵犯。难怪古代帝王们要自诩为"龙种"了。

龙的样子是很怪，有人把龙的头想象为马头，有人把龙的鼻子想象成牛鼻子，有人把龙的角想象成鹿角，还有人为龙加上了像鱼一样的鳞，像老鹰一样的爪子……

而恐龙却是实实在在存在过的一种动物。

它是生活在中生代的一大类爬行动物，越来越多的化石证明这种爬行动物确实有过一段时间的辉煌。它们的样子虽然也千奇百怪，但是，它们的样子是它们自己本来的样子，绝对不是人们想象出来的，和传说中的龙完全不是一回事。

因此，恐龙并不是传说中的龙。实际上，恐龙这个名字和龙的名字有些相似，最初是日本人的主意，也只有日本人和我国人们对恐龙有这样的称呼。在欧洲和美洲，人们把恐龙叫作"恐怖的蜥蜴"。

128. 鳄鱼流眼泪是真的悲伤地哭了吗？

鳄鱼可以说是水中最为凶猛的动物之一了，但奇怪的是鳄鱼在吃东西的时候会流眼泪，人们常将假心假意的眼泪喻为"鳄鱼的眼泪"。难道鳄鱼真的在为逝去的生命哀悼吗？

科学家研究后发现，鳄鱼流眼泪原是为活命，如果人喝了海水，会越喝越渴，最后甚至渴死。可是生活在海洋中的鱼、爬行动物等却不会有这种危险，这是为什么呢？原来，鱼只要一张嘴，水就灌满了口腔，但是，这些水大部分会通过鳃缝流出去，不会进入腹中。可是，在它吃东西的时候，海水就会随食物进入腹中了，为了保持体内一定的含盐水平，它必须把喝进去的咸水变成淡水，鱼鳃里的特种细胞可以把大量的盐分从血液中不间断地提取出来，随同黏液以高浓度状态传到鳃腔里，再流出体外。

鳄鱼流泪是一种自然的现象，它们流泪的目的是排泄体内多余的盐分。科学家把鳄鱼的眼泪收集起来进行化验，发现里面的盐分很高，鳄鱼所流的"眼泪"实际上是一种盐溶液。海鸟也有这种现象，它们的流泪部位位于鼻孔内，叫做盐腺。海鸟不时会从喙上部的鼻孔中排出一个亮晶晶的水滴，摆摆头抖掉。这种水滴就是盐腺排出的含有大量盐分的黏液。生活在海洋或海边的爬行动物如龟、蛇类也有盐腺。

129. 为什么同一窝小鳄鱼的性别都一样？

大自然真是非常奇妙，就比如鳄鱼，竟然可以自己决定宝宝的性别，这到底是为什么呢？

原来，鳄鱼卵刚生出来时是不分雌雄的，鳄鱼的卵是利用太阳热和杂草受湿发酵的热量进行孵化的。幼鳄的性别由孵化的温度决定。巢穴的温度在28℃～30℃时孵化的多为雌性，32℃～34℃时孵化的多为雄性。

其实环境条件只改变个体的性状表现，并不改变它的基因组成，即鳄鱼体细胞内性染色体组成并没变。温度影响了受精卵发育过程中器官的分化而使性别出现转化。

那么鳄鱼会有意识地自己决定孩子的性别吗？会不会聪明到自己选择不同温度的孵化地点来得到自己想要性别的孩子呢？比如它想要雄性！那会不会就主动到32℃～34℃的环境中去产卵？想要雌性会不会主动到28℃～30℃的环境去呢？其实，鳄鱼真有这样的本领，它们会把有的巢建在温度较高的向阳坡，有的巢建在温度较低的低凹遮蔽处。

依赖温度决定性别的特点具有它的优越性：可以给这个物种以性别繁殖的好处，而不必拘泥于1:1的比例，多生雌鳄，这样大多数的鳄鱼都处在繁殖状态，有利于繁殖后代。依赖温度决定性别的主要缺陷可能是物种的存活受温度限制，这将意味着温度变化可能在一定地区使一个物种消失。

130. 为什么壁虎的尾巴容易断？

壁虎是爬行动物，身体扁平，四肢短，趾上有吸盘，能在壁上爬行。吃蚊、蝇、蛾等小昆虫，对人类有益。

壁虎受到强烈干扰时，它的尾巴可自行截断，以后还可再生出来新尾巴。壁虎的断尾，是一种"自卫"。当它受到外力牵引或者遇到敌害时，尾部肌肉就强烈地收缩，能使尾部断落。掉下来的一段，由于神经和肌肉暂时未死，还会在地上颤动一段时间来转移"敌人"的视线。壁虎的尾巴含有再生性细胞，能通过激素的刺激使尾巴的细胞活跃，再长出新的尾巴，就类似人类的头发、指甲长出来一样。

民间传说壁虎的断尾要钻入人的耳朵，这是不科学的。壁虎尾巴自截，是逃避敌害的一种"本领"，断落下来的尾巴，是绝对不会钻入人的耳朵的。有趣的是，新长出来的尾巴会短些，颜色浅些。如果看到一只壁虎尾巴短、颜色浅，就知它刚刚死里逃生。

131. 为什么要保护壁虎？

中国民间在古代有"五毒"的说法，但是很不可思议的是有些地方把壁虎也列为"五毒"之一，使很多人都欲除之而后快，小壁虎真是受委屈了。

传统的说法是壁虎把尿液撒在人皮肤上，这块皮肤就会烂掉。这种说法没有一点科学根据，曾经有人亲身做过实验，根本没有毒。人们不喜欢壁虎的原因可能是因为它长得太丑了吧！

壁虎是无毒的，而且是一种有益的爬行动物。白天，它潜伏在壁缝、瓦檐下、橱拒背后等隐蔽的地方，夜间则出来活动。夏、秋的晚上，壁虎常出现在灯光照射的墙壁上、屋檐下或电线杆上，捕食蚊、蝇、飞蛾和蜘蛛等，是有益无害的动物。壁虎的干制品，叫"天龙"，是传统的中药。

保护壁虎，可以消灭大量蚊蝇，防止疾病发生。同时，由于大量消灭对农作物有害的昆虫，对保护农作物，提高产量起到了很大的作用。所以，壁虎不仅没有毒，而且是人类的好朋友，人们消灭壁虎只会让蚊子、苍蝇等害虫更加猖狂。

我国有好几种壁虎，除东北及西北地区外，几乎都有它的踪迹，其中产在广西、广东、云南、福建和台湾的大壁虎，已被列为国家二级保护动物。

132. 蛇为什么能够吞下比它的头大很多的动物？

人们常说"人心不足蛇吞象"，这就是指那些欲望没有止境，贪得无厌的人。蛇的确有着很强的吞吃能力，虽然不一定能吞下一头象，但是蛇吞下羊、鹿、幼猪以及牛犊的现象却并不罕见。

我们知道，蛇的嘴是没有那么大的。那它为什么可以完整地吞下比自己的头大出好几倍的东西呢？

要解释清楚这个问题，首先要从蛇的身体构造说起。蛇身上和捕食有关的每个骨节都十分灵敏，特别是下颌骨与头骨的关节非常松弛。下颌的左右两边也与其他的动物不同，它们并不是紧密相连的，而是靠着韧带松弛连接着的。因此，蛇的嘴巴能够张得很大，像我们人，嘴巴只能张大到30度，可蛇却能张大到130度！下颌两半既可以一起向左右展开，也可以独自或者交替地向一边扩展。因此，蛇的嘴巴不但上下可以张得很大，而且左右也可以，这样就可以吞食比它嘴巴还大得多的东西了。每当蛇咬住食物的时候，上颌骨、腭骨、翼骨以及下颌骨都能左右交替地将食物往后拉，上、下颌骨还可以往前包住食物。与此同时，它的胃肠肌肉的扩张能力也那么的强，因此能吞咽比自己的脑袋大几倍的动物。

133. 蛇为什么要冬眠？

蛇有冬眠的习性，到了冬天盘踞在洞中一睡就是几个月，不吃不喝，一动不动地保持体力。待到来年春天，蛇就醒了，开始四处觅食，而且脱掉原来的外衣，开始又一年的生命历程。

为什么蛇要冬眠呢？原来蛇是变温动物，也就是说它没有恒定的体温，其体温随外界气温变化而变化。当外界气温降到10℃以下时，蛇的活动就减慢了；降到7℃时，蛇就停止了活动；当温度低于0℃时，蛇体内的水分就会像自然界的水一样结冰。因为冰的比重比水低，结冰后同样量的水分，体积会增大，就会破坏细胞结构，蛇自然会死亡。所以，为了避免这种状况，蛇要进入地下冬眠。

蛇在夏秋的时候，能够吃到大量的食物，所以在身体里贮存了足够的营养物质。蛇就靠这些营养度过漫长的冬天。在冬季这样恶劣的自然环境下，散居冬眠的蛇类很容易死亡；如果群聚冬眠就可使周围温度增高，还可减少水分的散失。这就大大地降低了体内能量消耗的水平，减少死亡率，还有利于来年春天出蛰后增加雌雄蛇交配的机会。冬眠时，蛇体内会发生一系列生理变化。心脏：跳动缓慢，这样就有效地防止了血液循环紊乱；肺：呼吸减慢，一次呼吸最长达10分钟；肾：产生的尿量很少；脑：冬眠中延髓仍在工作着，中脑代替间脑成为热调节器的变化中心。

134. 有毒蛇和无毒蛇有什么区别？

在农村劳动最害怕的就是遇上蛇，但蛇也分有毒和无毒，为了有效地区分有毒蛇和无毒蛇，大家有必要知道它们有什么区别。

有毒蛇具有毒腺，无毒蛇不具有毒腺。毒腺是由唾液腺演化而来，位于头部两侧、眼的后方，包藏于颌肌肉中，能分泌出毒液。毒液管是输送毒液的管道，连接在毒腺与毒牙之间，只有毒蛇才具有毒液管。毒蛇具有毒牙，它位于上颌骨无毒牙的前方或后方，与无毒牙相比，有毒牙既长又大。

但在日常生活中，我们是没有机会看到蛇究竟有没有毒腺、毒液管，所以只能采用其他方法，比如看外形。从外形上看它们主要有以下的区别。

（1）有毒蛇的颜色一般鲜艳，无毒蛇的色彩多不鲜艳。

（2）有毒蛇的头部一般为三角形，无毒蛇的头部多为椭圆形。

（3）有毒蛇的尾巴短粗，无毒蛇的尾巴细长。

（4）毒蛇的牙痕有较大的毒牙痕和细小齿痕，无毒蛇的牙痕均细小。

为了避免伤害，大家应该尽量地进行预防，以下的方法仅供参考：打草惊蛇，把蛇赶走；在山林地带宿营时，睡前和起床后，应检查有无蛇潜入；不要随便在草丛和蛇可能栖息的场所坐卧，禁止用手伸入鼠洞和树洞内；进入山区、树林、草丛地带应穿好鞋袜，扎紧裤腿。遇见毒蛇，应远道绕过；若被蛇追逐时，应向上坡跑，或忽左忽右的转弯跑，切勿直线跑或往下坡跑。

135. 为什么打蛇要打七寸？

蛇一般是一种比较令人恐惧的动物，打蛇要命中要害。俗语说打蛇打七寸，也有人说打蛇打三寸的。尽管说法不同，但都有一个共同点，那就是一定要打在蛇的致命部位。一般来说，当动物的脊椎骨受重伤时，被脊椎骨保护的脊髓也就会遭受严重的伤害，神经中枢和身体的其他部分的通道就被阻断。受伤的部位伤害越近头部，影响也就越大。要是打在蛇的尾巴上，对它的生命就无影响。可能有人会问，为什么不就干脆说打脊椎骨呢？而要有三寸、七寸的说法？原来三寸处的脊椎骨被打伤或打断，它就无法抬起头来咬你了；而七寸却是它的心脏所在，一受到致命重伤，自然必死无疑。当然三寸、七寸也并不是每条蛇都一样的，因蛇的种类、大小不同而有所差异。总之，一般是越靠近头越是致命。

蛇一般是不会主动对人进攻的，除非你碰到了它的身躯。如果你的脚踩上了它的时候，它会本能地回头咬你脚一口，喷洒毒液。当人们行走在山路上，"打草惊蛇"在此很恰当。手执一根木棍，有弹性的木棍子最好。边走边往草丛中划打，如果草丛有蛇，会受惊逃避。用硬直木棒打蛇是最危险的，因为木棒着地点很小，不容易击倒蛇。软木棒有弹性，打蛇时木棒贴地，击中蛇的可能性更大。

136. 碰见了蟒蛇应该怎么办?

假如你离蟒蛇很远,那么,甩开膀子——逃跑吧。但是逃跑时一定要走 S 路线,不要以为你速度有多快,如果你跑直线,蟒蛇一定会追上你!

在南美洲亚马孙河流域生活着一种巨蟒,其身长可达十多米,能轻而易举地把一个人从头到脚全部吞下。驻扎在巴西热带雨林的军人常会遭遇这种食人蟒,他们的《生存手册》介绍到:碰到巨蟒时,你千万别跑。你跑得快。蟒蛇比人速度快,你最好立即平躺在地面上,背朝下,两脚并拢,双手放在身体两侧。巨蟒爬到你身边的时候,它会从各个角度将头伸到你的身体下面,这个时候记住,要沉着,保持极度的冷静。然后,它会开始吞你的脚。别害怕,就让它吞,你不会有什么肉体上的痛苦,它这样要花上很长时间。如果你沉不住气,试图反抗,巨蟒马上会用它的身体将你缠住,令你窒息而死。如果你保持冷静,不做什么动作,巨蟒把你的脚吞下后,会继续吞噬你身体的其余部位。千万别恐慌,等到它的嘴接近你的膝盖部位的时候,你要不动声色地拔出随身携带的匕首,朝着它张开的大口的一侧快速有力地划过,用利刃把它的嘴割裂,同时迅速将脚从它的口里抽出。

137. 为什么毒蛇的肉也可以吃?

毒蛇的肉是可以吃的。毒蛇之所以有毒,是毒蛇的头部内有毒腺,毒腺才分泌毒液,而肉是没有毒的。

蛇肉还是很有营养的呢!蛇肉含人体必需的多种氨基酸,其中有增强脑细胞活力的谷氨酸,还有能够解除人体疲劳的天门冬氨酸等营养成分,是脑力劳动者的良好食物。蛇肉具有强壮神经、延年益寿之功效。蛇肉胆固醇含量很低,对防治血管硬化有一定的作用,同时有滋肤养颜、调节人体新陈代谢的功能。蛇肉中所含有的钙、镁等元素,是以蛋白质融合形式存在的,因而更便于人体吸收利用,所以对预防心血管疾病和骨质疏松症、炎症或结核是十分必要的。

138. 为什么蛇的舌头总是伸出来?

经常可以看到蛇把它的舌头吐来吐去,让人觉得特别可怕,它为什么要把舌头伸出来呢?

实际上,蛇是近视眼,眼力并不好。生物学家研究得出,蛇是利用舌尖两个分叉来决定前进的方向。蛇一边爬行,一边吐舌头,靠舌头"闻"气味。如果发现鸟、青蛙、老鼠、野兔等一些小动物，它会立即扑过去，把口张得很大很大，把它们囫囵吞下去。

蛇的舌头是怎样起到这个作用的呢？当蛇把舌头伸出来时，蛇用它们的舌头采集周围环境中的气味颗粒。首先它们快速将舌头伸到空气中，然后再将它收进嘴中。在嘴中，它们将舌头的两个小叉子插入位于口腔壁上的洞穴中，这些洞穴就是锄鼻器，这些器官直接通向大脑。尽管蛇的鼻孔也能嗅到气味，舌头和锄鼻器增强了蛇感知气味的功能，由于嗅觉的强大，从而让蛇信子有了辨向的能力。经过判断，蛇就可以准确地捕获猎物了。被蛇咬伤的动物逃走时，蛇可以利用它那伸缩的舌头和灵敏的锄鼻器控寻和跟踪，直到再次发现捕捉的对象。

139. 如何人工饲养蛇？

蛇是肉食性，喜吃活体动物。人工投给的食物多为小白鼠、大白鼠、青蛙、蟾蜍、泥鳅和鳝鱼等。每月投喂 3 ~ 4 次即可，主要根据蛇的种类、年龄、性别、体形大小和采食量不同而灵活掌握。每次投食后要注意观察其采食情况从而调整下次投喂时间和数量。至于蛇的食量有多大，以尖吻蝮为例，每年 4 ~ 11 月份，每月每条蛇平均要供应青蛙、鼠类或蟾蜍 1.5 千克以上。具备一定规模的养蛇场必须考虑食物的来源，保证供应。蛙、鱼和雀类在来源上有明显季节性；而作为实验动物的大、小白鼠和金黄地鼠则可以做常年供应。人工养殖蚯蚓（如大平 2 号）、昆虫（如黄粉虫、地鳖虫等）也可以成为丰富的食物来源。另外，在蛇的不同生长发育阶段，对食物个体大小和种类也有不同的要求，必须做到有计划地供应。

蛇场管理应有严格的制度，如定期饲喂、给水制度，防疫卫生制度、活动观察制度，产品采收、加工和保管制度等。必须科学地做好记录，认真填写生产卡片和报表，并不断总结经验，以提高生产水平。

140. 为什么下雨前龟背上是湿的？

动物在气象条件发生变化时，其活动规律和习性会发生一些变化，人们可以根据这些变化来预测天气。民谚有，"猪衔草，寒潮到"；"鸡在高处鸣，雨止天要晴"；"大水蚁飞，风雨凄凄"；"蚊子飞成球，风雨将临头"；"土狗上岸，大雨漫漫"。

小小的乌龟也可以预报天气，"乌龟背冒汗，出门带雨伞"。乌龟背壳潮湿，壳上的纹路灰而暗，是天要降雨的征兆。龟壳干燥，纹路清晰，预示近期不会下雨。为什么乌龟背冒汗，出门就要打伞呢？

这是因为快要下雨的时候，天空中的水蒸气比较多，乌龟的背壳纹理十分细密，它的排水和吸水性很差。而乌龟是冷血动物，它的体温不会随着外界环境的变化而发生变化，当暖湿空气移来时，水蒸气遇到乌龟身体表面，因龟壳不吸水就形成了水滴，掩盖在乌龟的背上，出现"出汗"的现象。

141. 养殖乌龟要注意什么？

龟被当作长寿的吉祥动物，具有很强的生命力，极少发病。但在人为的控制之下，缺乏自然的生态条件也易产生一些疾病。如水霉病、腐甲病、营养不良、颈溃疡及少量寄生虫病等。乌龟一旦患病就很难治愈，因此，应加强预防。

（1）防止池水水质恶化。在有过病龟的池中养殖。放养前应进行消毒，每平方米使用 $75 \sim 100$ 克生石灰化浆全池泼洒，过 15 天后再放养。产卵场加倍用药。在饲养过程中经常更换池水，避免龟的排泄物和残饵大量存积于池内引起各种病原体和藻类过度繁殖。每月每立方水泼洒生石灰 $5 \sim 10$ 克调节 pH，注意泼洒均匀，防止池水碱性过高。

（2）对有外伤的龟可用 4×10^{-4} 食盐和 4×10^{-4} 小苏打合剂浸泡处理，或用 3×10^{-6} 亚甲基蓝溶液浸洗 $20 \sim 30$ 分钟。

（3）控制好放养密度和做到规格整齐。如发现相互咬斗要及时分池。控制病龟入池。

（4）饲料要新鲜，饲料中脂肪含量不宜超过 5%，避免使用氧化变质的高脂肪饲料。饲料投喂保持基本均匀，特别是饥饿时间较长不要过量给饵。每月 1 次，每次 0.2 毫克/千克龟用磺胺类药拌饵投喂，连喂 3 天。

（5）防止温度骤变，注意防暑、防冻，热天和冷天均应加深池水。

（6）防止敌害生物，尤其是老鼠、蛇、蚂蟥等。要清理养龟场附近杂物，堵填洞穴，水源进水处设置滤网。

（7）对钟形虫病，在病龟四肢或头颈部可见到棉絮状或水霉状附着物时，用高锰酸钾 1% 浓度水溶液涂抹病灶 $1 \sim 2$ 分钟。对养殖水体进行彻底消毒。病龟离水静养 $1 \sim 2$ 小时，每日 $1 \sim 2$ 次。

（8）对肠内等寄生虫，每年春季对龟驱虫 1 次，药剂可用肠虫清，或左旋咪唑，剂量为 1 千克龟用肠虫清半片，或左旋咪唑 80 毫克，拌入饲料中投喂。

142. 龟和王八是一种动物吗?

日常生活中大家非常熟悉这样一个词,乌龟王八蛋,那么乌龟和王八是不是一种动物呢?

乌龟和王八(甲鱼、鳖)在生物学中确实是有区别的。

乌龟和王八是不同的动物。乌龟是硬壳,壳面有裂状纹;王八是软壳,壳面较光滑。

乌龟壳有十三瓣花纹,坚硬,头椭圆,有硬喙,无牙齿,头及四肢都有花纹。乌龟是龟的一大类,有很多种,大多性情温和,不主动攻击其他动物。

王八壳深绿色,无花纹,较软,头尖,颈部可以伸的很长,王八是餐桌上的大补之品。它和乌龟不同,性情凶猛,常在其认为受到危险时会主动攻击其他动物。

简单地总结一下它们的区别就是:

(1)乌龟头比较圆;鳖头比较尖。

(2)王八有别名,鳖、甲鱼;乌龟没有。

(3)乌龟是硬壳的;鳖壳比较软,壳面较光滑。

(4)乌龟背上分块有花纹;甲鱼背黑无花纹。

(5)乌龟不会咬人,用树枝之类的东西碰乌龟,它会把头缩进去;而甲鱼要咬人的,用树枝之类的东西碰甲鱼,它会把树枝死死地咬住不放的。

143. 乌龟把耳朵藏在哪里?

乌龟非常可爱,它全身是宝,有很高的营养价值和医药价值。养龟的人会发现找不到乌龟的耳朵,那么它到底有没有耳朵呢?

原来乌龟没有外耳,但是有内耳。像我们人类在外面看到的耳朵就是外耳的一部分,而乌龟没有这一部分,但是它有中耳和内耳,所以也可以听见声音。那么龟的耳朵长在什么地方呢?你只是扫一眼是找不到的,要仔细地观察。等它把脖子伸出来,仔细观察脖子的左右两侧,就会发现,在它的眼睛后面有两个看起来像贴着的薄膜一样的东西,这就是龟的耳朵。它就是靠这个来感知声音的。另外,乌龟还可以靠地面的震动来感觉有没有人,它的肚子贴在地面,当有人或动物走路,便可感知。

鸟 类

144. 为什么大多雄鸟要比雌鸟美丽?

在鸟类中,人们注意到一个现象,那就是雄鸟一般比雌鸟要美丽得多。比如,雄孔雀色彩斑斓,还会开屏,而雌孔雀则其貌不扬;鸳鸯也是,雄鸳鸯色彩鲜艳,而雌鸳鸯则多是灰色的。要解释这个问题还要从鸟类的求偶行为说起。

鸟类的求偶行为很多样。雄孔雀的羽毛很漂亮,雌孔雀有点像个丑姑娘,但美丽的雄孔雀还是喜欢追求雌孔雀。雄孔雀在求偶时会展开羽毛,变成一把美丽夺目的扇子,以求引起雌性的注意。军舰鸟有着色彩鲜艳的喉囊。当它找到自己喜欢的雌军舰鸟后,就会把喉囊膨胀成色彩鲜红的大口袋来展示自己的英俊形象,并不断围着雌鸟跳着欢快的圆圈舞。雄鹤是最深情的求爱者。它们在求偶过程中会以美妙的舞蹈去打动雌鹤。它们一边上下摆头,快速拍动双翅,突然奔走和停止。舞蹈中的鹤如痴如醉,并常常神魂颠倒地凝视对方。大多鸟儿都是雄鸟示爱,为了达到求偶的目的,它们使用的方法多种多样,不过很重要的一点就是外貌一定要非常漂亮。

看来雄鸟这么美丽就是为了吸引雌鸟,它们的艳丽的色彩当然会让雌鸟刮目相看,而动听的声音也是为了吸引雌鸟的注意!

145. 鸟类可以帮助人类做些什么?

鸟类除了可以捕捉虫子外,它们还能做一些你想象不到的事情。

牧羊鸟。其实就是一种身材高大的鸵鸟,白天它带着羊群去草地吃草,傍晚回圈时,它在旁边巡视。如果羊不听话,鸵鸟就去啄羊的尾巴。羊群对高大的鸵鸟很服从,鸵鸟能出色地完成牧羊工作。

卫士鸟。在布隆迪共和国,狼群常常突袭家禽。当地农民饲养了一种"卫士鸟",这种鸟对浑身发着臭气的狼深恶痛绝,只要一见到狼,就会迅速地衔石猛掷,吓得狼赶紧逃跑。

收粮鸟。在伊拉克本兹堡的一个农场里,驯养着 100 多只灰羽小鸟。当粮食收获时,它能将散落在地上的粮食一粒粒拾起来,吞进自己脖下的一个特有的囊袋里。每只小鸟可吞下 60~70 粒粮食,装满就飞回,将粮食吐到固定的容器内,再进行第二次飞翔、运粮。一只小鸟一天可飞几十次,收集粮食 300 克左右。

照明鸟。非洲的原始大森林中，有一种叫"萤鸟"的小鸟，形同一只鸡蛋，除头部和翅膀有羽毛外，别的部位是一片硬壳，一到晚上就闪闪发光。当地人将它捕捉入笼，供照明用。

146. 鸟儿是怎么向人类预报天气的？

据报道东莞厚街村大塘的曹先生家中有一只养了十几年的"黑山鹧"，曹先生说它能预知天气。"黑山鹧"在天气突变前会有奇怪的表现。如果它在上午不断急躁地跳来跳去并发出"咕咕"的叫声，就说明天气要变化了。曹先生很多时候根据鸟的情况来判断天气。

其实大自然还有很多鸟儿可以向人类预报天气。

猫头鹰：在夏秋时节日出或黄昏时，发出两三声连叫，叫声像哭泣并跳跃不定，必是下雨的征兆。

画眉鸟：它能预知天气晴雨，它们嬉戏于枝头时，表明未来一段时间内晴好无雨；而它们一旦隐居枝间、行动无声时，表明阴雨即到。

乌鸦：雨天时，发出含水般的叫声，预报继续下雨；一旦发出高亢的叫声，预报将会刮大风；在低空飞行时不断鸣叫，则是天晴的征兆。

黄鹂鸟：发出类似猫叫声，是天气即将转阴的预兆；若发出长笛般的叫声，则是天气转晴的预兆。

喜鹊：生性喜欢明朗、暖和的天气，它对天气变化情况最为敏感。清晨，它们在树枝上自由自在地边跳边叫，并且叫声十分欢快，预告天气放晴；如果一飞一落，乱蹦乱跳又乱叫，且叫声十分沉闷，则是预报阴雨将临。

麻雀：在早晨唧唧喳喳，东跳西跳，并发出有节奏的欢叫声，预示未来的天气继续晴好；一旦它们活动迟钝，羽毛凌乱，将有阴雨天到来。

147. 为什么有的鸟腿上套有一个金属环？

大自然中的鸟类多种多样，我们注意观察会发现有的鸟儿腿上套着金属环，就像人们手上的戒指，这就是鸟类环志。

环志是鸟类工作者搜集有关鸟类资料的一种科学方法，即用打有记号的特殊金属或塑料制成的环，注明国家和放环部门通信地址，并编上号码，将需要了解的鸟捕捉后，把环套在鸟脚上进行登记后再放掉。对于不同的鸟，它有不同的型号，以适应鸟腿粗细，不致妨碍鸟的飞翔。可是，鸟类工作者那么辛辛苦苦地给鸟套上鸟环是为了什么呢？

环志是研究鸟类生活史、种群动态和鸟类运动的一个好方法。因为鸟环的编码是独一无二的，所以在异地发现鸟环就可以准确提供该坏志鸟的迁徙路线、往来去处和时间、中途停息地等众多信息。这项工作对保护和合理利用鸟类资源，对科研、国防、植保和疾病防治等都具有十分重要的意义。

鸟类环志数量很少，所以反馈信息十分珍贵。信息的回收不仅需要环志者的广泛合作，同时也需要公众的参与。因此，如果你在户外发现了鸟环，请及时记录环上的全部信息，并写明发现鸟的地点、时间、环志号、鸟的状态以及环志鸟的处置结果，然后将上述信息按鸟环上的地址寄出，既为帮助人类了解鸟类做贡献，而且还会有一个惊喜在等待着你，所以别忘了留下你的通信地址和联系方式。

148. 鸟为什么会飞？

很久以前人们就梦想着像鸟儿一样能够飞上天空，但为什么鸟儿可以飞而人不行呢？原来这与鸟儿的身体构造有关。

鸟类的身体外面是轻而温暖的羽毛，羽毛不仅具有保温作用，而且使鸟类外型呈流线型，在空气中运动时受到的阻力小，有利于飞翔。飞行时，两只翅膀不断上下扇动，鼓动气流，就会发生巨大的下压抵抗力，使鸟体快速向前飞行。鸟类的翅膀是它们拥有飞行绝技的重要条件。同样拥有翅膀，有的鸟能飞得很高、很快、很远；有的鸟却只能滑翔，甚至根本不能飞。由此可见，仅仅是翅膀，学问就不少。

鸟的胸部肌肉非常发达，还有一套独特的呼吸系统。鸟类的肺实心而呈海绵状，还连有 9 个薄壁的气囊。在飞翔时，鸟由鼻孔吸收空气后，一部分用来在肺里直接进行碳氧交换，另一部分是存入气囊，然后再经肺排出。一次吸气，肺部可以完成两次气体交换，保证了鸟在飞行时的氧气充足。

鸟类的骨骼薄而轻，骨头是空心的，里面充空气。解剖鸟的身体骨骼还可以看出，鸟的头骨是一个完整的骨片，多处椎骨也愈合在一起，肋骨互相钩接，形成强固的胸廓。鸟类骨骼的独特结构，减轻了重量，加强了支持飞翔的能力。

从对鸟类能力的认识中可以看到，对鸟类的研究，将会有助于人类在飞行事业上的发展。

149. 为什么鸟站在高压线上却不会被电死?

我们经常看到小鸟会站到高压线上，居然没有生命危险，而且鸟儿还怡然自得。假若是人类站在高压线上，恐怕早就有生命危险了。为什么鸟站在高压线上电不死呢?

一方面是由于鸟两脚间的电阻远大于它所抓导线的电阻。鸟体内只有微弱的电流通过，所以不会电死。电分为正负两极，在正负两极之间连接上导体，电流就会从导体上流过。同样电线也分为正负两根。人体是导体，人的身体较大，在碰到电线时，把两根电线连在一起，形成短路，人体上就有大电流流过，这就是人触电身亡的原因。同理，如果蛇爬到电线上就危险了，它的身体较长，当它爬到高压线上后会把正负两根连接在一起造成触电死亡。另一方面，鸟的两条腿之间的距离很小，导致两条腿之间的电压很小很小，此时电流就不会从鸟的一条腿流进去，从另一条腿流出来，电流只会通过电线流过去，我们可以看成是短路，所以鸟就安然无恙了。而人的两只脚离高压电源的距离不同，这就造成两条腿形成了较大的电压差，导致电流从一条腿流进去，从另一条腿流出来，就触电了。

150. 鸟在树枝上睡觉不会掉下来，这其中有什么奥秘吗?

鸟在树上睡觉已经很令人吃惊了，而鸟在树枝上睡觉居然都不会掉下来，这更令人感到惊奇。当然，动物学家已经把这个谜团解开了。一位鸟类学家认为：鸟类利爪的抓握反应是一种下意识的动作。人类想抓取某样东西时先要调动肌肉；而鸟类恰恰相反，它们运用肌肉为的是松开抓取的东西。所以，它们睡得越熟，就会把树枝抓得越紧。因为动物与人不同，人要抓住一些东西必须绷紧肌肉，而鸟要松开爪子必须绷紧肌肉。通过进一步观察专家们又得出了以下结论：树栖鸟类的脚趾的构造非常有特点。它的脚趾生长得非常适于抓住树枝。小鸟落到树枝上以后会弯曲胫跗骨和跗蹠骨蹲伏在枝杈上，这样，它身体的重力都集中在跗骨上，跗骨后面的韧带被拉紧，同时也拉紧了趾骨上的弯曲韧带。脚趾便弯曲并紧紧抓住树枝，即使是睡觉，脚趾也会因自身的压力而紧紧抓住树枝不放，因此就不会掉下来。

另外，鸟的小脑很发达，不仅能适应飞翔，也善于调节运动和视觉，能够很好地保持身体的平衡。这也是鸟之所以能栖息在树枝上而保持稳定不摔下来的另一个重要原因。

151. 如何判断鸟的年龄?

有时候，我们需要判断鸟的年龄。比如当我们下定决心要买回一只观赏鸟回家饲养的时候，通常会希望挑选一只年龄小一点的鸟儿，毕竟年龄小的鸟较容易调教，并且能够饲养的时间也相对长一些。所以，人们时常为无法判断鸟的年龄而发愁。那么对于鸟，有判断它们年龄的方法吗?

根据一些观赏鸟爱好者的经验，我们可以从以下几个方面进行观察分析。首先，可以看鸟的羽毛。通常来说，鸟的年龄越小，当然未成年幼鸟除外，身体上的羽毛就越显得光亮和鲜艳。年龄增大后，尤其是鸟进入老年期后，羽毛就会渐渐失去光泽，而且显得杂乱和粗糙。其次，可以把鸟腿上的皮作为判断标准。新鸟腿趾上的皮比较细嫩，一般换羽 1 到 2 次后还没有鱼鳞斑状的皮，而之后鸟类随着年龄增长，腿上鱼鳞斑状的皮越来越明显，皮质也越来越厚。此外，年轻的鸟，它们的腿、趾、爪的皮肤都呈褐色，油亮并带有淡红。随着年龄的增长，褐红色会逐步退化，渐渐变为浅白色。

152. 候鸟迁徙为什么不会走错路线?

很多鸟类具有沿纬度季节迁移的特性，夏天的时候这些鸟在纬度较高的温带地区繁殖，冬天的时候则在纬度较低的热带地区过冬。秋季的时候这些鸟类由繁殖地往南迁移到度冬地，而在春天的时候由度冬地北返回到繁殖地。这些随着季节变化而南北迁移的鸟类称之为候鸟。

那么在迁徙的过程中它们是怎样保证不会迷路的呢?

一些人认为鸟类迁移的路径是遗传而来，尤其一些鸟种的亚成鸟第一次迁移时，在没有亲鸟带领下仍可顺利到达度冬地，由此可以说明遗传的重要性。但也有很多鸟类的迁移是经由学习而来的，亚成鸟经由跟随亲鸟迁移而习得迁移路径。

一般认为，在白昼迁徙的鸟类是根据太阳来定位，夜间迁徙的鸟类根据星空定位。另有一种观点认为，鸟类拥有适应于空中观察的敏锐视力。在开阔的环境中，它们能牢记熟悉了的广大地区的特征作为方向标志，为其从繁殖地向越冬地迁徙往返起到了关键性的作用。

科学家通过环志、雷达、飞行跟踪和遥感技术等方法观测到，鸟类在飞行时，往往主要依靠视觉，通过天空中日月星辰的位置来确定飞行方向。此外，地形、河流、雷暴、磁场、偏振光、紫外线等，都是鸟类飞越千里能够回到它们的繁衍地而不会迷航的依据。

153. 鸟类世界是一个等级世界吗?

蜜蜂和蚂蚁等有森严的等级,这是为人们所熟知的。那么鸟类有等级吗?答案是肯定的。鸟类世界不但有一个等级世界而且等级森严。有些鸟类每一群中都分有"一头儿"、"二头儿"、"三头儿"等级别。居于"一头儿"地位的鸟儿至高无上,它们可以任意欺侮本群中的其他鸟儿。处于"二头儿"地位的鸟儿可以欺凌除"一头儿"外的其他同伙。同理,"三头儿"则可以随意压迫"四头儿"以下的伙伴……依此类推,直至最低下的鸟儿。

通过进一步研究,科学家发现了决定鸟儿等级的标准。据科学家们说,决定鸟类等级的标准仅仅是头上羽毛颜色的深浅和胸脯羽毛条纹的粗细。鸟儿头上羽毛颜色越深、胸脯羽毛条纹越粗大,等级地位就越高。反之,头上羽毛颜色越浅、胸脯羽毛条纹越细,等级地位就越低。科学家还为此专门做过实验,他们将一些低等鸟儿的头和胸脯羽毛涂上上等鸟儿的颜色和条纹,使这些鸟儿头上羽毛颜色变深、胸脯羽毛条纹变粗大,然后将它们放到另一群同类鸟儿中。结果,这些下等鸟儿的人为的上等身份立即得到了这群鸟儿的认可,受到新伙伴的奉承和尊敬。

154. 鸟儿是怎样洗澡的?

我们人类经常洗澡,那么鸟儿是怎么洗澡的呢?全世界的鸟有各种各样的方法,有的常拍打着翅膀在水里洗澡,有的站在树枝上,用嘴啄拨着自己的羽毛来洗澡。不过有的就有些奇怪了。

喜鹊、乌鸦、椋鸟和鹦鹉等,它们喜欢用蚂蚁来"洗澡"。椋鸟常常半展着双翅或一只翅膀,用嘴巴从地面上啄起一只蚂蚁,然后在翅膀下侧的羽毛上来回摩擦,最后将蚂蚁抛去或者吞掉,再从地面上啄起另一只蚂蚁,重复以上的动作。有时,就干脆掘开蚁巢,将双翅向前触地,让大群蚂蚁爬上翅膀,帮着"洗澡"。喜鹊也会躺在地上,用泥灰搅拌着蚂蚁来洗澡。

在缺少蚂蚁的时候,鸟儿就用甲虫、臭虫、苹果皮、各种浆果、樟脑、菩提树皮等来补充需要。比如,家养的椋鸟就会用柠檬来擦洗自己的羽毛,它对醋和啤酒也很感兴趣。

鸟儿除了蚁浴外,还有一些更奇特的烟浴、火浴和沙浴。一般来说,鸟类对烟和火都十分惊恐,可有一种鸦科和椋鸟科的一些成员却是例外,它们偏爱烟浴。喜欢停息在浓烟滚滚的烟囱口,展开翅膀,用嘴巴啄一口

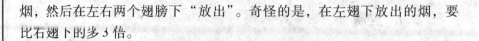

烟，然后在左右两个翅膀下"放出"。奇怪的是，在左翅下放出的烟，要比右翅下的多 3 倍。

155. 世界上有没有没有腿的鸟？

在西方，盛传有一种鸟是没有腿的。这是种什么鸟呢？它真的存在吗？答案就是极乐鸟，也叫做天堂鸟。

极乐鸟来自新几内亚和印度尼西亚。在极乐鸟当中最有名的是无足极乐鸟。难道这种极乐鸟真的没有脚吗？无足极乐鸟并不是真的无足，只是足短一些，飞行时藏在长长的羽毛内，人们见不到。无足极乐鸟的尾翼比身体长二三倍，又被称做长尾极乐鸟。无足极乐鸟体长只有 20 厘米左右，比别的极乐鸟小得多。它对爱情忠贞不渝，一旦失去伴侣，另一只鸟就会绝食而死。相传在 1758 年，有一位瑞士人，名叫林那奥斯，他从伊里安岛旅行回来，带了一只极乐鸟的标本，由于标本无脚，欧洲人又从未见过这么漂亮的鸟儿，从此人们就称这种极乐鸟为"无足"极乐鸟了。这件事在当时几乎轰动了整个欧洲。

当地土著人也极喜爱无足极乐鸟，说它是一种"神鸟"，能在空中终身飞翔，吃的是云朵，住的是雾海。因为它没有脚，一直到死亡都不落地，永远朝着太阳飞去。

156. 鸳鸯真的是对对方忠贞不贰的鸟类吗？

鸳鸯经常成双成对，在水面上相亲相爱。它们时而跃入水中，引颈击水，追逐嬉戏，时而又爬上岸来，抖落身上的水珠，精心地梳理着华丽的羽毛。此情此景，勾起文人墨客的翩翩联想，唐朝李白有"七十紫鸳鸯，双双戏亭幽"，杜甫有"合昏尚知时，鸳鸯不独宿"，孟郊有"梧桐相持老，鸳鸯会双死"，杜牧有"尽日无云看微雨，鸳鸯相对浴红衣"，以及"只成好日何辞死，愿羡鸳鸯不羡仙"等的赞美诗句。

因为鸳鸯的这种出双入对，中国民间历来把鸳鸯当做恩爱夫妻的象征，也是永恒爱情的代名词，是一夫一妻、相亲相爱、白头偕老的表率，甚至认为鸳鸯一旦结为配偶，便陪伴终生，即使一方不幸死亡，另一方也不再寻觅新的配偶，而是孤独凄凉地度过余生。那么鸳鸯夫妻真的那么恩爱吗？科学考察发现，其实这只是人们看见鸳鸯在清波明湖之中的亲昵举动，通过联想产生的美好愿望，是人们将自己的幸福理想赋予了美丽的鸳鸯。事实上，鸳鸯在生活中并非总是成对生活的，配偶更非终生不变。在鸳鸯的群体中，雌鸟也往往多于雄鸟。鸳鸯平时不一定有固定的夫妻关系，只是在配偶时期才表现出那种形影不离的亲密姿态。在繁殖后期的产卵孵化工作中，雄鸟并不过问，抚育幼雏的任务完全由雌鸟承担，"夫妻"并不恩爱。

157. 什么动物才是动物界真正的模范夫妻?

中国人一直把鸳鸯看做爱情的典范，是模范夫妻的代表，事实证明鸳鸯让人们失望了，那么什么动物才算是动物界的模范夫妻呢? 企鹅应该算得上是楷模。

企鹅憨直的形态一直深受人们的喜爱，它还有一点为人们称道的就是它的爱情观和强烈的家庭观念。动物学家曾对它们进行过考察，发现它们实行"一夫一妻"制，对爱情比较专一。曾有人用了十多年时间对近千只企鹅进行观察，发现82%的企鹅还始终维持原配，其中有一对共同生活达11年之久，可谓是白头偕老了。而麦哲伦企鹅大概可以算是典范中的典范了，绝对是"情比金坚"。它们一生只会寻找一个伴侣，而当一对企鹅中的一只早亡，另一只则也会因悲伤过度而不久于世。这种企鹅一生也只做一次窝，而且位置固定。它们在冬天到巴西温暖海岸避寒，春季回到阿根廷大西洋海岸繁殖后代。当春天返回后，企鹅会寻找以前建好的"家"，在那里繁衍后代。据说，没有一只企鹅会犯错找不到自己的"家"。

冰天雪地里企鹅们永远是相濡以沫，一起捕食，一起哺育，互相照顾，有时候它们甚至会为了另一半舍弃自己的生命，一直相伴到生命的尽头，在可爱的企鹅的面前人类要汗颜了。

158. 小帝企鹅是由谁孵化的呢?

在自然界大部分的动物都是由雌性来负责养育幼雏的任务，但是也有个别的动物是不按常规来的，帝企鹅就是这样，它们孵化小企鹅的任务是由雄企鹅来完成的。在企鹅家庭中，只有帝企鹅是雄鸟孵卵，其他种类的企鹅均是两性共同孵卵。

每年到了帝企鹅的繁殖季节，帝企鹅就会求偶，它们常常双双对歌，伴随着滑稽可笑的动作。一旦双方认可了，便会用卵石在雪地的背风处筑巢，开始产卵。帝企鹅一次产两个卵，雌企鹅的卵刚产出来，雄企鹅马上跑过去，把卵放到自己的脚背上开始孵化小帝企鹅。帝企鹅的繁殖是在极恶劣的气候条件下进行的，帝企鹅的卵由雄企鹅在气温低至 −60℃的冬季孵化，有的也换班孵卵，孵化期为 2 个月，10 月份开始，到 12 月底孵出小帝企鹅为止。在雄企鹅孵卵的时候，雌企鹅则要出外去觅食，为它们即将出世的小宝宝寻找食物。

159. 为什么企鹅不怕冷？

南极是地球上最寒冷的地方，人们曾测得那里的最低温度是 -88.3℃。企鹅却能在那里生活。企鹅为什么有这种惊人的抗低温的本领？它有什么特殊的构造和特异生理功能呢？

企鹅之所以不怕冷，是因为企鹅脚的血管构造比较特殊，是动脉和静脉相互缠绕并贯穿组织，这样热的动脉血会与冷的静脉血发生热交换，避免了由于局部温度过低而引起的组织坏死，又防止大量的热量在脚部散失。这样的组织构造可以保持一定的温度，能够保护在冰面上的脚。

企鹅具有适应低温的特殊形态结构和特异生理功能。企鹅身披一层羽毛，仔细看来，这一层羽毛又可以分为内外两层，外层为细长的管状结构，内层为纤细的绒毛。它们都是良好的绝缘组织，对外能防止冷空气的侵入，对内能阻止热量的散失。绒毛层还能吸收并贮存微弱的红外线的能量，作为维持体温、抗御风寒之用。企鹅体内厚厚的脂肪层大约 3～4 厘米，特别是那些大腹便便的帝企鹅，脂肪更厚。脂肪层是企鹅活动、保持体温和抵抗寒冷的主要能源。企鹅怀卵和孵蛋时，不吃不喝，就是靠消耗自己的脂肪层。雄帝企鹅孵蛋时，脂肪层会消耗 90%。

维持低代谢水平是企鹅适应低温的一种生理功能。科学家为了阐明企鹅的代谢率，测定了在不同温度下企鹅吸收氧气和呼出二氧化碳的量。结果表明，在 -23℃～-25℃ 的温度范围内，企鹅所消耗的能量几乎恒定。

160. 有没有找保姆照顾自己的孩子的鸟？

人类经常会找人照顾自己的子女，那么在动物界有没有自己不喂养孩子，而找别人代劳的鸟类呢？回答是有的，这种鸟就是杜鹃。

杜鹃又叫布谷鸟，早春的山野乡间，人们常常可以听到"布谷！布谷！"的叫声，或者叫"早种包谷！早种包谷！"这是家喻户晓的布谷鸟在鸣叫，动物学家称这种鸟为杜鹃。杜鹃性情孤独，平时多单独活动。在生儿育女时，它们也不筑巢、不孵卵、不育雏。杜鹃在繁殖期间，不像其他鸟类那样雌雄成对生活在一起，而是雌雄乱配，过后就分开了。雌杜鹃在产卵前先物色好其他鸟巢，如黄莺、云雀等鸟巢，然后悄悄地窥视周围的动静，一旦老鸟离巢，它就占着别人的窝下蛋，有时还衔着窝主人的蛋离去，让窝主人替它孵蛋育雏。杜鹃一般会比别的鸟类早出生，只要一出生它就把其他的鸟蛋推出鸟巢，并发出叫声表示要吃的。可怜的其他鸟父母还不知道自己的子女惨遭不幸，仍精心照料着巢内的"独生子"。然而，小杜鹃却并不领情，十多天后羽毛丰满了，它便跟着附近活动的"生母"远走高飞了。

161. 孵化鸡蛋时怎么控制湿度？

现在养鸡场在孵化鸡时都不用母鸡了，而是采用孵化器。用孵化器孵化小鸡，对湿度的控制是十分重要的。相对湿度对胚胎发育有很大影响，湿度与蛋内水分蒸发和胚胎物质代谢有关。在孵化中，温度与湿度之间会有一定的相互影响。实际生产中应防止同时出现高温高湿，因为高温高湿会导致排气不通畅，使得孵化机内二氧化碳浓度加大，影响胚胎发育。

鸡蛋在人工孵化过程中，对湿度的要求并不像对温度的要求那么严格，鸡蛋内容物含有的水分，供给鸡胚发育所需的水分是足够的。但这并不等于说可以不管湿度。要得到理想的孵化效果，对于湿度也要妥善地控制。

湿度过高，阻碍鸡胚尿囊液的蒸发排除，而造成雏鸡大肚皮，鸡体组织、蛋黄含水分过多，身体显得笨重迟钝。湿度过低时，则引起蛋内水分过量的蒸发，雏鸡干瘦，肌肉不丰满，羽毛过分紧凑，个体小。

因此，掌握适当的湿度也是必要的。如在长江中、下游一带，空气湿润，自然湿度较高，类似这种地区，只需在电孵机底部放4个水盘，经常保持水盘内有水就行了。天冷时加温水，天热时加冷水。在气候特别干燥的地区，要增大水盘面积或加高水温，以增加蒸发量，必要时还可定时补加喷湿措施。

162. 鸡为什么要吃石子呢？

我们经常会看到家里的鸡在吃麦粒儿等食物的同时会把小石子也吞下去，大家会觉得很奇怪，难道石子也可以充饥吗？石子那么硬，鸡是怎么消化它的呢？

其实，鸡吃小石子是出于它的需要。因为鸡没有牙齿，不能嚼碎食物，只能依靠小石子帮着磨碎。鸡的身体里有一个小口袋，里面有许多鸡吃进的小石子。鸡吃的食物和石子混在一起，就被磨碎了，这样食物就容易消化吸收了。所以鸡除了吃食物，还要吃小石子！

那么我们人类也需要把食物磨碎消化，为什么人就不需要吃小石子呢？因为人类用牙齿咀嚼磨碎食物，而鸡的肠胃蠕动没有人的那么强，且没有像我们这么多的胃酸跟肠液来帮助消化，但是它很聪明地知道自身的能力不足，懂得用外力来补足。吃石子就是个很好的选择，石子在它肠胃里随着它的运动就对食物有一种摩擦力，这样一些不好消化的东西就被磨碎了，也就达到目的了。散养的鸡，自己就可能找到一些硬东西吃，人工饲养的就要定期喂一些石子、玻璃碎渣等，以帮助鸡消化食物。除了鸡，鹅、鸭等禽类大都有这样的习性。

163. 鸡小的时候怎样辨认雌雄？

春天是农村朋友们捉小鸡仔来养的时候，此时分辨小鸡的公母很重要，因为母鸡可以多下蛋，大家都喜欢捉一些母鸡。那么怎样辨别小鸡的性别呢？常用的有以下几种：

翻开雏鸡肛门，有小颗粒状突起的是雄性，没有的是雌性；

撒些锯末在地上，观察雏鸡的脚印，脚印呈直线的多半是雄鸡，脚印歪歪扭扭的是雌鸡；

拎住雏鸡的脚，把它倒提起来，头颈向前弯曲，挣扎得厉害的多半是雌的，身体下垂，头前伸，比较老实的反而是雄的；

仔细观察，雄性雏鸡的脚胫比较粗壮，头相对较小，雌性雏鸡的骨骼比较细弱，但羽毛看起来比雄性雏鸡更细致、整齐。

除了第一种方法外，其他几种鉴别方法误差相对较大，因此养鸡场鉴别雏鸡性别多采用第一种，准确率可达90%以上。

这里有一首顺口溜是大家的经验总结。

小鸡破壳刚下地，雌雄体态有差异。

头大脚高常是雄，头小脚短是母鸡。

母鸡屙屎向后蹲，公鸡走路直线行。

用手轻摸鸡体尾，公略尖来母圆肥。

抓住鸡脚倒提起，头部朝上是母鸡。

把鸡抓起轻放下，若是公鸡跑得急。

吹开尾巴看屁股，下有白点为公鸡。

164. 为什么鸡有时下双黄蛋、软壳蛋？

养鸡的农民常常见到一些鸡产下异常的蛋，比如双黄蛋和软壳蛋。为什么母鸡下这些异常的蛋呢？

双黄蛋，是指一个蛋壳中含有两个卵黄的蛋，通常比正常蛋要大得多。双黄蛋形成的原因是由于两个卵细胞同时成熟，并一起脱离滤泡被纳入输卵管，在输卵管各部依次被包裹蛋白、壳膜和蛋壳等物，从而就成双黄蛋。甚至有时还会多个卵细胞同时成熟，并一起纳入输卵管，形成多黄蛋。鸡产双黄蛋往往与食物的丰盛充足及鸡体的健壮有关。双黄蛋内含两个卵黄，营养很丰富，深受群众喜爱。所以在农村养殖户经常设法增加鸡的营养，也好使它们多多地产双黄蛋。

鸡有时候也会产下软壳蛋，原因可能是以下几种：鸡饲料中钙的含量不足；饲料中维生素 D3 含量不足；饲料中钙磷比例失调，磷在日粮中含量过高或过低都会影响钙磷的正常比例，导致鸡对钙的吸收障碍而产薄、软壳蛋；产蛋期的应激，母鸡受到外来的惊吓，会使蛋壳质量下降，产薄、软壳蛋；随着鸡到产蛋后期，尤其对于春天留种的鸡群，产蛋后期再加上夏季高温，产蛋量、蛋壳品质均有所下降，产薄、软壳蛋也会增多。总之，是因为鸡的健康状态不是很好。所以在养殖鸡的过程中要注意避免这些问题。

165. 双黄蛋能不能孵出双胞胎的小鸡？

在打鸡蛋的时候，有时候可以看到一个鸡蛋中有两个蛋黄，那么双黄蛋能不能孵出双胞胎的鸡宝宝呢？

双黄蛋能孵出小鸡，如果"双黄"确是两个受精卵，那么是可能孵出两只小鸡的。我们知道双黄蛋的体积大意味着它蛋内的空间也大，但这并不意味着鸡胚所拥有的生长空间也大了。双黄蛋的确是比正常蛋大了一圈，但毕竟没能达到它的两倍，而这大了一圈的空间却要多容纳一个鸡胚，平均一下，每个鸡胚所拥有的空间和正常蛋的比较反而少了许多。这又直接影响着营养和氧气的消耗，鸡胎的运动以及日后的破壳。双黄蛋中的小鸡普遍发育不良，较为虚弱，破壳成了一道高高的门槛。双黄蛋不仅体积比正常蛋大出许多，蛋壳也较厚。在啄壳的过程中，小鸡需要时不时地变换身体的姿态以改变啄壳的角度，使之能在更短更快的时间内凿穿蛋壳。然而，双黄蛋中的小鸡，在发育完全之后，几乎两只小鸡的躯体就占据了蛋中所有的空间，不要说是变换身体的姿态，就是动上一动都是一件无比艰难的事情。所以，双黄蛋孵化效果并不理想。如果"双黄"中只有一个卵子受精，那么只能孵出一只小鸡。

166. 为什么母鸭不会孵蛋？

农村家里养殖家禽的人都知道，母鸡和母鹅自己都会孵蛋，而母鸭则不会孵蛋，需要母鸡来代劳。这究竟是怎么回事呢？

据专家介绍，曾经母鸭是会孵蛋的。这里，我们不妨从家鸭的祖先野鸭说起。野鸭和大多数野鸟一样，会筑巢和孵蛋，否则它们也就不能繁殖后代；而家鸭不会孵蛋，是人工饲养的结果。因为人们养鸭子，是为了吃蛋和吃肉，但却不愿意让雌鸭用28天时间去孵蛋，因为不孵蛋的鸭子长得肥。为了使鸭子多长肉多下蛋，人们就在长期驯养中改变了鸭孵蛋的习惯，用人工孵化解决鸭子的"传宗接代"问题。经过一代又一代的培育，家鸭便不会孵蛋了。所以，孵小鸭的工作就需要由母鸡来完成，现在也有采用人工孵化。

看来人类有意识的行为是可以改变动物的习性的。

167. 为什么母鸡下蛋后要咯咯地叫？

我国古代特别重视鸡，称它为"五德之禽"。《韩诗外传》说，它头上有冠，是文德；足后有距能斗，是武德；敌在前敢拼，是勇德；有食物招呼同类，是仁德；守夜不失时，天时报晓，是信德。

很有趣的是母鸡每次下蛋之后都会咯咯地叫，仿佛在说个个大、个个大，又像是在炫耀。原来，因为母鸡在生产过程中体内产生了大量的肾上腺素，导致母鸡精神兴奋，便于生产。母鸡生一个蛋，不是件简单的事情，短的要10~20分钟，长的要4~5个小时。刚进产蛋窝的母鸡，如果你去捉它，它会很快地逃出来。但是等它蹲到一定时间时，即使你去提它，它也不过是把毛竖起来，宁可用嘴啄你的手，也不愿起立。因为这时候鸡蛋已经到了泄殖腔口，母鸡正在集中精力准备把它生下来。同时，由于母鸡生一个蛋要消耗不少体力，所以生蛋之后，要经过一段时间的休息，它才会离开窝。这时候，它的精神呈兴奋状态，因此就咯咯地叫个不停，除了体现母性的自豪，还通知伴侣，让公鸡配种。母鸡的叫声还有个作用是引诱异性。如果在养鸡场，常常可以发现公鸡等在蛋窝的旁边，当母鸡离开蛋窝咯咯叫的时候，它就会上去交配，隔日生的鸡蛋最容易受精，也就是说容易孵出小鸡来。

168. 冬天怎么才能让鸡产更多的蛋？

冬天来了，气候多变，气温较低，母鸡的产蛋率易忽高忽低，为稳定鸡的产蛋率，可注意做好以下方面的工作。

做好鸡舍的防寒保暖。秋末冬初寒流未到来之前及时修缮鸡舍，堵严后窗、前窗，运动场用塑料薄膜封严，中午敞开通风换气。不论大棚或房屋，鸡舍内的温度昼夜应保持在20℃左右，使鸡早晨不畏寒缩脖、羽毛不蓬松、能自由活动觅食，这样就会保持母鸡的正常产蛋。

适当增加能量饲料。在配制饲料时，应适当增加能量饲料的配合比例，以维持母鸡的体温和产蛋的需求。常用的能量饲料主要有玉米、小麦、大麦、高粱、稻谷等，并适当喂点红萝卜、辣椒粉等。

改变喂鸡方法。冬季昼短夜长，除白天喂料3次外，晚8点钟左右应补喂1次颗粒料，如玉米、麦类等，可在早、晚喂干料，中午喂湿料。要防止鸡吃冰冻的剩料，影响产蛋。每当室外气温降到零度以下时，应改饮温水，不让鸡饮冰冻水和雪水，以免减少鸡体内的热量和营养的消耗。

适当增加光照时间。母鸡的有效光照时间每天以15小时为宜，不足15小时，产蛋量会随着时数的减少而减少。要做到准时开灯和关灯。灯泡的亮度不要忽强忽弱，每15～20平方米的地面用1个40瓦的灯泡即可。饲槽和饮水器要安置在灯泡下面。

169. 为什么红脸的母鸡会生蛋？

有一首童谣这样写："谢谢公鸡找地方，躲在墙角好生蛋。咯嗒咯嗒涨红脸，生了一个大鸡蛋。"可见，这首童谣想向小朋友们普及一个知识，那就是：红脸的母鸡会生蛋。此外，有个小学生在日记里也曾写道：今年我家养了四只母鸡，其中有三只很快就下蛋了，唯有一只白色的小母鸡没有下蛋。我问妈妈是怎么回事？妈妈说："快了，你没看到它的脸都红了吗？"这个小学生感到很奇怪，很想知道其中的奥妙。的确是这样，我们经常可以发现：红脸的母鸡会生蛋。这其中蕴涵着什么科学道理呢？

原来是这样：母鸡的脸部与其他部位的皮肤不同，其中充满血管，在不到生蛋的时候，脸部的血液循环不旺盛，皮肤看上去比较干瘪发白，所以脸红不起来。然而当快要生蛋的时候，脸部皮肤和鸡冠由于受到内分泌激素的影响，血液循环就特别的旺盛，鸡冠变大了，脸部也开始饱满而充满生气，所以鸡冠和脸部就特别的鲜红，不几天就要下蛋。因此，母鸡脸红是下蛋前的先兆。

除了脸红之外，母鸡下蛋前还有其他的先兆。比如，母鸡会伴有"嘎嘎"的叫声，如果人走到它跟前，它还有趴下、展翅、不动的表现。同时，还可以观察鸡屁股，鸡屁股如果松弛为"三指"宽，那么母鸡离下蛋也不远了。

170. 为什么母鸡多吃小虫会多生蛋?

大多数人会有这样的常识:鸡很爱吃虫子。如果进一步探究一下还会有这样的发现:母鸡不但喜欢吃虫子,而且母鸡多吃小虫会多生蛋。报纸上曾刊登过这样一则消息:一杨姓妇女家养的一群母鸡结伴产下"三黄蛋",这引发了大家的兴趣和关注,记者现场采访杨女士,杨女士现场给记者演示,她连着打开 5 枚鸡蛋,竟然有 3 枚是三黄蛋。三黄蛋比普通鸡蛋略大,再无其他特别之处。杨女士称,她平常晨练便领着家养的这群鸡到山上溜达,鸡们趁机吃山上的虫子,可能营养不错,频产三黄蛋。看来,养鸡的杨女士也把母鸡多生蛋的功劳归功于鸡们趁机吃山上的虫子。多吃虫子对母鸡多生蛋的作用可真不小,不仅可以多生蛋,而且还频生"三黄蛋"。

这其中有什么原因呢?科学家曾经做过实验:将小昆虫进行化验分析,发现含有 40%的蛋白质。而母鸡要制造蛋,特别需要制造蛋白质的原料。因此母鸡多吃虫子会多生蛋。另外还有一个原因,母鸡制造一个蛋,还需要维生素和各种矿物质养分。例如,钙和磷等矿物质成分,是蛋壳和蛋黄的重要组成部分,而虫子中恰巧也含有这些成分。

171. 如何提高散养鸡成活率?

在我国,养鸡早已步入规模化,农村中出现了大量的规模化养殖场。可是,农村中仍存在较多的散养户,他们的养鸡数量从几只到几百只。由于养殖户养殖知识的不足、养殖条件的限制等,造成目前农村散养鸡的成活率比较低,严重的甚至全部死亡,经济损失尤为严重。就"如何提高散养鸡成活率?"这个问题,我们给出以下措施。

首先,要加强对雏鸡的管理,这是提高鸡的成活率的基础。要做好进雏前的准备工作,严格消毒,搞好卫生,检查好舍内调温和通风设施;购进雏鸡时不要被雨淋,将门窗糊好,做好保温防寒工作;雏鸡 25 日龄后才放牧,这样可提高成活率;雨雪天气不要放养,以免打湿鸡的翅膀,使鸡受凉感冒。

其次,要加强鸡舍管理。鸡舍应最好选择地势高,向阳的地方,前后打开小窗,这样便利通风换气;搞好鸡舍消毒,勤除鸡粪和杂物,最好每周一次;舍内地面保持清洁。

再次，就是对饲养的要求。要喂饲新鲜饲料，冬天应该增加饲喂次数，保证每只鸡都采食充分，这样有利于增重。

最后，是鸡的防病措施。做好科学合理的疫苗、驱虫工作，适量应用保健药物，以防止病原体侵入，增强鸡的抗病力；每天要观察鸡群吃料、饮水、鸡粪、活动等情况，以便有异常时第一时间发现；发现病鸡要立即隔离，及早治疗。

172. 公鸡为什么能及时报晓？

在没有科学计时工具的古代，人们可以依靠公鸡报晓来知道时间。于是，作为一种报晓的动物，人们把公鸡与太阳联系在一起。当古人发现每次鸡晨鸣之后太阳就升起，于是以为是鸡的叫声促成了日出这一结果。因此，公鸡还被视为一种神异的动物。尤其在中国南方，对鸡的崇拜是非常普遍的。其实仔细想一想，古人把鸡作为一种神异的动物也是有道理的。我们现在会依靠科学的计时工具如闹钟知晓时间，闹钟按时响铃是有科学依据的。而仅作为一种动物，公鸡为什么具有能及时报晓这一特异功能呢？

原来，公鸡能够报晓，是由于鸡脑中存在着类似于我们人类的生物钟。公鸡的大脑和小脑之间，有一种内分泌器官，由于这种器官长得十分像松果，我们于是称它为脑松果腺。鸡的"生物钟"就在公鸡的脑松果腺里。每个松果腺及它的单个细胞都能记忆明暗规律。除此之外，脑松果腺一到晚上，就分泌出一种激素，我们称它为"黑素细胞紧张素"。这种激素对光十分敏感，当光的波长越过公鸡头盖骨时，它就产生化学反应，成了一种奇特的"生命钟"。随着地球的自转，在光的作用下，公鸡也就能够按时啼叫了。当然，公鸡啼叫也不仅只是在拂晓时，白天有时由于受到外界刺激或其他原因也叫一两声。

173. 乌鸡有什么药用价值？

近几年来，乌鸡的消费量越来越大，关于乌鸡药用及营养价值的广告铺天盖地，产品乌鸡白凤丸更是找来影星为其代言。人们不禁要问乌鸡究竟有什么价值？

早在我国明代，李时珍在《本草纲目》中就已指出乌鸡浑身是宝，具有极大的药用价值。下面分别介绍一下。

乌鸡的血有祛风活血、通经活络的作用，可治疗小儿惊风、口面歪斜、痈疽疮癣等。

乌鸡的脑可治小儿癫痫及难产。

乌鸡的胆有消炎解毒、止咳祛痰和清肝明目的作用，主治小儿百日咳、慢性支气管炎、小儿菌痢、耳后湿疮、痔疮、目赤多泪等。

乌鸡的肝具有补血益气、帮助消化的作用，对肝虚目暗、妇人胎漏以及贫血等症有效。

乌鸡肉经烹调后不仅肉质细嫩鲜美，而且汤汁中还含有大量的黑色胶体物质，对人体具有特殊的滋补作用，可补虚劳、治消渴。食用后能增加人体血红素，调节人体生理机能，增强机体免疫力，特别适合老人、儿童、产妇及久病体弱者食用。

由此可见，乌鸡的药用价值巨大。并且随着社会的进步。人们的消费观念越来越倾向于健康和保健，养殖户应该抓紧生产，既可以满足消费，又可以获得经济效益。

174. 为什么"北京鸭"世界闻名？

北京烤鸭，是北京名食，肉质细嫩，被誉为"天下美味"，驰名中外。北京烤鸭是由北京鸭烹制而成。中国幅员辽阔，生产鸭子的地方数不胜数，为什么独有北京鸭脱颖而出呢？

相传，特种纯白京鸭的饲养，大约起源于1千年前左右。辽金元历代帝王游猎，偶然获得这种纯白野鸭种，后因为游猎而豢养，一直延续下来，才得此优良纯种，并培育成今之名贵的肉食鸭种。

事实上，北京鸭作为世界著名的肉用型鸭品种，由绿头鸭驯化而来，是家鸭的优良品种之一。北京鸭原产于北京玉泉山一带，因此而得名。北京鸭羽毛纯白色，嘴、腿和蹼呈橘红色，头和喙较短，颈长，体质健壮，易肥育，对各种饲养条件均表现较强的适应性。刚出生时体重约五六十克，60天就可达2～2.5千克。母鸭成熟早，一般长到6～7个月就开始产卵，年产卵70～120枚。成年后公鸭体重3～4千克，母鸭2.7～3.5千克，非常适于烘烤加工。

为了更加适应烤制加工的需要，北京鸭肥育长期以来采用填肥方式，故又称"填鸭"。由于体内脂肪和皮下脂肪大量沉积，可用于加工的烤鸭鲜嫩多汁，外形美观。

175. 怎样才能让鸭子多产蛋？

人们养鸭，都很希望鸭子能多产蛋。怎样才能让鸭子多产蛋呢？

第一，要观察鸭子的食欲。正在产蛋期的鸭，一见食盆就很快围聚争食，表明食欲旺盛，可适当多喂一些。第二，可以看看蛋形。所产的鸭蛋形状圆满，是食足鸭肥、饲养管理好的标志。如果蛋有大端偏小，说明早食喂的少；如果小头偏尖，则是中食喂的少。只要出现上述情况，都应及时补充足够的饲料。第三，需要看蛋壳。蛋壳薄、有沙眼，或粗糙而且软壳，说明饲料中缺乏钙，要及时补充钙粉、骨粉、贝壳粉等矿物质饲料，保证营养齐全。第四，还要看蛋重。料水充足、鸭肥的蛋，蛋形圆满而个大，一般 14 枚蛋为 1 千克；料水不足的情况下需 16～18 枚才有 1 千克。出现这种情况，就需要补足饲料和水。第五，要看产蛋时间。鸭在早晨2～5时产蛋，说明喂料得当；如果产蛋时间推迟，且越产越小，应该迅速补充精饲料。第六，看体重。开产时鸭体重一般为 1.4～1.5 千克，产蛋一段时间后，如果鸭体重不变，说明喂料合理。第七，要看鸭的粪便。鸭的粪便如果呈全白色，说明动物性饲料喂得过多，消化吸收不良；如果粪便松疏白色少，证明动物性饲料搭配合理；粪便呈黄白色、灰绿色或血便，表明鸭患病，应及时诊断治疗。

鸭子的健康是鸭蛋产量的保证。只要悉心观察，把握规律，及时解决问题，相信鸭蛋产量是可以提高的。

176. 吃鸭血对身体有好处吗？

在人们的餐桌上，猪血是常见的菜肴。鸭血作为一种食物似乎有些陌生。那么，鸭血作为菜肴味道会怎样呢？在这里要提一下南京的鸭血粉丝汤，这道佳肴在国内享有盛誉，是南京的一绝。好多人慕名前去品尝。由此可见，鸭血的味道应该不错。

吃鸭血对身体有好处吗？答案是肯定的。很多中医古籍中都有记载鸭血的营养价值。医学专家也指出：首先，和猪血、鸡血等动物血一样，鸭血也是理想的补血佳品，它的含铁量很高，且很容易被人消化、吸收。其次，鸭血等动物血，大多性平凉，清热解毒，所以对肺、肠胃等脏器有一定的"清洁"作用。最后，鸭血富含蛋白质，而它的脂肪、胆固醇含量却比畜肉类食物低。所以相比畜肉类食品，吃鸭血能减少脂肪、胆固醇的摄入量，高血压患者可适当食用。此外，鸭血还有排毒作用，能润肠通便，很适合大便干结的人食用，但腹泻患者就不宜吃了。

但是，吃鸭血要注意以下两点：一般情况下，鸭血不宜大量食用。一周食用血制品不宜超过两次，每次食用量最好不要超过 100 克。此外，由于鸭血等动物血容易造假，人们最好到正规超市购买。真正的动物血摸起来很硬，切的时候很容易碎，颜色呈深红色，带有一点血腥味。如果没有这些特征，就要注意辨清真假。

177. 如何通过瞳孔的伸缩判断鸽子的好坏？

现在越来越多的养殖户开始养殖鸽子，那么如何辨别鸽子的好坏呢？其实，通过瞳孔的伸缩判断是一个有效的方法。

（1）依光线的强弱伸缩，其伸缩度较为明显而固定，这种鸽子适应气候极佳，为海洋型气候中的一种优良竞翔鸽。

（2）虽能依光线强弱而伸缩，其伸缩度并不很稳定，这类鸽子仅能适应光度微弱的变化。

（3）经常保持伸缩，不会受光线强弱而中止伸缩，这类鸽子个性急躁，其速度不稳定。气候对它的影响较小，为理想的优秀信鸽。

（4）伸缩度并没有明显变化的，这种鸽子个性平平，速度依它适应气候而定，主要决定于瞳孔的大小，恋巢性较差，很容易适应新环境，这类信鸽不可留。

178. 为什么鸽子能送信？

在通信工具不发达的古代，飞鸽传书成为主要的通信方式之一，人们经常利用鸽子来传递重要的信息。无论是路程多么遥远还是路途多么崎岖，它们都要回到自己熟悉和生活的地方。于是，人们利用鸽子的这种本能，在鸽子中专门培育了一个门类，就是为我们所熟知的信鸽。信鸽是我们生活中普遍见到的鸽子中衍生、发展和培育出来的一个种群，它们经过普通鸽子的驯化，提取其优越性能的一面加以利用和培育以至它们的送信能力得以加强。那么为什么信鸽会有这种神奇的功能呢？

从生理上看，鸽子的记忆力和视觉都很强，能观察并记住一些巢穴所在地的环境，同时还能辨认方向。它用所在地各个时候太阳的高度，与巢所在地太阳高度的差距，判断出应该飞的方向。除此之外，也有的科学家通过实验得出结论：鸽子是靠地磁导航的。鸽子两只眼睛间突起的部位，能测出地球磁场的变化，从而判断出回家的方向。科学家把鸽子看做是电阻1000欧的半导体，它们在地球磁场中振翅飞行时，翅膀切割磁感线，因而在两翅之间产生感应电动势。鸽子按不同方向飞行，因为切割磁感线方向不同，所以产生电动势的大小也不同，就可以辨别方向。

179. 如何提高肉鸽年产窝次？

肉鸽年产窝次的提高在肉鸽饲养中很重要，因此提高肉鸽年产窝次是一个重要问题。解决这个问题的关键是保证亲鸽专门产蛋。这是因为，亲鸽产蛋后如果自行孵化就会制约肉鸽生产，因此可以找保姆鸽代孵，亲鸽产蛋后稍作调息即可开始产下一窝蛋。这样可缩短产蛋周期，比传统养殖一年可多产 4 窝以上。

那么对保姆鸽有什么要求呢？保姆鸽要求为 1 年以上，正在产蛋、孵化或育雏的健康鸽。将亲鸽产的蛋放入保姆鸽巢中的方法是：将蛋拿在手里，手背向上，趁保姆鸽不注意时轻轻将蛋放入巢中，让保姆鸽把代孵蛋当做自己的蛋继续孵化。如果亲鸽或保姆鸽出现不足的情况，这时候也可以选择人工代喂。一般在仔鸽 7 日龄时就可以进行人工代喂。对于不同年龄的仔鸽，喂养食物的成分也不同。对于刚进行人工代喂的仔鸽，可将加入米粉、葡萄糖、奶粉、面粉、豌豆粉及消化酶、酵母片的稀饭制成流质乳液饲喂；对于 11～14 日龄的仔鸽，可将米粥、豆粉、葡萄糖、麦片、奶粉及酵母片混合制成流质料饲喂；对于 15～20 日龄的仔鸽，可将玉米、高粱、小麦、豌豆、绿豆、蚕豆等粉碎后加入奶粉及酵母片，配制成流质料饲喂；对于 21～30 日龄的仔鸽，可将上述原料磨成较大的颗粒，再用开水调制成浆状料饲喂；待仔鸽 30 日龄后，可在料槽中放玉米、高粱、豌豆等原粮让鸽自由啄食。

180. 乌鸦究竟是益鸟还是一种不吉利的鸟呢？

乌鸦是一种常见鸟类。因为它全身乌黑，叫声嘶哑难听，而且常常成群结队地边飞边叫，所以从古时候起乌鸦被视为不吉利的象征。《乌鸦和狐狸》的故事几乎让所有人对乌鸦有了非常愚蠢的印象。还有俗语"天下乌鸦一般黑"等，似乎都在说明乌鸦不被人们喜欢，好多人甚至见了乌鸦就打。其实，乌鸦是一种益鸟，是人们的好帮手。

乌鸦的叫声粗粝嘶哑，人们听了之后很刺耳，它们群集时会发出"啾啾"的叫声，这种叫声更加刺耳。而人们恰恰可以利用这种声音。当果园发现大量害虫时，就放它们群集时"啾啾"的叫声，召集它们来消灭害虫。害虫听到这种声音，就会四处逃窜。

人们对乌鸦一贯的看法是片面的，不准确的。根据科学家的研究发现，其实乌鸦和其他的鸟并没有什么不同，也并不意味着不吉利。从某种程度上说，乌鸦还可以说是一种益鸟。乌鸦虽是杂食动物，对农业有危害，

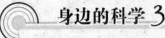
但它也吃一些耕地上的害虫，被称为灭害的"功臣"，对农业有一定的益处。因此，不要人为地去伤害乌鸦，要尽力保护这种益鸟。

181. 如何鉴别八哥鸟的优劣？

八哥鸟是一种备受人们青睐的鸟，很多人选择饲养八哥鸟。既然要饲养，就要学会如何鉴别八哥鸟的优劣，下面介绍几种常见的方法。

首先，看外形。选头大、方的，并且能够转动灵活。嘴应大，嘴跟要宽，这样的鸟长大后嘴很粗壮，喉管粗大，声音大，嘹亮，音质好。舌头应红润、伸缩灵活，不应有太多的黏液。此外，选眼很重要。眼应全部位于口裂的上方，而且应越靠近头顶越好。眼要大、圆、鼓，明亮、清澈，最关键的是要有神。眼周围不应有分泌物。羽毛也可以作为一个标准。关于爪、脚我们也有相应的标准：爪应粗壮、握持有力，站立、行走平稳，无缺趾或脱甲，各个小关节活动灵活。最后还要整体上看看体型：总的原则是"毛薄体长"。体型要大，身材修长，尾羽要长、紧。这样的八哥才是上品。

其次，要从声音上判断。对八哥来讲，声音标准更为重要。我们要选择会啭鸣和仿鸣的成鸟。并且声音要尖、大、亮，透音强，不嘶哑或带有其他杂音者为佳，只会"咯咯"的呼唤的成鸟最好不要选择。

最后，还可以把动作作为标准。如果发现八哥鸟在笼内上蹿下跳不停，严重时会撞笼，甚至撞得头破血流，翅折羽断。这样的八哥建议最好不要选择。

182. 为什么称赞灰喜鹊是围剿松毛虫的天兵天将？

松毛虫对松林的危害最为厉害，它能将大片的松林吃光。松毛虫形象可怕，满身毒毛，鸟儿见了都非常害怕。所以，松毛虫经常无所顾忌地危害松林。为了对付松毛虫，人们一直在寻找围剿松毛虫的克星。后来，人们发现灰喜鹊是围剿松毛虫的能手，它见到松毛虫，就像遇到可口的美味，毫不犹豫地冲上去。灰喜鹊的饭量很大，一天之内能吃下上百条松毛虫。

科学家计算过，一只灰喜鹊每年可以消灭 15000 条松毛虫，平均可以保护 1~2 亩松林。灰喜鹊一时成为保护森林的大英雄，人们甚至将它拍成电影，称赞它是围剿害虫的天兵天将。并且，灰喜鹊的性情很好，非常愿意接受人的驯养，听从人的口令，服从人的指挥。经过人工饲养，驯化后的灰喜鹊，能听从驯鸟员的调遣，到任何松林里去执行灭虫任务。驯鸟员用笼子把灰喜鹊运到有松毛虫的松林内，打开笼门，放出灰喜鹊。灰喜鹊个个奋勇争先，主动出击。当驯鸟员吹起哨子，灰喜鹊立即飞回笼子旁边休息。

183. 怎样让画眉鸟叫得更好听呢？

画眉鸟叫很好听，它们的鸣声清脆、婉转、多变，是很多鸣禽所不如的。时下，养画眉鸟的人已越来越多，人们精益求精，希望画眉鸟叫的更悦耳好听。那么，让画眉鸟叫得更好听，有什么方法和秘诀呢？其中一个很有效的方法就是用中药"红参"给画眉进补、提神。具体做法如下：先去中药店买一些"红参"，"参须"也可以。买回来后切成小片或小条，用小酒盅盛着，置蒸笼里蒸一餐饭之久，然后取出，插进画眉笼内的水槽里。但要注意水槽中的水不要放得太多，以免将红参的药液冲淡。让画眉喝水时，吸入参汁。每次服用一片或参须三小条，每周服一次即可。画眉服进参药后，自然是容光焕发，活泼异常，引颈放歌，音色清亮，逗人喜欢。

希望自己的画眉鸟叫得更好听的朋友，不妨可以试试上述方法。但是要知道一些注意事项。首先一定要注意适度给画眉喝红参，因为红参生性燥烈，补得太过，画眉鸟就会因高度喜悦而受不了。并且还可能由于画眉鸟过度喜悦，会求偶心切，如果叫了许久，雌鸟还不到，反会伤神出现抑制状态，有损"叫口"。除此之外，还需要注意的一点是：盛夏天气过于炎热时，不适合给画眉鸟进补。

184. 为什么鹦鹉能学舌？而别的动物不能？

鹦鹉有一种奇特的本领，能学人说话和唱歌，因此很受人们青睐。为什么鹦鹉能够学人说话呢？原来这与它有特殊结构的鸣管和舌头有关。作为鹦鹉发声器官的鸣管，比较发达和完善，有四五对鸣肌，在神经系统控制下，使鸣管中的半月膜收缩或松弛，回旋振动发出鸣声。而且鹦鹉的发声器的上、下长度及与体轴构成的夹角均与人的相似。其他鸟类、哺乳动物的发声器与体轴则不能形成直角，而是呈钝角，喉头部与气管形成的屈度较平坦。发声器与体轴成直角，形成了有折节的腔，从而可以发出分节性的音，这种发声的分节化就是语言音和发展语言音的基础。此外，鹦鹉的舌根非常发达，舌头富于肉质，特别圆滑，肥厚柔软，前端细长呈月形，很像人舌，转动灵活。由于这些优越的生理条件，所以鹦鹉能模仿人语，发出一些简单、准确、清晰的音节。

当然，鹦鹉能学舌也离不开它们超强的模仿能力和记忆力。有的研究者还指出鹦鹉模仿人说话的能力不是通过听，而是通过看，它们是在观察人类说话时舌头的位置变化而最终获得学舌本领的，也许这和我们人类在儿时学习说话的过程一模一样。然而，科学家认为不管鹦鹉能说出多少句人话，这仅仅是称作效鸣的模仿行为，是一种条件反射，它们绝不可能像人类那样，懂人语的含义。

185. 雁群为什么总排成"一字"或"人字"形队伍飞行呢？

大雁是有名的候鸟，每到秋冬季节，就从它们的老家西伯利亚一带，成群结队，浩浩荡荡地来到我国南方过冬。它们在那里能够找到丰富的食料，并躲过北国的严寒，同时雌雁和雄雁开始交配。等到春天到来时，雌雁已孕育着成熟的卵，飞回北方。我们会经常发现，在旅途中，雁群的行动是很有规律的，多半由有经验的老雁做领导，在前面带队，其余的在后面排成"一字"或"人字"队形飞行。人们不禁要问：雁群为什么能自觉地排成如此齐整的队伍飞行呢？

这是因为大雁飞行的路程很长，它们除了靠扇动翅膀飞行之外，也常利用上升气流在天空中滑翔，使翅膀得到间断地休息空隙，以节省自己的体力。当雁群飞行时，前面雁的翅膀在空中划过，膀尖上会产生一股微弱的上升气流，后边的雁为了利用这股气流，就紧跟在前雁膀尖的后面飞，这样一个跟着一个，就排成了整齐队伍。

另外，还有一种人性化的说法。有人认为：大雁排成整齐的人字形或一字形队伍，是一种集群本能的表现，因为这样有益于防御敌害。雁群总是由有经验的老雁当"队长"，飞在队伍的前面，幼鸟和体弱的鸟，大都插在队伍的中间。停歇在水边找食水草时，总有一只有经验的老雁担任"哨兵"。如果孤雁南飞，就有被敌害吃掉的危险。

186. 为什么驯化的鸬鹚能用来捕鱼？

鸬鹚是一种水鸟，全身羽毛黑色，并带有蓝绿色的金属光泽，有点像乌鸦，所以被人称做水老鸹、鱼老鸹、鱼鹰。在我国南方的许多地区，我们可以经常看到渔民带着鸬鹚去捕鱼。当渔民发现鱼时，一声哨响，鸬鹚便纷纷跃入水中，一会儿就会捕捉到一条条活鱼，这样就节省了渔民的劳动。渔民在放出驯养的鸬鹚之前，先在鸬鹚的脖子上系上一个绳套，大小让鸬鹚只能吞吃小鱼，而大鱼则被挡出。鸬鹚捕到鱼后跳到船上，渔民抓住它将嘴里的大鱼吐出来。

早在几千年前，中国渔民早就掌握了鸬鹚的人工驯养方法。为什么驯化的鸬鹚能用来捕鱼呢？首先是因为鸬鹚眼睛非常敏锐。周围10米远只要有鱼活动，就逃不过它们的法眼。鸟类科学家还发现鸬鹚的听觉非常发达。在非常混浊的水中鸬鹚也能追踪鱼群，有些盲眼鸬鹚也能捕鱼就是依靠它们发达的听觉。此外，鸬鹚还有与众不同的器官。鸬鹚口腔里没有牙齿，咽喉和食道能够极度扩张，食道前端有一个膨大喉囊，可以贮藏在水中捕捉到的鱼，当遇到较大的鱼，也可以毫无困难地吞下去。而且它有四个脚趾，脚趾之间有一个完整的蹼膜，有利于划游。它的泅水本领很高明，潜入水中的时间可以很久。鸬鹚的羽毛带有一种特殊的油质，因此，它冬不怕冷，夏不怕热，只要把它双脚放在水中，不管什么样的气候，鸬鹚都能适应。当然，随着捕鱼工具的进步，这种捕鱼方式已经不常见了。只是，在一些游览胜地，鸬鹚捕鱼被作为旅游观光内容，供游人欣赏。

187. 鹌鹑蛋的营养价值比鸡蛋高吗？

在市场上，我们会发现，有时一斤鹌鹑蛋的价格是一斤鸡蛋的两倍。我们不由得会认为：鹌鹑蛋的营养价值比鸡蛋高。是这样吗？其实，专家指出：相同重量的鸡蛋和鹌鹑蛋所含营养素其实基本相同，只有微小差别。鹌鹑蛋中的胆固醇含量多于鸡蛋，鹌鹑蛋中的磷脂含量高于鸡蛋，此外，鹌鹑蛋中的B族维生素含量多于鸡蛋，特别是维生素B_2的含量是鸡蛋的2倍。维生素B_2非常重要，它是生化活动的辅助酶，可以促进生长发育。当然，鹌鹑蛋也有比不过鸡蛋的地方，如鸡蛋里维生素A的含量是鹌鹑蛋的4倍以上。除此之外，鸡蛋、鹌鹑蛋中蛋白质、脂肪、碳水化合物的含量则基本相同。

因此，鸡蛋和鹌鹑蛋各有各的特点。不同的人群可以作出不同的选择。比如6岁以下的幼儿，可以选择吃鹌鹑蛋，每天3~4个为宜，3~4个鹌鹑蛋相当于一个鸡蛋。同样重量的鹌鹑蛋中磷脂的含量高些，有助于孩子的大脑发育。而对于老年人呢，则不应该多吃鹌鹑蛋，因为其中所含的胆固醇高，每天可以吃1个鸡蛋。中小学生应该怎样选择呢？建议他们可以选择吃鸡蛋，每天2个左右，因为中小学生学习负担重，用眼比较多，鸡蛋中维生素A含量高，对视力发育有利。

188. 为什么猫头鹰有"夜猫子"的称号?

猫头鹰是鸟纲,枭形目,鸱枭科鸟,俗称"夜猫子"。因为猫头鹰的眼睛又圆又大,很像猫的眼睛,所以被称为猫头鹰。其实它们之间似乎并没有什么亲缘关系,两种动物之所以长得像,是因为具有相似的生活环境。

猫头鹰有"夜猫子"称号的一个原因是:它们善于夜间活动。这是为什么呢?首先是因为它的视觉神经非常敏感。猫头鹰的眼球呈管状,有人把猫头鹰的眼睛形容成一架微形的望远镜。在猫头鹰眼睛的视网膜上有极其丰富的柱状细胞。柱状细胞能感受外界的光信号,因此猫头鹰的眼睛应该能够察觉极微弱的光亮。

其次,猫头鹰的听觉非常灵敏,在伸手不见五指的黑暗环境中,听觉起主要的定位作用。猫头鹰的左右耳是不对称的,左耳道明显比右耳道宽阔,而且左耳有很发达的耳鼓。大部分猫头鹰还生有一簇耳羽,形成像人一样的耳廓。猫头鹰的听觉神经也很发达。

此外,猫头鹰的羽毛非常柔软,翅膀的羽毛上有天鹅绒般密生的羽绒,这样独特的羽毛设计使夜行猫头鹰成为世界上最安静的飞行鸟。当它们捕猎时,它们的猎物往往是听不到的。

当然,猫头鹰在捕食中视觉和听觉的作用是相辅相成的,它正是在各方面适应夜行生活而成为一个高效的夜间捕猎能手。因此,夜猫子也就名副其实了。

189. 燕窝是上等的营养品,那么燕窝是怎样形成的呢?

提到燕窝,众所周知是上等的营养品。据说,清朝乾隆皇帝和慈禧太后年过古稀,看上去却都比实际年龄要年轻 20～30 岁,他们养生之道就是多吃燕窝。那么燕窝是怎样形成的?燕窝,顾名思义是燕子的窝。不过它不是普通燕子的窝,而是一种特殊的燕子——金丝燕分泌的胶质性唾液形成的可食用鸟窝。金丝燕生长于东南亚,如印度尼西亚、马来西亚、越南和泰国一带海域,我国沿海一带,如海南、广东、广西、云南,也有出产。喜欢群体栖身于海边悬崖峭壁的石洞内,四周环绕滚滚波涛,头顶蓝天白云。它们每天飞翔于海面和高空,有时可高达数千米,穿云破雾,吸吮雨露,摄食昆虫、海藻、银鱼等物。它们喉部有很发达的黏液腺,所分泌的唾液可在空气中凝成固体,是它们筑巢的主要材料。金丝燕每年三四月份产卵。产卵前，它们钻进险峻、阴凉、海拔较高的峭壁裂缝、洞穴深处，利用苔藓、海藻和柔软植物纤维混合它们的羽毛和唾液，胶结成巢，作为藏身之所。人们把这种鸟窝取下来，经过清洗、挑毛、选拣而成为名贵的燕窝。通过燕窝的形成过程也会知道燕窝很有营养价值。医学专家认为，燕窝含丰富蛋白质、碳水化合物、磷、钙、铁、钾等营养成分，是爱好滋补的人士所喜爱的清润极品。

190. 啄木鸟被人们称为"林木医生"，它有什么资本呢？

啄木鸟有极为高超的捕虫本领，被称为"林木医生"。那么它有什么资本呢？首先有着特殊的身体机能。它的嘴强直而尖，不仅能啄开树皮，而且能啄开坚硬的木质部分。还有它的舌细长而柔软，能长长地伸到嘴的外面，并且舌头伸缩自如，舌尖角质化，有成排的倒须钩和黏液，非常适合钩取树干上的昆虫及幼虫。此外，啄木鸟有四趾，两个向前，两个向后，趾尖上都有锐利的钩爪，适合攀缘在树干上。

其次，"林木医生"的称号也要得益于它们的"敬业精神"。啄木鸟一般都会很早就开始劳作，而且它们还将坚持不懈的精神发挥得淋漓尽致。它们一般要把整株树的小囊虫彻底消灭才转移到另一棵树上，碰到虫害严重的树，就会在这棵树上连续工作上几天，直到全部清除害虫为止。

最后，"聪慧的战术"也是"林木医生"的砝码之一。如果发现树干的某处有虫，它们就紧紧地攀在树上，头和嘴与树干几乎垂直，先将树皮啄破，将害虫用舌头一一钩出来吃掉，将虫卵也用黏液粘出。当遇到虫子躲藏在树干深部的通道中时，它还会巧施"击鼓驱虫"的战术，用嘴在通道处敲击，发出特异的、使害虫产生恐惧的击鼓声，使害虫在声波的刺激下，便企图逃出洞口，而恰好被等在这里的啄木鸟捉住。

191. 丹顶鹤为什么总爱用一条腿站着？

丹顶鹤是一种著名的观赏鸟类，它仪态万方，就连站的姿势都是单脚独立，它这样是为了减少热量的损失。丹顶鹤的羽毛能帮助它保持身体的温度，但是它的细长的腿以及脚上却不长毛，缺少了保护，身体的热量很容易从腿脚散失。为了减少热量散失，丹顶鹤休息时经常抬起一只脚，藏在羽毛下面，保持体温。

丹顶鹤的腿脚上也不是一点保温结构都没有，有一种特殊的结构可以防止散热。这种结构是由动脉血管和静脉血管组合成的，这也能帮助减小体热的散失。

丹顶鹤有时还向后弯曲脖颈，把脑袋藏在羽毛中，这也是有利于防止散热。

192. 鹤顶红真的有剧毒吗？

自古以来，丹顶鹤头上的"丹顶"常常被认为是一种剧毒物质，称为"鹤顶红"或"丹毒"。我们在小说上和电视、电影上经常可以看到，"鹤顶红"一旦入口，便会致人于死地，无药可救。

人们不禁会产生这样的疑惑：丹顶鹤头上的"丹顶"即所谓的鹤顶红真的有剧毒吗？其实"鹤顶红"是成年丹顶鹤头部裸露的不长羽毛的部分，呈朱红色，幼时不红，随着鹤龄增长至成年而加深变红。说到底，"鹤顶红"不过是鹤的皮肤而已。那么"鹤顶红"有毒性吗？答案是否定的。"鹤顶红"是无毒的。有人曾经做过试验，在小动物的食物中加入了丹顶鹤的"丹顶"的细屑。小动物吃了以后并没有什么异常的反应，这至少说明了"丹顶"并没有剧毒。那么，古人所说的"丹毒"或"鹤顶红"到底是什么物质呢？其实这些东西就是砒霜，即不纯的三氧化二砷，呈红色，又叫红矾，有剧毒，"鹤顶红"不过是古时候对砒霜的一个隐晦的说法而已。在文学作品及电影、电视剧中，用"鹤顶红"称呼砒霜也是为了增添其文学性和传奇性。"鹤顶红"有剧毒则是人们虚构的。丹顶鹤作为国家一级保护动物，我们应该很好地保护这些美丽的生灵。

193. 为什么丹顶鹤被称为"仙鹤"？

我们常把丹顶鹤称为"仙鹤"，《尔雅》中称其为仙禽。其实，整个东亚地区的居民，都用丹顶鹤象征幸福、吉祥、长寿和忠贞，在各国的文学和美术作品中屡有出现。殷商时代的墓葬中，就有鹤的形象出现在雕塑中；春秋战国时期的青铜器中，鹤体造型的礼器就已出现。道教中丹顶鹤飘逸的形象已成为长寿、成仙的象征。

难道丹顶鹤真的有仙气吗？丹顶鹤在空中飞翔时，头、颈和细长的腿都伸得笔直，前后相称，十分闲适自得，使它充满遗世独立的"仙"韵，雍容华贵，性情幽娴。丹顶鹤的寿命可达五六十年，这在鸟类世界中算是较长寿的。因此，被称做"仙鹤"名副其实。我国古代的诗词字画中常有"松鹤延年"图形与题字，借以表达祝君长寿的心意。

另外，丹顶鹤的颈特别长，气管在胸骨间发生了盘曲，好像喇叭的构造一样，所以它的鸣叫声十分响亮。《诗经》中说"鹤鸣九皋，声闻于天"，就是描写丹顶鹤在云霄中飞翔时发出的清脆高亢的鸣叫声。

正因为如此，我国的民间传说中，仙人也总是以丹顶鹤为伴，驾着祥云飘忽而来，一路高唱前行，而丹顶鹤也就有"仙鹤"之称了。

194. 孔雀有养殖价值吗？

孔雀多产于我国云南南部，为鸟中之王，是我国新兴的特禽品种。孔雀有养殖价值吗？答案是肯定的。原因如下：首先，孔雀自身有很大的价值。孔雀肉质优美，蛋白质、氨基酸、骨钙含量高于一般禽类，脂肪含量低，是高档珍肴。此外还具有一定的药用功效，能解大毒，其解毒功效甚至在穿山甲之上。众所周知，孔雀还有独特的观赏价值。孔雀开屏是一道靓丽的风景线。

其次，养殖孔雀的成本较低。除了喂饲料外，孔雀食性比较杂，吃植物的种子、稻谷、芽苗、草籽、青菜等，也吃一些浆果，还吃一些蟋蟀、蚱蜢、小蛾等昆虫。这些食物成本都很低。并且人工饲养孔雀8～10个月就可出售。

再次，饲养养殖的条件要求不高。饲养孔雀对场地没有特殊的要求，只要选择在干爽、安静的地方，有良好的光照即可。而且饲养规模也相对灵活。一般可成对或1雄2～3雌同笼饲养，也可以大范围放养。

最后，孔雀市场需求量大。目前孔雀不仅在国内市场十分畅销，而且西欧、东南亚等国外市场需求量也很大。

因此，孔雀有很大的养殖价值，是农民致富的好门路，值得尝试。

195. 为什么孔雀会开屏？

人们往往以为孔雀开屏是在与游人比美，所以很多人到了动物园之后总是千方百计地拿出漂亮的东西引诱孔雀开屏。其实大家都误解孔雀了，它开屏并不是为了虚荣心，而是因为以下的两个原因。

首先，这是鸟类的一种本能的求偶表现。我们知道，能够自然开屏的只能是雄孔雀。孔雀中以雄性较美丽，而雌性却其貌不扬。雄孔雀身体内的生殖腺分泌性激素，刺激大脑，展开尾屏。春天是孔雀产卵繁殖后代的季节。于是，雄孔雀就展开它那五彩缤纷、色泽艳丽的尾屏，还不停地作出各种各样优美的舞蹈动作，向雌孔雀炫耀自己的美丽，以此吸引雌孔雀。待到它求偶成功之后，便与雌孔雀一起产卵育雏。

孔雀开屏还有一个原因是为了保护自己。在孔雀的大尾屏上，我们可以看到五色金翠线纹，其中散布着许多近似圆形的像眼睛的图案，这种斑纹从内至外是由紫、蓝、褐、黄、红等颜色组成的。一旦遇到敌人而又来不及逃避时，孔雀便突然开屏，然后抖动它"沙沙"作响，很多的眼状斑随之乱动起来，敌人看到之后还以为是什么怪物，也就不敢再打它的主意了。

孔雀喜欢成双或小群居住在热带或亚热带的丛林之中，主要分布于亚洲南部。在我国，只有云南才有分布。

196. 为什么鸵鸟不会飞？

鸵鸟产于非洲，是现存鸟类中体型最大的鸟。说它是鸟，其实它是一种善跑而不会飞的鸟。

鸵鸟的飞翔器官与其他鸟类不同，是使它不能飞翔的一个原因。鸟类的飞翔器官主要有由前肢变成的翅膀、羽毛等，羽毛中真正有飞翔功能的是飞羽和尾羽，飞羽是长在翅膀上的，尾羽长在尾部，这种羽毛由许多细长的羽枝构成，各羽枝又密生着成排的羽小枝，羽小枝上有钩，把各羽枝勾结起来，形成羽片，羽片扇动空气从而使鸟类腾空飞起。生在尾部的尾羽也可由羽勾连成羽片，在飞翔中起舵的作用。为了使鸟类的飞翔器官能保持正常功能，它们还有一个尾脂腺，用它分泌油质以保护羽毛不变形。能飞的鸟类羽毛着生在体表的方式也很有讲究，一般分羽区和裸区，即体表的有些区域分布羽毛，有些区域不生羽毛，这种羽毛的着生方式，有利于剧烈的飞翔运动。鸵鸟的羽毛既无飞羽也无尾羽，不形成羽片，无羽毛保养器——尾脂腺，羽毛着生方式为全部平均分布体表，无羽区与裸区之分，它的飞翔器官高度退化，想要飞起来就无从谈起了。

鸟要想飞起来要体态轻盈，而鸵鸟的体重达150多千克，身长2米多，是鸟类中身材最大、重量也最大的，所以它不能在空中飞翔，而只能在地上活动、觅食。

鸵鸟长期生活在辽阔沙漠，使它的翼和尾都退化，不能飞了。不过，与环境相适应，它的脚和腿却发达起来，善于奔跑。

197. 为什么鸵鸟要把头埋在沙子里？

西方有一句成语"鸵鸟精神"，意思与"掩耳盗铃"接近。是说鸵鸟平时胆子很小，遇到危险时，就把头钻进沙堆里，自己什么也看不见了，就以为别人也看不见它，以此来躲避危险。其实，这是一种误传。鸵鸟的胆子确实不大，但是它们有强大的自卫武器——那双健壮而有力的腿，可以向任何进犯它的敌人反击，用腿踢敌人。再加上每只脚上有长达 17 厘米的脚趾去抠抓敌人。

鸵鸟在遇到危险时会将头埋在沙子中的说法，其实是人类的一种误解。有时鸵鸟确实把头插入沙子里，但那绝不是害怕，只是想吃点沙子，以帮助食物在胃中的消化。另外，鸵鸟将头和脖子贴近地面，还有两个作用：一是可听到远处的声音，有利于及早避开危险；二是可以放松颈部的肌肉，更好地消除疲劳。

研究显示，鸵鸟生活在炎热的沙漠地带，那里阳光照射强烈，从地面上升的热空气，同低空的冷空气相交，由于散射而出现闪闪发光的薄雾。鸵鸟是巧妙地利用强烈的阳光照射沙漠表面产生的反射光和热空气的漫反射光形成的强光层来保护自己。它把身体隐蔽在光层之下，头如同一架潜望镜一样窥伺敌人的动向。一旦被敌人发现，鸵鸟会奋起反击。

198. 为什么老鹰的眼睛十分锐利？

"草枯鹰眼疾"，鹰眼之锐利是人所共知的。翱翔在两三千米高空的雄鹰两眼虎视眈眈地扫视着地面，它能一下子从许多相对运动着的景物中发现兔子、小鸡或其他食物，并敏捷地俯冲而下，一举将猎物捕获。因此，老鹰被称做"千里眼"。

为什么老鹰的眼睛这样锐利呢？原来鹰眼有两个中央凹，一正一侧，其中正中央凹能敏锐地发现前侧视野里的物体，侧中央凹则能接收鹰头前面的物体像。中央凹上的光感受器叫视锥细胞，它的密度高达每平方毫米 100 万个，比人眼的密度要高 6~7 倍。感光细胞越多，分辨物体的本领就越大。鹰眼的瞳孔也比人眼的大，此外它还有叫做梳状突起的特殊结构，能降低视细胞接收的光强。所以在强光下鹰眼不用缩小瞳孔，也不会感到眼花，而仍然具有很高的视觉灵敏度。由于有以上特点，鹰眼就能在空中迅速准确地发现和识别地面目标，并能判断出目标的运动方向和速度大小。

老鹰的"千里眼"早就引发了研究者的研究兴趣，并仿照老鹰的眼睛发明了"电子鹰眼"，主要应用在军事科学领域。"电子鹰眼"配备有装上

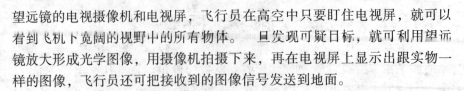
望远镜的电视摄像机和电视屏，飞行员在高空中只要盯住电视屏，就可以看到飞机下宽阔的视野中的所有物体。 一旦发现可疑目标，就可利用望远镜放大形成光学图像，用摄像机拍摄下来，再在电视屏上显示出跟实物一样的图像，飞行员还可把接收到的图像信号发送到地面。

两 栖 类

199. 青蛙和蟾蜍有什么分别呢？

根据生物学的分类，青蛙和蟾蜍都同属两栖动物纲，无尾目、蟾蜍科动物，并且形体也大致相同。而且青蛙和蟾蜍本同属一个祖先，由于变异，衍变成了不同的物种。因此，人们很难将两者区分开来，有人甚至直接认定青蛙和蟾蜍就是同一种动物。当然，两者不是同一种动物。

那么它们有什么分别呢？首先，从外表来看，两者还是比较容易区分的。青蛙的皮肤非常光滑，呈现草绿色，身体比较苗条。蛤蟆的皮肤有点癞，呈现出泥土色，身体比较臃肿。从外表上讲，青蛙要比蟾蜍好看。其次，从声音上，两者也非常好区分。青蛙是可以鸣叫的，有诗句："听取蛙声一片。"它们通常发出呱呱的叫声。而蟾蜍一般不叫，叫时也会比较难听，声音也小，是"咕咕"而不是"呱呱"。再次，从动作上也可以区分青蛙和蟾蜍，蟾蜍的跳跃能力远不如青蛙。最后，青蛙和蟾蜍的蝌蚪也是不同的。青蛙的蝌蚪是灰色的，而蟾蜍的蝌蚪是黑色的，两者一浅一深。当然，从蝌蚪的形体上也可以辨认。身体近似圆形，尾巴很长，体色比较浅，口在头部前端，这就是青蛙的蝌蚪；而蟾蜍的蝌蚪身体有些长，黑色，尾巴比较短，其颜色比身体稍浅，口在头部前端的腹面。

200. 癞蛤蟆真的很"癞"吗？

癞蛤蟆是蟾蜍的俗名。蟾蜍因为全身疙疙瘩瘩，再加上它们在繁殖期常在一起发出十分难听的鸣叫，使人一见到癞蛤蟆马上产生很不愉快的感觉，所以有了癞蛤蟆这个名称。然而，它们外表虽癞，实际并不癞，而且还是人类的好朋友。

癞蛤蟆是消灭害虫的能手，它们捕食害虫比青蛙还要多好几倍。它捕食的主要对象有蜗牛、蚂蚁、蝗虫等农作物害虫。癞蛤蟆皮肤上的疙瘩有分泌毒液的作用，主要用来对付天敌。所以，它们对保护农作物成长立下了大功。

除了是捕虫能手，癞蛤蟆即蟾蜍还是一种药用价值很高的经济动物。其全身是宝，蟾酥、干蟾、蟾衣、蟾头、蟾舌、蟾肝、蟾胆等均为名贵药材。蟾蜍的耳后腺、皮肤腺分泌的白色浆液的干燥品叫蟾酥，是珍贵的中药材，内含多种生物成分，有解毒、消肿、止痛、强心利尿、抗癌、麻醉、抗辐射等功效，可治疗心力衰竭、口腔炎、咽喉炎、咽喉肿痛、皮肤癌等。蟾衣是蟾蜍自然脱下的角质衣膜，对慢性肝病、多种癌症、慢性气管炎、腹水、疔毒疮痈等有较好的疗效。此外，蟾蜍的头、舌、肝、胆均可入药。

因此，我们对癞蛤蟆的印象应该有所改观。它们虽然外表不好看，但是对人类的贡献很大。所以，人类不应该去人为地捕获它们，而是应该保护它们，与它们和谐相处。

201. 在鱼池放养癞蛤蟆真的能达到防病的目的吗？

有一种说法是这样：如果鱼池及其周围的癞蛤蟆较多，池养的鱼类就很少生病。很多养殖户想知道这种说法是否正确。实践证明，在鱼池放养癞蛤蟆可以达到防病的目的。这其中是有道理的，因为癞蛤蟆的耳后腺及皮肤腺可以分泌一种白色浆液，生物学家称其为蟾酥。蟾酥有抑制、杀灭池塘水体中病原体的作用。因此，养殖户可适当地在养殖池放养一定数量的癞蛤蟆。

具体要怎么操作呢？如果是不易逃跑的鱼池，可以直接捉来癞蛤蟆放养；如果是易逃跑的鱼池，则可采用竹筐或网兜将其圈住放养，放养位置以入水口处最好，每亩鱼池放养5只以上即可。另外还要注意一点：圈养的癞蛤蟆最好3天后放生，以免造成其死亡。经过2～3年，池塘及周围的癞蛤蟆会逐年增多，这样可有效地预防池养鱼鱼病的发生。

在鱼池放养癞蛤蟆防病越来越受到重视。因为随着人们无公害消费意识的提高，无公害水产品也越来越受到人们的青睐，除了在鱼池放养癞蛤蟆，还有其他几种无公害鱼病防治技术。比如水生植物与鱼类同池共生，也可以种植、养殖轮作，还可以泼洒松针叶、樟树叶、麻柳叶等一些中草药。或者可以运用生态法防病，即使鱼有多种生物品种，这样生态系统才会更健全，系统的抗病力则越强。

202. 什么是"蟾宝"？

《本草纲目》中称蟾衣为"蟾宝"，除此之外，多部医经及专业教科书中都认为"蟾衣"具有巨大的医药价值。那么，蟾衣究竟是什么东西呢？依照其本身的字面意思，蟾衣指蟾蜍的衣服。据专家介绍，蟾蜍脱衣是一种生理现象，当蟾蜍生存发生困难时，蟾蜍就边脱衣边吃掉，使它能生存下去。那么，蟾衣长什么样呢？蟾衣的外形似蟾蜍，压扁，全体密布细小棕红色状斑纹，躯干部长9~12厘米，宽7~9厘米，肩部向外突起略显弧形，头部三角形，腰部以加工时展平程度而外突或内凹。后肢略长于前肢。前肢长3~5厘米，五趾较瘦长，平展；后肢长4~6厘米，五趾张开，趾间因有蹼而显得较强壮。

它的外表面较光滑，内表面有众多皮肤腺分泌的干燥分泌物堆积形成的突起，手感粗糙。蟾衣质脆，易撕裂。味道苦、辛，口尝时有刺喉和麻舌的感觉。

据上海中药研究所进一步研究，得出结论：蟾衣中含有蟾毒内酯、砷盐等，因此具有药用价值。蟾衣经过初步临床应用，已表现出对慢性肝病、多种癌症、慢性气管炎、腹水、疔毒、疮痈等都有较好的疗效。因此，"蟾宝"的称号是名副其实的。

203. 龟、蚯蚓、蟾蜍混养有什么学问吗？

专家经常建议养殖户可以把龟、蟾蜍、蚯蚓混养在一起。这其中有什么道理吗？总体上讲，这种混养模式可操作性强并且可以获得较大的经济效益。

首先，这种混养节省了饲喂劳力，节约了不少饲料。特别是蟾蜍可不喂料，任其捕获天然饲料蜗牛、蚂蚁、蚊子、毛虫、飞蛾等对龟类有害的动物为食，食物不足时，可吃蚯蚓补充。蟾蜍释放抗病菌的蟾酥，有防治龟类疾病的作用。由于龟类、蟾蜍、蚯蚓完全是在模拟的自然环境下生态养殖，均是自由采食，生长很快。

其次，是因为这种混养模式方法简便，无需特殊设施。可利用鱼池、蟹池改造，基本不增加投资，在一个660平方米的场地内，外围防逃墙，中间挖一450平方米水池，池底铺20~30厘米厚泥沙，以利龟、蟾蜍越冬栖息，池中水面养殖一些水葫芦、浮萍等，池边种植茭白、菖蒲等水草，以利龟、蟾蜍夏日栖息遮阴，又可秋季采摘茭白、菖蒲上市出售。围墙与池边之间的旱地养蚯蚓，还可让龟、蟾蜍作为活动栖息地。

此外，这三种动物能够混养在一起还要得益于三者在生活习性方面有共同点。比如龟类、蟾蜍对水质的要求有相同之处，水龟以淡绿色，透明度20~30厘米左右即可。又如蚯蚓所需的适宜温度与龟类相同。再如龟和蟾蜍的作息时间相似，冬季，龟与蟾蜍都在池水中蛰居。

204. 青蛙为什么不怕晒?

研究者认为：皮肤暴晒后受到损伤以及其他皮肤炎症、疾病都与皮肤受到体内外氧化自由基的损害有密切联系，尤其是暴露在外的皮肤可能更多地受到环境因子的影响，如紫外线等而容易受到损伤。而青蛙的皮肤直接裸露在外，没有任何遮盖和保护，并且常年暴晒在太阳底下，和太阳亲密接触，但它们的皮肤依旧挺光滑的，似乎能够很快把紫外线的伤害排出体外。这是为什么呢?

专家估计青蛙皮肤里有抗氧化物质，故皮肤可能有特别的抗紫外线和氧化自由基清除能力。带着这个疑问专家把高原蛙类——滇蛙作为研究对象，试图揭开青蛙不怕晒的秘密。经过两年多的时间，专家团终于证实滇蛙皮肤具有极强的氧化自由基清除能力。这是因为滇蛙皮肤能够分泌出一种特殊液体，这种液体中含有11个家族的抗氧化多肽。这些抗氧化多肽是由15~30个氨基酸组成的小肽。借助抗氧化多肽，滇蛙以最快的速度清除了自由基的破坏，最大限度地保护了自己的皮肤，使它尽可能少地受到日照、紫外线等诱导的自由基损伤。

这次的研究成果有很大的意义。它是皮肤保护、皮肤抗氧化领域的重大发现，对生物医学、抗氧化保护以及诸如防晒霜等化妆品的研发具有重要意义。

205. 大鲵为什么又叫做娃娃鱼?

首先一提及娃娃鱼，人们会不约而同地认为这种动物是鱼。其实，虽然被称做"娃娃鱼"，但是它不是鱼，而是产生于中国的、世界上最大的两栖动物，学名叫大鲵。它的外形有点像壁虎，体长一般为1米左右，最长的可达2米，体重为20~25千克，最大的达50千克。它有着明显的两栖动物的特征，既可以生活在水中，又可以离开水面，攀缘上树。其次，它可以用肺呼吸，但由于肺的发育不完善，因而也像青蛙一样，需要借助湿润的皮肤来进行气体交换，作为辅助呼吸，所以必须生活在水中或水域的附近。从生物进化的观点来看，它是从水中生活的鱼类向真正的陆栖动物演化的一个过渡类型。但是，作为两栖动物，它为什么以鱼来命名呢?因为它通常会像鱼一样生活在水中，只有遇大雨或山洪暴发，才离开水面。

此外，"娃娃鱼"是个拟人化的名字，顾名思义，大鲵肯定和"娃娃"有相似之处，所以被叫做"娃娃鱼"。那么大鲵究竟哪些地方像"娃娃"呢？首先从声音上，大鲵夜间的叫声很像婴儿啼哭，所以俗称为"娃娃鱼"。除此之外，在外形上，大鲵四肢肥短，很像婴儿的手臂，据说也是把它叫做娃娃鱼的又一个原因。但是，在性情上，大鲵表现的却不像娃娃了，它以鱼、蟹、虾、蛙等为食料，是山里水中的"恶霸"，有时甚至还会威吓行人，甚至会伤人。

哺乳类

206. 鸭嘴兽究竟是鸟、爬行动物还是哺乳动物？

鸭嘴兽是澳大利亚所特有的动物，并且作为2000年悉尼奥运会吉祥物之一，表现了澳洲和澳洲人民的精神与活力。鸭嘴兽是一种神奇的动物，对于它分属哪个种类，众说纷纭。

首先鸭嘴兽长的比较像鸟，它的嘴平而扁，像鸭嘴，所以才被叫做鸭嘴兽。它四肢很短，五趾具钩爪，趾间有薄膜似的蹼，因此脚也很像鸭子。乍一看，鸭嘴兽很像家鸭。家鸭属于鸟类，而鸭嘴兽却是像鸟而不是鸟。

鸭嘴兽保留了爬行动物的特征，以产卵也就是下蛋的方式繁殖。母鸭嘴兽一次生两个蛋，白色半透明，壳上带有一层胶质。母鸭嘴兽将蛋放在尾部及腹部之间，然后蜷缩着身体包围着蛋。两星期后，小兽脱壳而出。

然而，一般从蛋中孵出的小动物是不吃奶的。但是刚刚出生的鸭嘴兽眼睛看不见，身上没有毛，不能觅食，全靠妈妈喂奶，要靠哺乳。鸭嘴兽有乳腺但没有乳房和乳头，它在腹部两侧分泌乳汁，幼仔就伏在母兽腹部上舔食。生物学家正是凭借鸭嘴兽有真正的乳汁这一点将鸭嘴兽列入哺乳类。

它虽被列入哺乳类，但又没有哺乳类动物的完整特征，是最原始最低级的哺乳类，在动物分类学上叫做"原兽类"或称为单孔类卵生哺乳动物。

207. 老鼠的繁殖能力为什么会很强？

我们经常会定期灭鼠，可是发现老鼠的数量依旧很多，这跟老鼠高超的繁殖能力是分不开的。老鼠，在动物学中属于哺乳纲，啮齿目。它有一个最大的特点，就是生育能力强，繁殖迅速。哺乳动物中最繁荣的家族就属老鼠了。

这是什么原因呢？首先，老鼠怀胎次数多、怀胎数量多。它一年可怀孕 3 到 8 胎，每胎可生产小鼠 4 到 8 只，最多的一胎可生到 14 只。照此推算，一只雌鼠每年至少要生养 12 只小鼠，多则可生到 64 只。如果一个家庭有 10 只雌鼠活动，仅按生产的中间值计算，一年将要繁殖胎儿 380 只。如果老鼠的成活率为 80%（而这还只是一个比较保守的数字），那么一年之内，这个家庭将要增加 304 只老鼠。

其次，老鼠新陈代谢速度非常快，因此生长得速度也快，幼崽生长速度快，可以尽快性成熟进入繁殖期，雄性幼鼠 30 天后就进入成年；雌性幼鼠 40 天以后就可以繁殖下一代。这些年轻的老鼠又会接连不断地生下幼鼠，生下幼鼠后，在 6~10 小时内又可进行交配，怀下另一胎。这样父母和子女同步生产，就像繁殖机器，使老鼠数量急剧增加。

老鼠处于食物链底层，繁殖能力必须很强才能使物种延续下去。

208. 灭鼠有哪些方法？

老鼠繁殖速度很快，生命力很强，而且糟蹋粮食、传播疾病，对人类危害极大。常见的灭鼠方法有以下几种。

（1）生物灭鼠。保护鼠类的天敌猫头鹰、黄鼠狼、獾、猫及多数以鼠为主食的蛇，以控制害鼠数量。

（2）生态灭鼠。采取各种措施破坏鼠类的适宜环境，抑制其繁殖和生长，使其死亡率增高。可结合生产进行深翻、灌溉和造林，以恶化其生存条件。

（3）器械灭鼠。用鼠夹、捕鼠笼捕鼠。此法不适用于大面积或害鼠密度高的情况。

（4）药物灭鼠。①磷化锌：它是黑色粉末，有蒜臭味。遇酸后则可分解，放出剧毒磷化氢，而使鼠类中毒死亡。它是通过鼠的胃酸来实现的。常见鼠的致死量为 30~50 毫克/千克。一般配制毒饵的浓度为 20~50 克/升。由于磷化锌的颜色和气味都比较明显，而且作用快、不适感强，第一次中毒未死的鼠，第二次会拒食。另外，它对人和畜的毒性也较强，必须注意安全。但磷化锌的价格低，生产容易，目前仍有较高的使用价值。②华法令（又称灭鼠灵）：它为白色、无味的粉末。使用的浓度一般是 0.25~0.5 克/升。此类杀鼠剂作用缓慢、主要是通过鼠的多次摄入后累积中毒而致死。由于适口性较好而且作用慢发，鼠类一般不会拒食，同时可以减少其他动物误食而中毒的机会。因此认为是杀灭家鼠的最好、最安

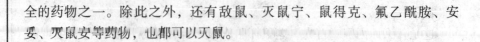

全的药物之一。除此之外，还有敌鼠、灭鼠宁、鼠得克、氟乙酰胺、安妥、灭鼠安等药物，也都可以灭鼠。

209. 怎样捕捉田鼠养狐狸？

田鼠是狐狸的食物之一，鼠肉在狐狸饲料中所占份额还是比较大的。一般在狐狸育成期和配种期、妊娠期的饲料中，田鼠肉能占狐狸饲料的55%～65%，换毛期占45%，并且用鼠肉喂狐狸有很多优点，可以提高狐狸的产率，还有助于提高它们的成活率。

捕捉田鼠也比较容易。它们的繁殖能力很强，一只雌鼠年产6～8窝，每窝10～20只，而幼鼠2～3个月又能生育。春季鼠窝中存粮减少或吃尽，田鼠活动频繁，饥不择食，很容易捕到。夏季田鼠处于怀孕、产崽、分窝高峰，活动猖獗，极力搜找食物，可以大量捕到。秋季田鼠积极储粮，忙于奔波找食，也不难捕到。冬季田鼠不冬眠，即使下了雪，黑夜仍会出洞活动，也能捕到。

通常可以使用普通的捕鼠夹子来捕鼠，可以每日下午或傍晚到田间去找鼠洞或到有田鼠活动的地方，夹子就放在洞口附近或有田鼠足迹的垄沟、畦梗边。第二天即可将夹子捕到的田鼠取回。

怎样处理捕捉到的田鼠呢？一定要从实际出发。如果捕的数量多时，可把受伤轻的放在缸里暂养，以备阴天下雨时利用。对于已被捕鼠夹子夹死的田鼠，要及时加工，以免腐烂变质。加工时先用刀剥皮，然后剖腹，保留心肝，扔掉肠、胃等，洗净后放入锅内煮，待水稍开便可以捞出，然后用绞肉机把肉绞碎备用。当然，由于鼠肉蛋白质、脂肪含量均偏低，可以在鼠肉中加些植物油。

210. 老鼠真的爱大米吗？

曾经一首网络歌曲《老鼠爱大米》特别流行，"我爱你，爱着你，就像老鼠爱大米……"的歌词响彻大街小巷。人们不由生出一个疑问：老鼠真的爱大米吗？老鼠爱大米似乎是有史为证的。《诗经》中的《硕鼠》篇里说，"硕鼠硕鼠，无食吾黍，三岁贯汝，莫我肯顾"，这个"黍"指的就是粮食，"三岁贯汝，莫我肯顾"，不正说明"老鼠爱大米"可以不顾一切。《史记》李斯传里说：李斯做郡吏时，看见厕所里的老鼠，吃的是脏东西，见到人吓得就跑。而官仓中的老鼠，吃的是流脂的米，住着大房子，见到人也毫无畏惧。而且据书中记载，昔年饥馑时，常有农人荷一柄锄头，满世界找鼠洞，挖到鼠洞自然有鼠肉可食，更重要的是还可能找到一升半斗的谷物呢！以上记录都证明老鼠真的吃大米。

其实，老鼠是杂食动物，什么都吃。但是，有的观察者经过长期观察发现，老鼠最爱吃的还是甜食和油腻的东西。歌谣，"小老鼠，上灯台，偷油吃，下不来……"是老鼠爱吃油以及有油水的东西的佐证。老鼠吃大米，但大米并不是老鼠最挚爱的食物。

还有一种有趣的提法，老鼠喜欢吃什么，与本国人民饮食习惯密切相关。比如，法国老鼠喜欢黄油；美国的喜欢香草、早餐吃的燕麦卷和爆米花；印度的喜欢咖喱，等等。

211. 老鼠对人类有什么贡献？

人们通常认为老鼠是传播疾病、制造麻烦和惹人讨厌的动物。但从20世纪初以来，正是老鼠一直在充当人类医学研究的"老黄牛"，它们既是研究疾病的工具，又是检验药物作用的"实验者"，为人类战胜疾病作出了巨大的贡献。

位于美国缅因州山漠岛的约翰逊实验室在医学研究界是个大名鼎鼎的地方。自从1929年建立以来，无数科学家曾来到这个实验室，从这里带走各种各样的老鼠，供科学研究之用。

约翰逊实验室是全球小鼠模型的资源中心，目前提供3000多个品系的实验用小老鼠。这些老鼠有些来自自然界，有些是通过基因技术"定制生产"出来的。在每一个品系里，所有的小老鼠除了有性别的差异外，从基因层面看是完全相同的。在这个实验室提供的小老鼠中，有一些患有人类的疾病，比如糖尿病、高血压、骨质疏松症、阿尔兹海默症等；还有一些老鼠，在某些特定的环境条件下，比较容易发胖、得癌症或是受感染。

实验用小鼠的作用巨大。生物学家利用它们研究基础生理学，疾病学家利用它们寻找导致疾病的基因变异，医药学家在它们身上实验各种药物。它们具备一切医学研究需要的特征：便宜、好养、繁殖能力超强、成熟迅速、比大动物易于管理和观察。

还有更为重要的一点，老鼠的基因多样性十分丰富，这为科学家们生产更多品系的实验用老鼠提供了巨大的潜力。

212. 猫为什么爱吃老鼠？

猫爱吃老鼠，是人们熟知的一种现象，但其中的生理原因却很少有人知道。德国科学家的研究结果表明，猫的体内缺乏一种名为牛磺酸的物质，而牛磺酸正是提高哺乳动物夜间视觉能力的化学物质。由于猫本身不能合成牛磺酸，所以，它们只有大量地捕食老鼠，才能使体内保持足够的牛磺酸，从而保持夜间敏锐的视觉，使自己在自然界的激烈竞争中生存下去。

然而，科学家指出，当今社会的猫大多作为宠物猫被人饲养，有人类提供的现成的食物，鲜有出去自己捕捉老鼠的机会了。但是，这样使猫处于恶性循环状态：一方面因很少或几乎不吃老鼠，这使它们的夜间捕鼠能力大大降低，而这种降低又使它们少食鼠肉。这样下去，现代猫的捕鼠功能自然是一代不如一代了。因此，猫的主人应该给猫提供捕老鼠的机会，这是其天性也是生存的需要。有趣的是，德国科学家研究猫体内牛磺酸的生理作用的起因并不是因为严重的全球性鼠害问题，而是探索治疗人类的夜盲症。很多人患有一种顽性夜盲症，这个病并不是因为缺乏维生素 A 引起的，迄今为止也没有治疗这个病的良药，所以德国科学家正试图让患有这种病的人吃一点老鼠肉，看看他们的症状是不是可以变得轻一些。

213. 为什么在黑暗中猫能捉到老鼠？

猫是老鼠的天敌，能捉到大量的老鼠。最奇妙的一点是，在黑暗中猫能捉到老鼠。

猫的眼睛为什么能在黑暗中看清东西呢？首先，是因为猫的眼睛能反射光线，猫的眼睛里有一种像镜子一样的特殊覆盖层，它使得猫在黑暗中能看清东西。这种闪光物质能反射出像手电筒的光或像汽车前灯的光。

其次，猫在黑暗中能看到东西还在于猫眼的视网膜上具有圆锥细胞和圆柱细胞，圆锥细胞能感受白昼普通光的光强和颜色，圆柱细胞能感受夜间的光觉。一般只能在白天活动的动物如鸟、鸡等，它们的视网膜中常常只有圆锥细胞；而另一些只能在夜间活动的动物如猫头鹰，其视网膜上只有圆柱细胞。

此外，猫眼还有一个特点，其瞳孔能够随着光的不同强度而自动调整。在白天日光很强时，猫的瞳孔几乎完全闭合成一条细线，尽量减少光线的射入。而在黑暗的环境中，它的瞳孔则开得很大，尽可能地增加光线的通透量。猫的瞳孔的扩大和缩小就像调节照相机快门一样迅速，从而保证了猫在快速运动时能够根据光的强弱、被视物体的远近，迅速地调整视力，对好焦距，明视物体。

通过探索黑暗中猫能捉到老鼠的奥妙，军事科学家们模仿猫眼研制出了大有用处的微光夜视仪，用于夜间观察事物。

214. 为什么猫能从很高的地方跳下来？

我们经常会发现，猫能从很高的地方跳下来却安然无恙。实际上，猫从一个较低的高度跌下时，确实是能够马上调整它们的身体，安全地四脚着地，但是如果是从超过一层楼以上的高度跌下，它们还是有可能会遭受到严重甚至致命的伤害。

猫骨骼上的特殊构造是猫咪能够如此迅速转正它们身体的重要原因。猫的锁骨较小，它们的脊椎骨也比其他动物更柔软有弹性，所以猫的前脚可以很迅速无碍地行动，同时也可以很容易地弯曲或转动它们的身体，这样让它们可以在跌下时还是四脚着地安然无恙。

但是如果猫是从超过一层楼以上这样的高度摔落时，虽然它们可以转正自己的身体，可是它们的脚和腿却没办法吸收这么大的撞击力，所以很可能头部会撞击到地面，造成下巴撞碎和牙齿撞断的惨剧。如果是从四层楼或四层楼以上这样更高的高度跌落，会在跌落时产生最大的速度撞击地面，造成猫咪更多的伤害，包括横膈膜破裂、肝脏破裂及骨折等。

也有例证是猫只从很低的地方摔下，却造成很严重的伤害，所以千万别完全相信猫是跌不死的这种话。猫主人还是必须注意防范猫的行动，例如随时确定楼上的窗子是关好的、阳台是封闭或有装栏杆时才可让猫去阳台走动，还要确定猫无法从窗台跳到阳台的围墙上头。现在城市居住高层建筑的家庭越来越多，在这种环境下也要防止猫从楼上跌下来酿成伤害。

215. 为什么猫的眼睛一日三变？

不知大家有没有注意到，猫的眼睛是一日三变。这是为什么呢？

我们可以借助照相机光圈的原理解释这一现象。照相机镜头上的光圈是用来改变通光孔径的大小，调节光量的。猫眼的瞳孔所起的作用与相机光圈作用相同，也同样具有适当调节光量的作用。猫眼睛的瞳孔虽然很大，但是眼睛瞳孔的括约肌是上下交叉的，收缩能力特别强，它能使瞳孔强烈地收缩，甚至能使瞳孔几乎完全闭合。因此，在白天强烈的阳光照射下，它的瞳孔可以缩得像一根线。在夜里昏暗的条件下，瞳孔可以开放得像满月那样圆大。在早晚中等强度光线照射下，瞳孔会形成枣核般样子。

由于它的瞳孔比人具有更大的收缩能力，所以，对光线的反应也比人灵敏，不能光线过强或过弱，猫照样能看清东西

瞳孔调节光量是出于保护眼睛的需要，人类眼睛的瞳孔作用也是这样，如果瞳孔不调节光量，光就要损伤眼底部至关重要的视网膜。人眼睛的瞳孔在阳光下虽会缩小，但是因为人眼瞳孔的括约肌是均匀地长在瞳孔的周围，缩小到一定程度，就不再缩小了。因此，在强光下时间长了会感到不舒服。有人滑雪时戴上有色眼镜，就是为了防止强光损伤视网膜。

216. 猫为什么会呕吐？

猫喜欢经常舔自己的毛发，通常人们都会认为这是小猫在给自己洗脸。其实猫舔自己的毛发是缓解情绪的一种方式。但需要我们注意的是，在猫舌上有很多倒刺，猫在做这个动作的时候就极可能将很多脱落的毛发卷到肚子里去，这些毛发是不易消化的，在胃中渐渐形成毛球，毛球达到一定大小时，对胃黏膜产生足够的刺激，反射性地引起猫呕吐，吐出毛球。这是通常所说的猫的生理性呕吐的一种。此外，猫采食过快、过多以及吃入较多青草、蔬菜等青绿饲料后也会发生呕吐，这也属于生理性呕吐。发生生理性呕吐时，猫除了呕吐外，无其他异常，呕吐后又会进食。如果是户外的猫，会去找一些草吃下，再刺激自己吐出毛球。但家养的猫可就没办法了，那就需要我们主人为它准备了，可以准备一些去毛球膏或定期喂食去毛球猫粮，避免毛球淤积在肠道造成肠梗阻，并且经常帮它梳理脱落的毛发。

由各种致病因素引起的猫的呕吐则属于病理性呕吐。引起猫呕吐的致病因素很多，如病毒性、细菌性、寄生虫性、化学性及物理性等均可致使猫发生呕吐。当猫发生呕吐时，首先应分清是生理性呕吐还是病理性呕吐。如果除出现 1~2 次呕吐，无其他任何异常，呕吐后又进食的多为生理性呕吐，可不予理会；如频频发生呕吐，持续时间较长，不吃食，则应速请兽医进行诊治。

217. 夏天，怎样预防动物中暑？

我们人夏天会采取各种措施防止中暑。其实，好多动物也很怕热，容易中暑。那么，怎样预防动物中暑呢？以下是几点措施。

首先，要安排好动物的居住环境：要将动物安置在空气流通、避免日晒的地方，有条件的，可以给它吹电风扇或在室内安装冷气。但是，吹电

风扇或在室内安装冷气一定要适度。因为，有时动物会出现拉肚子等身体不适的症状。

其次，夏天应减少动物的户外活动，高温时避免带动物出门，如要出门必须携带饮水并减少运动量。

最后，一定要随时提高警觉，注意动物是否出现异常行为或症状，要判断动物是否中暑，除了透过动物外在的行为和反应来判断，主人还可以用触摸或观察的方式。例如动物是否处在闷热、高温的环境，体温是否比平时高很多，或是从动物腹部无毛部位观察是否皮肤出现潮红、广泛出血点、出血斑等情形，这些都是可能中暑的迹象。

如果动物只是出现流口水、急喘、躁动的轻度中暑情形，可以先降低环境温度，例如将动物移至阴凉处。如果是已经呼吸困难、呈现呆滞状态，则要就近用冷水淋湿动物全身，或将它半泡在水中，然后送医急救。当动物已经重度中暑休克昏迷时，先用冰水淋湿或冰毛巾包裹全身，也可以用酒精擦拭降温，或是从肛门灌冷水入直肠，然后尽快送医。

218. 为什么不能拧兔子的耳朵？

兔子的两只耳朵很大，在捉兔子的时候，人们为了方便，就会去拧它们长长的耳朵。其实兔子的大耳朵是它身上最最娇嫩的地方，兔子的大耳朵是由软骨组成的，不能完全承担它全身的重量。一旦兔子被捉后，它总是变得紧张、恐惧、挣扎，这将会拧伤它们的耳根，会使兔子两耳变得垂落。同时，也不能拧它们的后腿，倒提将会使兔子的血液循环发生阻碍，最终将导致大脑充血而死。

耳朵是兔子的重要器官，如果把兔耳抓伤造成神经受伤，将造成兔子的耳朵直不起来、无法转动。此外，兔子的耳朵还可以帮助兔子听到微弱的声音，比如像食肉动物悄悄接近时发出的声音，并确定声音来自何处。兔子的耳朵另外还有一个功能就是帮助散热。兔子的耳朵中有许多血管，当耳朵周围的空气流动时，温暖血液的温度就会有所下降。这可以帮助兔子调整体内的温度。因此，不要拧兔子的耳朵。

那么怎样正确地捕捉兔子呢？正确的方法是拿住它颈部松皮处轻轻地提起，用另外一只手托着兔子身体后部，并且注意不能使皮和肉分开，免得兔子受伤。

219. 为什么母兔吃刚出生的小兔子呢？

爱仔是一切动物的天性，但有些母兔却会咬死或吃掉自己的亲生骨肉，这是为什么呢？经过研究发现，这其中的原因是多方面的，主要有以下几个。

（1）饲料营养不全

多由于饲料中缺乏维生素和矿物质。对策：给予母兔的饲料（尤其是在繁殖期内）营养必须全面，且富含蛋白质、矿物质和维生素，并经常供给青绿多汁饲料，使之营养更加完善。

（2）缺水

母兔产仔后由于胎水流失，胎儿排出，感觉腹中空、口中渴，往往产完仔后跳出产箱找水喝，若无水喝，则有可能食仔。对策：母兔分娩前后要供足洁净饮水，同时供给鲜嫩多汁饲料。

（3）惊吓

产仔期间或产后，突然的噪声或兽类的狂叫及闯入等，母兔受到惊吓往往在产箱里跳来跳去，用后躯踏死仔兔或将仔兔吃掉。对策：保持周围环境安静，防止犬猫等动物闯入。

（4）异物刺激

产仔箱或垫料有异味，母兔生疑，误将仔兔吃掉。对策：母兔分娩前四天左右将产箱洗净消毒，放在阳光下晒干，然后铺上干净垫草，放入兔舍内适当的位置。另外，母兔产仔后不要用带有异味的手或用具触摸仔兔。

（5）产后缺乳

仔兔在奶不够吃时相互争抢乳头，甚至咬伤母兔乳头，而母兔则由于疼痛拒哺或咬食仔兔。对策：给母兔加强营养，多喂多汁饲料，产仔多者可将仔兔部分或全部寄养。

220. 怎样辨别仔兔的公母？

断奶前、后的仔幼兔，由于它们的外生殖器，尤其是公兔的睾丸、阴囊、阴茎等生殖器官发育尚不完全，因此，从体外难以识别公、母。

但在进行种兔选留、淘汰和买卖或做科学实验时，都需辨明其雌、雄。因此掌握识别仔、幼兔公母性别这一实用技术，是完善饲养管理的基本要求。初生仔兔、已经断奶的幼兔、阉公兔分别有各自不同的辨别方法，有经验的养殖者给我们提供了以下经验。

对于初生仔兔，主要可以根据阴部的孔洞形状和距肛门远近来区别。孔洞如果呈扁形、离肛门较近那么就是母兔；如果孔洞呈圆形、距肛门较远就是公兔。

对于已经断奶的幼兔则是另外一种方法：断奶幼兔，主要观察外生殖器。将小兔头、腹朝向检查者，用手轻压阴部开口处两侧皮肤，母兔呈"V"字形，下边裂缝延至肛门，没有突起；公兔呈"O"字形，并可翻出圆柱状突起。

此外，还需要识别阉公兔，这又应该如何具体操作呢？可以让兔子自然伏地或头朝上提起，然后朝向肛门方向挤压下腹部，始终只见阴囊而摸不着睾丸者，不是阉公兔便是隐睾兔，阉公兔在阴囊上可找到刀痕。

221. 怎样可以使长毛兔多长兔毛？

我国是长毛兔产销大国，世界市场90%以上的兔毛都来自中国。饲养长毛兔的最终目的就是收获量多质优的兔毛。怎样可以使长毛兔多长兔毛呢？以下的几种方法可以试试。

首先，要搭配好长毛兔的饲料。可以喂蚯蚓，蚯蚓含有丰富的蛋白质，较多的矿物质和维生素 A、维生素 D。每只兔每天加喂 7 克蚯蚓粉，产毛量提高 10%，优质毛提高 17%。还可添喂松针粉，松针粉中含有 19 种氨基酸和丰富的胡萝卜素、维生素、微量元素和松针抗菌素。毛兔日粮中加入 1%～1.5% 松针粉可提高产毛量 10%，用 15%～20% 的新鲜松针叶代替青绿饲料，可提高产毛量 10%～12%，且有减少肠道疾病和增加体重的效果。还建议加稀土、沸石。加 0.03%～0.05% 的稀土，可使产毛量提高 8% 以上，优质毛提高 40% 以上；而在每只兔日粮中添加沸石粉 10g，饲喂 3 个月，总产毛量可增加 30%。

其次，适时剪毛。长毛兔在配种季节应及时剪短被毛，促进新陈代谢，增强性欲，使其能顺利完成配种，断奶幼兔在 2 月龄左右要进行第 1 次剪毛，即把乳毛全部剪掉，体质健壮的幼兔，剪毛后新陈代谢旺盛，采食量增加，生长发育加快；体质瘦弱的幼兔应适当延后剪毛，以免造成不良后果。第 1 次一定要采用剪毛，不宜用拔毛，否则会损伤幼兔皮肤。第 1 次剪毛之后，每隔 75～80 天剪毛 1 次，1 年可剪毛 4～5 次，年产毛量为 1～2 千克。

除此之外，还可以尝试白酒催毛的方法。长毛兔剪毛后，用 50 度白酒适量，加少许姜汁，用药棉蘸液涂擦兔体全身，但不要碰眼睛，每天擦 1 次，连用 3 天，可缩短产毛期 4 天。

222 怎样减少或杜绝母兔假孕的发生?

在养兔过程中,会遇到这种情况:有的母兔在交配后 16~18 天出现临产行为,母兔的乳房发生膨胀,并开始叼草拉毛做窝,这些都是怀孕的症状。但等了几天并无仔兔产出,这种现象是假孕。假孕不但耽误繁殖仔兔,而且还会影响和消耗母兔的体力,造成经济损失。为了减少或杜绝假孕发生,可采取以下措施。

首先,要严格管理繁殖的种兔。对繁殖种兔,建谱立系,首先分组编号,公兔、母兔分别建立繁殖卡片,使交配、产仔都有记录,还要做到近亲的兔子不配,未发育成熟不配。此外,还要注意兔子交配的时间。做到兔子换毛高峰期和风、雨、雪、炎热天气不配。

其次,坚持科学的配种方法。采取重复配种和双重配种的方法,一般种兔场采用重复配种法,即在第 1 次配种 5~6 小时后再用同 1 只种公兔进行第 2 次交配。商品兔场可采用双重配种法,即在第 1 只公兔交配后过 15 分钟再用另一只种公兔交配 1 次。长期没用的种公兔,必须在配种后的 6 ~8 小时内再进行复配。

再次,加强饲养管理,搞好清洁卫生和消毒工作,对种兔增加运动时间,防止过度肥胖。不要随意捕捉、抚摸母兔。

最后,要做到母兔交配后 5~7 天进行复配,10~12 天进行摸胎检查,以便及时补配,防止不孕或假孕。

223. 兔子的眼睛究竟是什么颜色的?

仔细观察兔子,可以发现兔子的眼睛五颜六色,有红色、蓝色、茶色、灰色、白色等等。生物学家通过研究表明,兔子眼睛的颜色与它们的皮毛颜色有关系,黑兔子的眼睛是黑色的,灰兔子的眼睛是灰色的,那是因为它们身体里有一种叫色素的东西。含有灰色素的小兔,毛和眼睛就是灰色的;含有黑色素的小兔,毛和眼睛是黑色的。

根据兔子眼睛的颜色与它们的皮毛颜色一致这个理论,白兔的眼睛是无色的,因为白兔身体里不含色素,可是我们却常常看到白兔的眼睛是红色的。这究竟是怎么回事呢?生物学家认为,我们看到的红色,不是兔子眼睛自身的颜色,而是兔子体内的微血管的颜色。而且专家还进一步指出只有日本种的白兔因为经由人工培育改良,身上的色素消失了,眼睛变成透明的,我们才看到了它们体内的微血管。

兔子的眼睛除了颜色独具特点外,还具有以下特点:兔子的眼睛长在脸的两侧，因此它的视野宽阔，对自己周围的东西看得很清楚，有人说兔子连自己的脊梁都能看到。不过，它不能辨别立体的东西，对近在眼前的东西也看不清楚。因为兔子是夜行动物，所以它的眼睛能聚很多光，即使在微暗处也能看到东西。

224. 为什么小狗睡觉时要将耳朵贴在地上？

狗的听觉非常灵敏，即使在夜深人静的晚上，哪怕极其轻微的脚步声或纸片树叶飘动的声音。也会把睡梦中的狗惊醒。这么灵敏的听觉和狗睡觉耳朵贴着地面是否有关系吗？的确是这样。我们知道，声音是靠气体、固体、液体传播的，同样的声波，在固体中传播得最远、最容易传播、接收得最清晰。如果我们把耳朵贴在桌面上，然后在抽屉里用手抓挠桌子，这声音也清晰地传到我们的耳朵里，但是如果把耳朵稍离开一点桌面，却什么也听不清了，就能说明声音通过固体传播的能力最强。我们可以做一个"土电话"的实验来证明这一点。找来一根线，两个一次性杯子，把线穿过杯底，做成一个"土电话"，一个人把一个杯子贴在耳朵上，另一个人在另一端小声地说。这时，声音通过那根细细的线非常清晰地传了过来，简直就像和两个人面对面说话那么清楚。

因此，狗是为了更好地听见声音才把耳朵贴着地面。这样使它的听觉更加灵敏，更能听到人类和别的动物听不见的声音。因此，我们经常会看到在执行任务、追寻东西或人时的军犬，一会儿把耳朵贴在地面上，一会儿又飞速地奔跑，也是为了更清晰地听到远方的微弱的声音，更好地完成任务。

225. 为什么狗认识路？

美国有一部电影叫做《小狗千里回家路》，小狗竟然可以在千里之外重新回家。曾经有个外国人养了条牧羊犬，每天和他的狗一起开车送货。一次停在一个偏僻的加油站，离他住的地方很远，这条狗看到了一个美丽的母狗，结果跟着她离开了。主人加完汽油准备离开，发现狗不见了，喊了很久也没看它回来，以为它丢了，又着急送货，就开车离开了。但在4天后，那条狗自己跑了100多千米，回到了家里，虽然瘦了很多，但它竟然回来了。

那么狗是凭着什么可以千里归家的呢？经过研究发现，狗有一种天生的认路本领。当它出去的时候，总是一边走，一边往路上撒一点尿，绝不一次把尿撒完，这是为什么呢？原来它可以凭借着天生灵敏的嗅觉嗅到自己在沿途留下的记号，因为它的鼻子灵敏度是人类的几千甚至几万倍，能嗅到空气中对于人类来说不可能闻到的气味，即使隔了好几天，依然能嗅到那非常少的气味分子，所以它是靠自己身上留下的气味走回来的！

看来狗之所以能千里归家，与它的特别灵的鼻子有关，不管走出多远，也不管是白天还是黑夜，它只要闻着自己撒过的尿味，就能够准确地找到家。正是因为这种能力，所以狗在警察破案的时候也有很重要的作用。

226. 狗需要接种哪些疫苗？

预防接种疫苗可以使狗获得特异性抵抗力，以减少或消除传染病的发生。如果对狗不进行疫苗接种，一旦狗患上严重的疾病，就毫无挽回的余地了。

狗必须接种的疫苗有如下几类：

（1）狂犬病疫苗

狂犬病是由狂犬病病毒引起的人、畜共患的传染病，必须每年定期给狗注射 1 次疫苗。

（2）传染性肝炎疫苗

传染性肝炎是由病毒引起的一种急性败血性传染病，严重时可使幼犬在一夜中死去，注射疫苗后，可以终身免疫。

（3）布鲁氏菌病疫苗

布鲁氏菌病是一种传染性很强的疾病，也可以传染给人。对这种病如错过早期治疗机会，就会导致死亡，应进行定期预防接种。

（4）急性传染病类疫苗

急性传染病是由病毒引起的疾病，传染性极强，严重的会导致死亡。如果进行了正确的预防疫苗接种，则能起到完全免疫作用。

预防接种，最初在仔犬出生 2 个月前后进行第 1 次接种，3 个月前后进行第 2 次接种，以后每年进行 1 次预防接种。

227. 为什么狗的嗅觉特别灵敏？

狗的嗅觉灵敏为人人所知，有人说犬可辨别 20000 多种不同的味道，这绝不夸张。嗅觉灵敏能发挥所长，经过特殊训练的狗可以成为警犬、军犬、猎犬、牧羊犬、搜救犬等等，还可用于侦缉和传递各种信息。狗的嗅觉主要表现在两方面，一是对气味的敏感程度，二是辨别气味的能力。它的嗅觉灵敏度在动物中名列前茅，对酸性物质的灵敏度要高出人类几万倍。

为什么狗的嗅觉特别灵敏？这是因为狗的嗅觉感受器官有独特之处。哺乳动物的嗅觉感受器官叫做嗅黏膜，位于鼻腔上部，表面有许多皱褶。狗的鼻子里生长有至少长达10厘米的嗅黏膜，而在人的鼻子里，起嗅觉作用的神经细胞都集中在鼻孔内部深处不到2.5厘米长的一块地方，因此，狗的嗅黏膜面积约为人类起嗅觉作用的神经细胞的四倍。此外，所有的哺乳动物的嗅黏膜都生长在涡形的、薄如纸的微小骨头上，这些骨头叫做鼻甲。涡形越多、嗅黏膜的表面积就越大。嗅黏膜上是嗅觉细胞，每个细胞有着外伸的纤毛。这些纤毛实际上是细胞起增加表面积作用的突出部分。在人的鼻子里，涡形鼻甲及纤毛形成大约3平方厘米的嗅黏膜，但在狗的鼻子里，由于鼻甲多，嗅黏膜的面积有150平方厘米，嗅觉就强。嗅黏膜内的嗅觉细胞是真正的嗅觉感受器，狗有2亿多个，是人类的40倍。因此，狗的嗅觉特别灵敏也就不足为奇了。

228. 为什么狗能吃硬骨头？

农村的狗经常吃一些人给它的骨头。骨头那么硬，狗是怎么吃下去的呢？

原来狗在动物分类学上属于肉食目。狗的祖先以捕食小动物为主，偶尔也用块茎类植物充饥。狗被人类驯养后，食性发生了变化，变成以肉食为主的杂食动物，素食也可以维持生命。但即使如此，它们仍保持以肉食为主这样一个消化特性。首先，在狗的口腔的侧旁有巨大、强健而锋利的裂齿，专用来嚼碎坚硬物体。此外，狗的上颚最后一颗伸长的臼齿，发育出切割骨脊，在咬合食物时，可以与下颚的第一颗臼齿牢牢交搭在一起，形成强力的锯闸。犬齿长而尖锐，且微微向内弯曲，在捕捉猎物时，是非常致命的攻击武器。

狗的唾液腺发达，能分泌大量唾液，湿润口腔和饲料，便于咀嚼和吞咽。唾液中还含有溶菌酶，具有杀菌作用。

总之，狗很能适应咬碎硬骨头的生活。不过狗天生就喜欢啃咬东西，有时它们更会咀嚼石头令牙齿磨损甚至断裂，有些较活跃的狗更会四处跑撞而把牙齿撞断，除此之外的狗也会年纪老迈而出现这种问题。牙齿出了问题的狗生活会遇上麻烦。

229. 狗到了夏天为什么总是吐舌头?

在炎热的夏天,我们经常发现:狗总是吐舌头。这其中有什么原因吗?

其实,狗伸出舌头并气喘不休,是它们驱散体内热量的一种方式。狗和我们人类一样,体温都是恒定不变的。我们人,无论春夏秋冬,正常体温都在 36.5℃上下,在高温的季节里,我们人可以通过出汗等方式降温来保持恒定体温。人和许多动物身体表面都有汗腺,会分泌汗液,热量通过汗液的分泌散发到体外。而狗也要在夏天高温的情况下保持恒定体温,可是狗和其他动物不太一样,狗的身上有两种汗腺,大汗腺分布于脚底以外的全身皮肤,小汗腺只位于脚底皮肤。但是因为狗皮肤汗腺不发达,它们必须要借助吐舌头,流唾液、用力呼吸来帮助散热。因此,天越热,它们就越不停地吐舌头,喘得也越厉害。另外,天气炎热的时候,狗还可以通过爪子上的肉垫来散热。

狗正常的体温应该在 37.8 ~ 39℃,体温到达 40.65℃时内脏器官开始受损,体温到达 41℃以上时就属于高度危险了。在高热的环境或者是高湿闷热气候下,最快 20 分钟就有可能使狗的身体系统衰竭而死亡,所以中暑是夏季或其他闷热天气条件下对狗健康的最大威胁。所以,夏天,狗的主人要注意护理好狗,保持屋里通风良好,按时给狗饮水,等等。

230. 小狗真的会做算术吗?

我们看杂技节目,经常可以看到小狗走上台来,在驯兽演员的指挥下,根据观众们出的算术题,轮流将台上排着阿拉伯数字的牌子衔给演员,正确地"算"出答数时,人们会感到很惊奇。难道小狗真会做算术吗?小狗真和人一样有计算思维吗?

其实,狗没有像人那样发达的计算思维,是肯定不懂得算术。那么,狗是如何正确地"算"出答数?这其中有什么奥妙吗?

事实上,杂技团里的小狗只有经过驯兽演员的训练才能"做"算术。没有经过训练的狗是肯定不会做算术题的。训练的时候,演员都用一个动作来表示,这样经过长期的训练,小狗虽不"识"牌子上的字,但对演员的一举一动,留下深刻的印象,并能听从演员的指挥去衔写着算术题的答数的牌子。久而久之狗就对驯兽演员的一举一动产生了条件反射,以后只要一看到演员的动作或表情,它们就能习惯性地"算"出答数。因此,小狗会算数这是种假象,实际上,是演员在做算术,只是他指挥小狗行动罢了。

当然，这种表象也和狗自身有关，首先，狗的智商是动物中比较高的，而且狗在某些方面的感觉比人类要灵敏得多。所以，狗能顺利地领会到驯兽演员的表情、动作。

231. 怎样才算纯种藏獒？

藏獒原产于青藏高原，分布在青藏高原及其周边地区，是藏族牧民培育的畜牧犬及护卫犬。近年来，由于其经济价值被人们养殖。人们都想养纯正的藏獒，那么，怎样才算纯种藏獒？

从外形上看，纯种藏獒的头大、前额高、耳片大，紧贴腮的两则，眼深陷呈三角形状，眼仁为黑黄色，脖短粗，颈下有垂皮（肉髯嗉带），嘴方、齐、短、宽而厚，头顶后部和脖颈周围有饰毛，前胸宽而深，腰背粗宽而长，四肢骨骼粗壮有力，四爪大而紧包，如猫爪。非纯种者头小，额骨稍平，嘴长、细、尖而薄，特别张嘴时，上嘴前尖后圆宽，成尖圆形状，耳片小，眼虽也有三角形状，但大部呈叶片形，前胸窄浅，腰细而短，颈下无肉髯，四肢细小，毛色与纯种同，饰毛无或者短，体重也轻。

从行为表现上看，纯种藏獒对主人绝对忠诚服从，任劳任怨，不攻击主人，然而对陌生人和入侵者极凶猛，叫声粗犷，嘶哑如闷雷般震人心肺，无情况不狂吠，保护领地意识强烈，抗病强，对主人依恋，除主人和饲养人员外，一般人很难接近。虽性格阴沉、冷静，但心明眼亮。当换了新主人和新环境，3天之内不咬叫，只用眼光审视新的主人和适应的环境，认清主人和对环境了解后，才对主人亲近，对陌生人攻击，咬叫。而非纯种藏獒的叫声尖细，不听主人指挥，没事爱狂吠，有时攻击家人，价值不高，只能看护门院。

232. 常喂草对猪有什么好处？

猪多喂些青绿饲料，不但可以降低饲养成本，而且还可锻炼猪胃肠的消化功能，增加食量，有利于其生长发育和健康。在种类繁多的青绿饲料中，有三种草喂猪效果极好。

第一种是龙胆草，多年生草本植物，产于我国四川、云南、黑龙江、辽宁、吉林、北京、天津、河北、山东等地，春、夏、秋三季均可采集利用。龙胆草中含有龙胆苦甙，能促进胃液分泌，使游离酸增加，有健胃和促进消化的作用，提高猪的食欲。

第二种是葎草，也叫拉拉藤、拉拉秧、五爪龙等，在我国南北各地均有分布，多生长于荒野、田边、路旁、村落、城镇附近灌木丛中。葎草含有粗蛋白质、粗脂肪、无氮浸出物、葡萄糖甙和挥发油等营养物质。它不但是营养物质丰富的优质饲料，而且是治疗疾病的良药。它味甘、微苦、性寒，有清凉利尿、消瘀解毒的功能。高温炎热的季节常喂葎草，有利于猪的身体健康。

第三种是车前草，为多年生草本植物，全国各地都有分布和生长，盛夏至立秋为旺长期。车前草含有多量黏液汁、琥珀酸、胆碱等，它有利尿、凉血、解毒的作用，可以防治各种炎症、鼻血、尿血及皮肤疮毒等。鲜喂可以防治热痢等疾病。

以上三种草可直接鲜喂，也可晒干后加工成草粉喂，三种草配合起来饲喂效果更好。实践证明，猪常喂这三种草，食欲旺盛，情绪稳定温顺，皮肤红润，猪毛发光油亮，疾病少，增重快。

233. 如何控制新购仔猪"死亡率"？

新购仔猪，由于称重、运输、饥饿以及饲养环境、饲养方式、饲料变更等应激状态因素的影响，抵抗力下降，死亡率增加。而控制新购仔猪的"死亡率"则是养猪成功的基础。专家及有经验的养殖户提出了以下几点建议：第一，养殖户要准备好圈舍。在空圈期对圈舍、走道、饲槽、墙壁、粪沟、用具等用水清洗。晾干后选用2%～3%的烧碱水、5%～10%的来苏儿或其他消毒药按比例配制喷雾消毒。第二，要尽量缩短贩运仔猪的路程。实践证明，由于长途运输，仔猪应激反应大，存活率相应较低。第三，要注意饲料的使用。严格实行饲料、喂量和饲养方式"三过渡"。实践证明，新购仔猪适当饥饿有助于对肠道病的预防。第1天只给水不给料；第2天按体重的2%左右给料，注意观察仔猪采食情况和粪便；第3天在原有的基础上递增0.5%～1%左右；7天内恢复到体重的4%～5%。部分仔猪拉稀时，可喂蛋白质低的全价全熟膨化饲料。另外还要保证仔猪饮水清洁。仔猪到达输入地后，按体重的大小分群饲养，第1天供给清洁的饮水并在饮水中添加维生素C、电解质及少量抗生素如阿莫西林、环丙沙星等药物。第四，也是最关键的一点是要及时进行免疫接种。经7～10天的观察，在确定仔猪精神、食欲等正常的情况下，要及时补打猪瘟、猪蓝耳病、猪口蹄疫苗。注射疫苗期间饮水中添加维生素C，饲料喂量宜减少，并密切观察，发现仔猪不良反应及时对症处理。

234. 冬天怎样防止猪感冒?

冬季,我们容易患上流感。其实,猪在冬季也经常得流感。猪流行性感冒是由猪 A 型流行性感冒病毒引起的一种急性高度接触性传染病,以猪突然发病、传播迅速、来势猛、成群发生、发病率高、高热、上呼吸道炎症为主要特征。常呈地方性流行或大流行。传染迅速,2～3 天内即可波及全群发病。主要通过飞沫经呼吸道传染。同时饲养管理不良,长途运输过于疲劳、拥挤等,都是发病的因素。

由于冬季是猪流行性感冒的多发期,冬季更要采取预防措施。可以从以下方面入手:一要防风。用木板、草帘、塑料布、草捆或草袋子等遮盖物将猪舍各处的漏风处堵严,夜间在猪窝前吊上帘子,防止冷风入侵;在猪舍的墙外堆积玉米秆或设置防风障。二要通风。利用中午高温时段,打开门窗通风,排除舍内潮气和有害气体。三要铺草。在床上加铺 15 厘米至 20 厘米的软干草、软秸秆,以保暖、吸湿、除潮;夜间防止猪尿窝,保持猪舍清洁、干燥、舒适。四要多晒。选择晴暖天气,把猪赶到外面多晒太阳,适当加强户外运动,提高对寒冷天气的抵抗力。五要巧喂。白天增加喂食次数,夜间坚持喂一顿食,猪食要干一些,并适当增加高粱、玉米等能量饲料的比例,同时要饮用温水。最后可以将分散饲养的猪合群饲养,饲养密度比夏季增加 30%～50% 左右,猪多散热量增加,亦可提高舍温。

235. 人类可以人工控制猪仔的性别吗?

在广西畜牧研究所猪场诞生了两窝身份特殊的猪宝宝:一窝 6 头全是黑糊糊的雄性小猪,而另一窝 4 头全是清一色的雌性小猪。它们是我国首批性别控制的猪仔,在出生前性别已被人为设计好了。

真的能人工控制猪仔的性别吗?负责此项目的专家对此是十分肯定的。专家说:X 精子是雌性精子,Y 精子属雄性。可以利用 X 精子和 Y 精子之间 DNA 含量的差异,将精液染色后,使用流式细胞仪根据荧光强度进行 X、Y 精子分离,然后采用人工授精技术,将分离得到的 X 精子或 Y 精子输入受体母猪。根据相关的实验表明,输入了 X 精子的母猪将生下雌性的小猪仔,而输入了 Y 精子的母猪将生下雄性的小猪仔。只是,这项技术也有困难。因为猪的精子比较脆弱,在进行分离等处理过程中容易受损;X 和 Y 精子之间 DNA 含量的差异小,不容易分辨。

这一技术对于种猪场及养殖户都是一个喜讯,有广阔的应用前景。在种猪场,以父系为主的,一头公猪仔比母猪仔价格贵 5000 元。在自然规律下，生公生母各占一半几率，如果用此技术，一窝 6 头全是公猪仔的话，比公母各占一半的可多赚 1.5 万元钱。对养殖户来说，可以根据实际需要控制猪仔的性别，如想要肉猪，则选择公猪仔。这一技术的推广应用将为养猪业带来巨大的经济效益。

236. 为什么羊会用角去摩擦树干?

在农村养羊的人会发现有的羊会用角摩擦树干，这是为什么?

原来，它们是得了病。早在三百年前，人类在绵羊和小山羊中首次发现了感染朊病毒病的患病动物。因患病动物的奇痒难熬，常在粗糙的树干和石头表面不停摩擦，以致身上的毛都被磨脱，而被称为"羊瘙痒症"。该病广泛传播于欧洲和澳洲，潜伏期为 18 到 26 个月，患病动物兴奋、瘙痒、瘫痪直至死亡。后来又相继发现了传染性水貂脑软化病、马鹿和鹿的慢性消瘦病、猫的海绵状脑病等等。经病理性研究表明，这些病都侵犯动物中枢神经系统，随病程进展，在神经元树突和细胞本身，特别是在小脑区星形细胞和树枝状细胞内发生进行性空泡化，星形细胞胶质增生，灰质中出现海绵状病变。这些病均以潜伏期长、病程缓慢、进行性脑功能紊乱、无缓解康复、终至死亡为主要特征。

羊得的这种病目前尚未有有效的治疗方法，因此属"不治之症。"人们只能采取相应措施预防，如消灭染病牲畜，对病羊进行适当隔离；禁止食用可能传染的食物，禁止使用可能污染的药物；家族性疾病的未患病成员更应注意预防。

所以以后看到羊摩擦树一定要注意，千万不要等闲视之。

237. 怎样利用农作物的秸秆给羊做饲料?

玉米、小麦、水稻、黄豆等农作物秸秆可通过青贮、微贮、氨化等科学处理后作为羊的饲料。使用秸秆给羊做饲料有很多优点。首先，农作物的秸秆价格便宜，来源广泛，可以节省养殖成本。其次，通过研究还表明用秸秆做饲料可以提高羊的适口性、消化率、采食量及营养价值，延长保存时间，特别可以代作越冬脱青或规模养羊的饲料资源。

那么，怎样利用农作物的秸秆给羊做饲料呢? 关键的一点就是要学会并掌握秸秆青贮的方法。秸秆青贮有以下技术要点：一是适时收割，以保留 1/2 的绿色最佳；二是铡短切细，一般切成 3~5 厘米长；三是压实密封，土窖要求四壁衬上塑料薄膜，窖底铺 10 厘米厚的麦草，然后将铡短的玉米秸逐层装入，逐层压实，尤其是四壁和四角更应压实。原料一般要高出地面或容器20~30厘米，再用塑料纸覆盖，盖土30厘米左右，以防漏气；一般一个半月即可利用，保存期可长达半年以上。微贮的制作步骤基本上与青贮相似，不同之处在于分层装填的同时，使用经过糖盐水活化后的秸秆发酵活干菌，分层浇洒，并使用5%的玉米粉或大麦粉、麸皮等逐层撒布，以加速菌种繁殖速度。

238. 为什么要给羊吃咸盐？

羊是以植物性饲料为主的家畜，而植物性饲草中钠和氯的含量较少，含钾较丰富，为了维持生理上的平衡，以吃草为主的羊就要补喂食盐。食盐对维持体内渗透压、调节酸碱平衡和控制水盐代谢起着重要的作用。钠是生成胆汁的重要原料，氯构成胃液中的盐酸，参与蛋白质消化。食盐还有调味的作用，能刺激唾液分泌，促进淀粉酶的活动，能够改善口味，增进羊的食欲。缺乏食盐容易导致消化不良、食欲减退、异嗜、饲料营养物质利用率降低、发育受阻等现象，因此必须给羊喂盐。

给羊喂盐要注意些什么呢？首先，要学会喂盐的方法，放牧季节，可每隔10天左右给羊喂盐，按每只羊15~20克准备，将食盐撒在石板上，让羊舔食。在舍饲阶段，可按一定比例将食盐配在精饲料内每天喂。羔羊出生能够采食时，在饲料中就可以加入食盐。其次，喂盐一定要适度，用量上不能超过占日粮干物质的1%，过量容易引起中毒。另外，动物发生食盐中毒并不单纯决定于食盐的食入量，中毒不中毒还取决于它饮水是否充足。如果一时食入的食盐太多，但同时又饮用了大量水分，则在这种情况下不一定会发生中毒；相反，如果食入的食盐过多，又缺乏饮水，那么中毒的机会就加大。曾有报告说：给绵羊喂以含2%的食盐的饲料，同时限制它的饮水，数日后即出现中毒；但喂以含13%食盐的饲料，同时不限制饮水，结果没有发生中毒。因此，要保证羊的饮水量。

239. 羊如果误食了塑料薄膜，有哪些急救方法？

近年来，由于地里的残留的塑料薄膜残留碎片多了起来，羊误吃塑料薄膜的现象也时有发生，如果治疗不当，会导致羊消化机能紊乱，严重时甚至可能造成羊只死亡，给养殖户带来一定的经济损失。养殖户首先要弄清楚羊误吃塑料薄膜后的症状，羊误吃塑料薄膜后经常表现为：精神沉郁，咀嚼无力；反刍时，会从口角流出带有泡沫样液体；呕吐、便秘，后

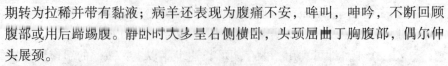

期转为拉稀并带有黏液；病羊还表现为腹痛不安，哞叫，呻吟，不断回顾腹部或用后蹄踢腹。静卧时大多呈右侧横卧，头颈屈曲于胸腹部，偶尔伸头展颈。

急救措施是：

首先要排除瘤胃内容物。可用植物油 250～300 毫升或液体石蜡 500～1000 毫升，1 次灌服；或者用硫酸钠（或硫酸镁）150～200 克溶于 1000 毫升温水中 1 次灌服。其次要促进瘤胃蠕动。可用番木鳖啶 5～10 毫升，95% 酒精 20 毫升，加水 50 毫升～800 毫升，1 次灌服；或者用 3% 毛果芸香碱 24 毫升或 0.05% 新斯的明 5～10 毫升 1 次皮下注射，待 4 小时后重复注射 1 次，以便排出异物。再次要防止胃肠内容物异常腐败。可用鱼石脂 10 克，溶于 20% 酒精 100～150 毫升内，加适量水，1 次灌服。最后还要改善消化机能，可用碳酸氢钠 10～25 克，加适量水，1 次灌服。

240. 公羊母羊混着养合理吗？

养殖户习惯把公羊和母羊混在一起饲养，任其自由交配。其实，这样做的害处很多。

首先，影响交配。混养不利于把握最佳配种时间。公羊与母羊混在一起养殖，可能导致一年四季都有母羊怀孕和产羔，产出的羔羊往往体质较差，成活率低。最好平时把公羊和母羊分开饲养，在 7～8 月再选定公羊与母羊交配，让母羊 12 月至来年 1 月产羔，这样能保障母羊和羔羊在天气变暖时都能吃上青草。

其次，混养不利于把握最佳配种对象。羊一般 7～8 月龄性成熟，但此时并不适宜配种，另外老龄羊及病残羊也不宜配种，只有 1 岁半～7 岁的健康羊才适合配种。如果公羊与母羊混养在一起，老弱病残羊、幼小羊均会怀孕，不仅严重影响对老、弱、病、死母羊的处理，而且产出的羔羊成活率低。

最后，混养不能充分利用良种公羊。一只公羊一般只能交配 15～20 只母羊。如果任公母羊自由交配，免不了无效交配，多余的重复交配，会使公羊精力消耗过大，缩短利用年限，造成浪费。

此外，混养易造成后代血缘不清，自由交配往往不能肯定羔羊的父亲是哪只公羊，致使后代出现近亲交配，失去杂种优势，而且还会发生遗传疾病。而且，公羊母羊混着养会影响正常采食。公羊与母羊混养在一起，公羊会经常追逐母羊，使羊群不得安宁，母羊无法集中精力采食，从而影响母羊的生长发育。

241. 怎样及时发现羊生病了?

羊对疾病的抵抗能力比较强,病初症状表现不明显,不易及时发现,一旦发病,往往病情已经比较严重。因此,养羊及时发现病羊,及时预防和治疗是非常重要的。具体应从以下几个方面观察。

可以先从外表入手观察。辨被毛与皮肤颜色,健康的羊膘满肉肥,体格强壮,被毛发亮;病羊则体弱,被毛粗硬、蓬乱易折、暗淡无光泽。羊的皮肤在毛底层或腋下等部位通常呈现粉红色,若颜色苍白或潮红都是病症。

其次,可以观察羊的饮食即观察羊的反刍情况。一般羊在采食后 30～50 分钟,经过休息便可进行第一次反刍。反刍是健康羊的重要标志,反刍的每个食团要咀嚼 50～60 次,每次反刍要持续 30～60 分钟,24 小时内要反刍 4～8 次。在反刍后要将胃内气体从口腔排出体外,即嗳气,健康羊嗳气 10～12 次/小时。病羊反刍与嗳气次数减少,无力,甚至停止。病羊经治疗,开始恢复反刍和嗳气是恢复健康的重要标志。

此外,还可以测一下羊的呼吸和心跳。可将耳朵贴在羊胸部肺区,可清晰地听到肺脏的呼吸音。健康羊每分钟呼吸 10～20 次,能听到间隔匀称,带"嘶嘶"声的肺呼吸音;病羊则出现"呼噜、呼噜"节奏不齐的拉风箱似的肺泡音。健康羊的脉搏,成年羊每分钟为 70～80 次,羔羊为 100～130 次,心音清晰、心跳均匀、搏动有力。病羊心音强弱不匀,搏动无力。

242. 世界上有哪些奇怪的牛?

世界上有很多奇怪的牛,它们的奇怪之处体现在外表、生活特性等各个方面。现介绍如下。

灯牛:拉丁美洲圭亚那有一种"灯牛",因其尾可制蜡烛、作灯用而得名。当地人将其宰杀后,在取下的牛尾巴中心钻个小洞,插入灯芯,便制成一支"牛尾烛"。这种烛光亮而无烟,可点七八个小时。

水花牛:卢旺达有一种与众不同的牛。它的头部有一大丛毛,好像是戴着一顶漂亮的花帽;背部长着五颜六色的花纹,仿佛是穿了一件鲜艳的花衣。当它们洗澡时,露出水面的只有头部的"花帽"和背部的"花衣"。老远看去,河面上像是绽开了一朵朵美丽的"水花"。

香味牛:北美洲北部的格陵兰岛上,有一种奇特的牛,它的身体能发出香味。这种牛的经济价值极高,世界各国每年都要到这里购买大批香味

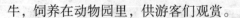

牛，饲养在动物园里，供游客们观赏。

牛"医生"：德国有关人士作过一项试验研究，发现受过专门训练的奶牛用舌头舔某些皮肤病患者的患处，能起到杀菌的作用。原来这是牛的唾液所具有的威力，而且牛舌舔时又像是按摩，能促进血液循环，对治疗秃头和神经性皮炎有特效。

243. 牛真的见了红布就发火吗？

我们知道斗牛是西班牙的一项传统活动，而且其他许多国家也很热衷于斗牛活动。斗牛活动中，斗牛士一般选用红色为主的衣着，上面镶有金边和一些金色饰物，使其在阳光下做动作时显得闪亮夺目，光彩照人。红布和斗篷也是两件非常重要的工具。红布是主斗牛士的专利，其实所谓的红布是一面红色一面黄色的，这正好与西班牙国旗的颜色一致。

因此，很多喜欢看斗牛的人都认为，凡是红的东西都会使牛生气，并会使其前来攻击，因此斗牛士必须有一件鲜红的斗篷或披肩来招引牛，同时他必须用熟练的技术耍弄那块红布。其实，不是因为红色的布能激怒斗牛。斗牛是一种色盲动物，根本不会辨别颜色。只是因为它把又宽又大的布看做敌人，所以向红布冲击。其实如果斗士用一块白布、黄布或绿布，甚至一块黑色的布，它照样可以斗牛，与用红布斗完全没有两样，因为牛类根本没有辨别颜色的能力。

所以，认为斗牛看见红色的斗篷产生冲动是错误的，使用红色，是因为红色色泽鲜艳，容易调动气氛。

244. 怎样给奶牛去角？

奶牛去角可以避免奶牛之间因打斗而受伤，尤其是乳房部位不致被跟随的牛顶伤。去角的牛比较安静，易于管理。去角后所需的牛床及阴棚的面积较小。尤其是散放饲养和成群饲喂的牛，去角更为重要。给奶牛去角的方法较多，通常使用电烙铁去角法或涂抹氢氧化钾去角法。用电烙铁去角要注意给奶牛去角所用的电烙铁是特制的，其顶端呈杯状，大小与犊牛角的底部一致。通电加热后，电烙铁各部分的温度一致，没有过热和过冷的现象。使用时将电烙铁顶部放在犊牛角部烙 15~20 秒。用电烙铁去角时奶牛不出血，在全年任何季节都可进行，但此法只适用于 35 日龄以内的犊牛。去角过程中应注意检查，要将角基的生长点完全烫死破坏，如果在处理过程中用力不均，时间不当可能导致部分生长点遗留，将起不到去角的作用。

另外，还可以用苛性钾（氢氧化钾）去角。这种药品在化学药品商店可购得，要买棒状的，同时还需准备一些医用凡士林。犊牛 5 ~ 7 日龄时，剪去角基部的毛，然后在外围用凡士林涂一圈，以防药液流出，伤及头部或眼睛。再用苛性钠稍蘸水在剪毛处画圆，面积要包被角基，大约在 1.5 ~ 1.8 平方厘米，至表皮有微量血渗出为止。应注意的是正在哺乳的犊牛，施行手术后 4 ~ 5 小时才能到母牛处吃奶，以防苛性钠腐蚀母牛乳房及皮肤，另外手术的当日防止雨淋。

245. 奶牛听音乐真的可以提高产奶量吗？

人们自古以为牛是听不懂音乐的，于是便有了"对牛弹琴"这个成语。可是，澳大利亚奶牛繁育基地的奶牛却能天天听音乐，并且还提高了产奶量。

据有关专家试验，奶牛听音乐可放松情绪，增加产奶量。该基地在建场初期就投资两万余元安装了音响设备，购置了一些轻音乐碟盘，在早、晚喂养奶牛和挤奶时播放 1 至 2 个小时的音乐。开始时，奶牛对此反应不够敏感。时间长了，饲养人员发现，当奶牛听到音乐时，常常随着乐曲轻轻摇晃着脑袋，摆动着尾巴，悠闲自得，有种陶醉的感觉。特别是在挤奶时，奶牛减少了以往的恐惧感，主动配合，增加了牛奶分泌。

据该场饲养员介绍，采用"对牛弹琴"的方法前，每天每头牛产奶 16 到 17 千克，现在每头奶牛每天产奶量多 1 至 3 千克，达到了平均 20 千克以上。全场 620 头荷斯坦奶牛就可多产奶 1000 多千克左右，增收达 1600 余元。专家把这种听过音乐的奶牛产的奶称做"音乐牛奶"。

246. 牛奶与羊奶哪个营养更高？

与牛奶相比，喝羊奶的人较少，很多人闻不惯它的味道，对它的营养价值也不够了解。在同样重量下，羊奶的蛋白质比牛奶少一半，但是脂肪和碳水化合物的含量没有太大区别。现代营养学研究发现，羊奶中的维生素 A、维生素 B 含量都比牛奶略高，对保护视力、恢复体能有好处。和牛奶相比，羊奶更容易消化，婴儿对羊奶的消化率可达 94% 以上。如果消化功能不太好可以选择羊奶。

对于妇女来说，羊奶中维生素 E 含量较高，可以阻止体内细胞中不饱和脂肪酸氧化、分解，延缓皮肤衰老，增加皮肤的弹性和光泽。而且，羊奶中的表皮细胞生长因子对皮肤细胞有修复作用。对于老年人来说，羊奶性温，具有较好的滋补作用。对于脑力劳动者来说，睡前半小时饮用一杯羊奶，具有一定的镇静安神作用。由于羊奶极易消化，晚间饮用不会成为消化系统的负担，也不会造成脂肪堆积。小孩如果长期喝羊奶，应该注意补充叶酸。

当然，个人应该根据各自的营养需求以及口味对羊奶和牛奶进行选择。如果选择羊奶，可以在煮的时候放几粒杏仁或一小袋茉莉花茶，煮开后，把杏仁或茶叶渣去掉，就可以基本上除掉膻味。

247. 用酒糟来喂牛有哪些好处？

酒糟是酿酒过程中的直接下脚料，它有一定比例的粮食，含有丰富的粗蛋白，高出玉米含量的 2～3 倍；同时还含有多种微量元素、维生素、酵母菌等，其中赖氨酸、蛋氨酸和色氨酸的含量也非常高，这是农作物秸秆所不能提供的。因酒糟都是经发酵高温蒸煮后形成的，所以它的粗纤维含量较低，这样就注定了酒糟作为牛的主要饲料有很好的适口性和容易消化的特点，不存在消化不良或消化不彻底的弊病，而且还能有效预防牛发生瘤胃鼓气。

无论白酒糟还是啤酒糟，均含有一定量的酒精，牛吃了较吃秸秆后要老实许多，这样有利于牛食后安心趴卧和反刍，有促进牛开个儿育肥、缩短出栏时间的积极效果。给牛投喂酒糟大约 20～30 天就会发现牛的皮毛更加光亮柔顺，吃食也不再挑挑拣拣了。经屠宰后的现场测定：喂酒糟的牛要比不喂的牛肉质好、纤维细、色泽鲜、有韧性。

此外，酒糟资源普遍，而且价格非常低廉。但要注意的是：刚开始给牛喂白酒糟可能有个别不愿采食的，待有个 3～5 天的顺食期后牛就习惯了酒精的味道，此时投喂依照酒糟为主、秸秆为辅的方式就行了。而投喂牛啤酒糟就没有这几天的顺食期，一经投喂牛都非常爱吃。酒糟不光喂牛好处多，它还可以作为鹅、鸭、猪、羊的主食。

248. 为什么牛和羊吃完草后还不停地咀嚼？

牛和羊吃完草后还不停地咀嚼，好像在吃一种不容易嚼碎的东西。这究竟是怎么回事呢？

原来牛和羊的胃与众不同，一般动物的胃只有一个室，而它们却有四个室，就是瘤胃（第一室）、蜂巢胃（第二室）、重瓣胃（第三室）和皱胃

（第四室）。瘤胃是四个中最大的一个，其他三个加起来也不到它的一半。

牛和羊吃草时，没有嚼碎就吞下去了，食物就暂时储在瘤胃内。瘤胃是没有消化腺的，食物在胃中被水分和唾液浸软，再经胃内微生物和原生动物初步消化后，又返回到口中细嚼，重新嚼过的食物吞入蜂巢胃，然后进入重瓣胃，最后在皱胃里进行充分的消化。牛和羊在休息时不停地嚼着东西，就是储存在瘤胃内的草不断地返回口中重新咀嚼。这种把吃下去的食物重新返回咀嚼的动物，叫做反刍动物。除了牛和羊外，骆驼和鹿也是反刍动物，不过骆驼的胃只有三个室。

反刍是这些食草动物的一种生物学适应，它们能在旷野里很快地吃饱食物，储在瘤胃中，然后回到隐蔽的地方，再返回口中充分地咀嚼。

249. 夏季，怎样应对耕牛中暑？

夏季是农村最繁忙的季节，耕牛的使役频率非常高。同时，由于夏季太阳毒辣，气候炎热，耕牛使役或管理不当，很容易引起中暑。耕牛如果中暑会出现以下症状：初期表现为精神沉郁，出汗，步行无力，呼吸及心跳加快，有时出现兴奋状态。如果中暑未得到及时缓解，耕牛会出现停止出汗，皮肤很热，血管塌陷，视力减弱或消失，反应迟钝，呼吸及心跳极快等。病至后期，耕牛将全身肌肉颤动，甚至会突然倒地死亡。

怎样预防耕牛中暑呢？首先夏季劳役时要增加饮水次数，水质要清洁凉爽，每100千克体重每天喂给20克食盐，以补充盐分的流失；劳役中要增加休息次数，最好每1～2小时休息1次，休息时尽可能洒淋凉水或让其洗澡，以加快散热，中午特别炎热时，不应使役；拴耕牛的地方应宽敞、清洁、通风和凉爽，并备有饮水设施或定时供水；在高秆作物及低凹田地中，不要使役过急或时间过长，否则会因过分闷热而发病；劳役中发现耕牛气喘、浑身出汗、精神沉郁、四肢不灵活时，要立即牵到树阴下休息，用凉水冲淋牛体。

如果耕牛中暑了，可以采取哪些措施呢？发生中暑时，在保持环境阴凉通风及全身冷水浴的基础上，可用1%的冷盐水灌肠和内服，每千克体重肌注氯丙嗪1～2毫克，也可用退热药，如复方氨基比林、安乃近等。为缓解心、肺及脑机能障碍，可用安钠加、樟脑等强心药剂。

250. 怎样预防与治疗牛便秘？

人会便秘，同样牛也会便秘。牛便秘怎样预防与治疗呢？先将方法介绍如下。

预防：

（1）防止多喂粗饲料或者精饲料，要精粗搭配。（2）要喂充足的青绿多汁饲料和饮水。（3）不要过度使役。（4）乳牛要保证有一定的运动量。（5）要定期驱除肠内寄生虫。

治疗：

西医疗法。

（1）瓣胃注射石蜡油1500～2000毫升。

（2）用复方氯化钠溶液、生理盐水、平衡液或者5%的糖盐水3000～4000毫升，进行静脉注射，每天1～2次。可在上述药液中加入1%的氯化钾溶液150～250毫升，效果更好。

（3）用硫酸镁或硫酸钠300～500克，加水7000～9000毫升，灌服，可促泻。

（4）小牛患此病，可用70～100毫升石蜡油或者40毫升甘油，每5～7小时灌一次，效果较好。

中医疗法。

（1）用植物油700毫升、敌百虫14克，混合后一次灌服。

（2）用灌肠器反复灌温肥皂水。

（3）用盐250克、芦荟40～50克、蓖麻油400～600克、硫酸钠300克，混合后一次灌服。

（4）用植物油800～1200毫升，一次灌服促泻。

（5）用大黄120～220克、山楂120～240克、神曲130～250克、枳实60克、槟榔55克、厚朴55克、木香58克、芒硝250～450克，水煎后一次灌服。可治大便不通、小便短而色黄、腹疼腹胀、停食、口舌干燥等。

（6）用芒硝350～550克、大黄150～170克、莱菔子130克、槟榔25克、焦三仙各95克，共研为末，开水冲后灌服。

（7）用朴硝600～1200克，开水冲后灌服。

（8）用吴茱萸60克、乌药58克、肉桂60克、陈皮65克、厚朴55克、草蔻60克、槟榔58克、大黄56克、苍术58克、木香45克、二丑110克、干姜120克、续随子54克，共煎水灌服。

（9）食盐100～130克，温水8000～11000毫升，盐溶化后灌服。

（10）用火麻仁180克、大黄120克、杏仁60克、厚朴60克、白芍62克、枳实58克，共煎水灌服，可治体弱的老牛。

251. 骡子为什么没有繁殖能力？

骡子似驴非驴，似马非马，比驴、马都高大，是民间喜爱饲养的一种家畜，力气大，能干活，日行 30～40 千米。这是"杂种优势"所给予它的长处。

骡子唯一的缺点是不能繁殖后代，它们没有生育能力。原来在任何生物体内，都存在着遗传物质——染色体。在不同种的生物中，染色体的数目、形态、大小都不同。在体细胞内染色体是成双存在的，每一条染色体都有一条和它的形态、大小、功能相同的另一条染色体，其中一条来自母体，一条来自父体，这两种染色体称为"同源染色体"。在形成精子或卵子之前，同源染色体进行配对，然后两条同源染色体分别到两个配子（精子或卵子）里去，再通过精卵结合成为受精卵，由受精卵发育成为新个体。这样发育成的新个体，它的染色体数目和它们的亲体是一样的。骡子是马与驴的杂交体，马的染色体数是 64 条，驴的染色体数是 62 条，马的卵子染色体数是 32 条，驴的精子染色体数是 31 条，通过精卵结合发育成的新个体——骡子的染色体数是 63 条。正常骡子的染色体不配对，因此骡子无法正常进行减数分裂产生配子，也就不能进行生育。不单骡子，其他任何单数染色体生物都无法产生配子。

252. 驴为什么喜欢在地上打滚？

驴喜欢在地上打滚几乎是众人皆知。驴打滚已成为俗语，甚至还是一种食品的名称。毛驴打完滚后，身上就会粘上一层沙土，北京人做的豆面糕也被叫做"驴打滚"，因其制作过程和结果与毛驴打滚相似而得名。

那么，驴为什么喜欢在地上打滚？因为它们的身上会长寄生虫，使身上奇痒难受，而这些寄生虫又很难去除，所以它们靠在身上涂抹泥浆致使皮肤表面缺氧来杀死寄生虫。一天劳累以后，在地上打打滚可以用尘土吸干身上的汗并且可以舒筋活血解乏，是恢复体力的好方法。当然，驴有时就把打滚当做玩耍和游戏的一种方式。

除了驴之外，一般这些动物像猪、牛、马之类也经常打滚，因为它们的身上也长寄生虫，奇痒难受，同样，它们也需要在地上打滚致使皮肤表面缺氧来杀死寄生虫。有趣的是，牛打滚、马打滚也分别是美食的名称，牛打滚是贵阳地区地道小吃，马打滚是湖北恩施的一种小吃。

253. 人们经常说"天上龙肉，地上驴肉"，驴肉为什么会那么好吃呢？

"天上龙肉，地上驴肉"，是人们对驴肉的最高褒扬。全国很多地方都有关于驴肉的独具的小吃，如驴肉火烧、驴肉饺子等。

那驴肉为什么如此好吃呢？驴肉本身就很细腻可口，又加上人们对其选料和烹调大有讲究，使其味道更加鲜美。根据驴颜色有黑驴、白驴两种，药用价值及味道属黑驴最佳。

选取驴入菜，想要获得驴肉最佳的口感和鲜美，必须严格挑选，当天宰杀，当天入菜。在烹调上，尽管鲜驴肉本身鲜嫩脆滑，但它也有一个小小的遗憾——略带腥味。如果烹调不得法，不但将驴肉做老，而且使腥味加重或变为酸味。通常烹调师是以苏打水调和去腥，但以民间烹调高手而论，未必均用此法，而多采用祖传秘法。

此外，驴肉不但好吃而且营养非常丰富。科学研究表明：每100克驴肉含蛋白质18.6克，还含有碳水化合物、钙、磷、铁及人体所需的多种氨基酸。中医认为，驴肉一是补气养血，用于气血不足者的补益；二是养心安神，用于心虚所致心血的调养，也用于术后恢复体力。功效非凡的阿胶制品，就是用驴皮熬制而成的，具有很好的护肤养颜功效。

因此，人们可以经常食驴肉，它味道鲜美、营养丰富，人们在大饱口福的同时还能滋补身体。

254. 历史上的汗血宝马真的存在吗？

关于汗血宝马，文学影视作品中演绎出许多传奇。汗血宝马给我们的印象是，奔跑速度飞快，流出的汗水像鲜血一样，因此被称做"汗血宝马"。人们不禁要问，这种汗血宝马是人们的虚构呢还是在历史上确实存在？

汗血宝马的确在历史上存在过，有《史记》为证。《史记》中记载，西域国大宛"多善马，马汗血，其先天马子也"。意思是这种汗血宝马的祖先是天马的儿子。传说大宛国有高山，山上有天马，人力不可得。于是大宛人将五色母马放在山下，五色母马与天马相交，生下的马驹就是汗血马，因此汗血宝马又称为天马子。为了获得汗血宝马，汉武帝还发动了两次对大宛的战争。

那么人们不禁又要问了，今天，汗血宝马还存在吗？其实，汗血宝马从汉朝进入我国一直到元朝，繁衍生息上千年，但是近代以来，史料中已很难见到汗血宝马的名字，汗血宝马在我国几近绝迹。按说，引进的汗血宝马有雌有雄，是可以进行繁殖的。但由于我国地方马种在数量上占绝对优势，引入马种后，都走了"引种—杂交—改良—回交—消失"的道路。同时，又加上战马多被阉割，也使一些汗血宝马失去繁殖能力。种种原因使汗血宝马在国内踪迹难寻，目前只有土库曼斯坦和俄罗斯境内，还存有数千匹汗血宝马。

255. 老马为什么能够识途？

我国古书上记载说，管仲等人春天跟随齐桓公去攻打孤竹这个小国，冬天返回时遇上了大风雪，部队迷了路，大家都很着急。管仲说，"老马之智可用也"，就是说可以让老马带路。老马顺利地将部队领到了原先走过的正道上，这就是有名的"老马识途"的故事。管仲是否真正用老马引过路，我们难以进一步考证。不过，《淮南子》这本书上也谈到塞翁失马后过了好几个月，此马又带着别的骏马回家了。看来，我们没有理由不相信马能识途。

科学家研究发现，老马真的可以识途，而原因与马的嗅觉有关。马的鼻腔分呼吸区和嗅区两部分，呼吸区位于鼻腔前部，能分泌黏液，防止灰尘和异物进入鼻腔；嗅区位于鼻腔的后上方，那里嗅神经细胞星罗棋布，有识别气味的能力。马在行走时之所以鼻子呼呼作响，就是要不断排出鼻腔中的异物，使呼吸区畅通；而呼吸区畅通了，就可以充分发挥嗅神经细胞的作用，使它能准确地分辨气味，识别道路。并且由于马经常喷鼻，喷出的气味就留在周围的物质上，老马正是根据气味来"识途"的。但是，为什么好几个月，马鼻还能嗅出先前留下的气味？现在还没有科学的解释。

256. 为什么说"好马不吃回头草"？

"好马不吃回头草"是人们经常使用的谚语，这句谚语的本意是说：良骥走出马厩奔向宽阔无垠的草原，一眼便能瞥见鲜美可口的嫩草，于是就沿着一条选定的线路吃下去，一直吃到肚大腰圆才把"家"回，而绝不会东啃一嘴，西吃一口，丢三落四地再回头去补吃遗漏的嫩草。当有人不会再去做以前曾经做过的事，不再去走以前曾经走过的路，经常会说这句谚语。

好马真的不吃回头草吗？它有科学依据吗？有的科学家研究发现，马

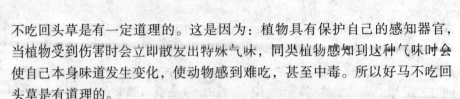

不吃回头草是有一定道理的。这是因为：植物具有保护自己的感知器官，当植物受到伤害时会立即散发出特殊气味，同类植物感知到这种气味时会使自己本身味道发生变化，使动物感到难吃，甚至中毒。所以好马不吃回头草是有道理的。

257. 为什么马的耳朵时常摇动？

动物的耳朵，都是一种听觉器官。可是，很少有人知道，马除了用耳朵作为听觉器官以外，还能用耳朵表示出"喜、怒、哀、乐"各种表情。怎么会如此神奇呢？

饲养马的人，一般都从马身体的各种姿势、脸上各个部位肌肉的动作、尾巴和四肢的活动情况，以及嘶叫声等来观察马的"情绪"。例如马在饥饿的时候，如果未能及时喂给饲料，它就会急得用前蹄不停地刨地；当它受惊的时候，就会伸出后肢用后蹄乱踢。但是，马表现情绪最明显的部位，要算它的脸部了，其中以耳、鼻、眼睛的表情更为显著。在这些最显著的部位当中，又以耳朵的动作最容易使人们发觉，从马耳朵的动作可以知道它的心情。

根据饲养员经多年观察的结果发现：当马"心情舒畅"的时候，耳朵是垂直竖起的，耳根非常有力，只是时常微微地摇动；当它"心情不快"的时候，耳朵就前后不停地摇动；在紧张的时候，它就高高地扬起头来，耳朵向两旁竖立；兴奋的时候，它的耳朵一般都是倒向后方；当它在劳动后感到很疲劳的时候，耳根显示无力，耳朵倒向前方或两侧；当它困倦而需要休息的时候，耳朵就向两旁垂着；当它恐惧的时候，耳朵就不停地紧张摇动，而且从鼻孔发出一种响声。

仅观察马耳朵的"表情"，就可以知道它许多不同的"心情"；如果再看它鼻子和眼睛的表情，尾巴的甩动动作，就更可以了解马的"情绪"了。

258. 为什么说马不吃夜草不肥？

我们经常说"马不吃夜草不肥"，这种说法有道理吗？养马者的经验告诉我们马不吃夜草不肥是有科学道理的。这是因为马是单胃动物，胃里储存的草料有限，一般吃下的草料不到 4 小时就会全部消化完。因此，光靠白天饲喂，不能满足它们的需要，只有晚上加喂夜草，牲口才能吃得饱，膘情才好。另外，如果牲口没有夜草吃，白天喂草时，由于饥饿，就会暴食，还可能引起胃扩张、结症等疾病。还有一点是源于草料，草料不像肉那样富含高能量，草料所含能量很低，马在白天拉车赶路十分辛苦，能量消耗很大。因此，草料的能量无法满足马白天的消耗，所以一般养马者都要在夜间给马再喂一些草，否则的话，马的能量消耗不能及时补充，长此以往马会越来越瘦的。

259. 为什么马要站着睡觉？

我们人习惯躺下睡觉，好多动物也是这样。可是，马和其他家畜有不同的特性，在夜里喜欢站着睡觉。而且无论什么时候去看它，它始终站立着，闭着眼睡觉。

我们不禁疑惑，为什么马要站着睡觉？这其中有什么缘由吗？原来马站着睡觉是继承了野马的生活习性。野马生活在一望无际的沙漠草原地区，在远古时期既是人类的狩猎对象，又是豺、狼等肉食动物的美味佳肴。它不像牛、羊可以用角与敌害斗争，唯一的办法，只能靠奔跑来逃避敌害。而豺、狼等食肉动物都是夜行的，它白天在隐蔽的灌木草丛或土岩洞穴中休息，夜间出来捕食。野马为了迅速而及时地逃避敌害，在夜间不敢高枕无忧地卧地而睡，只能站着睡觉。这样，一旦有敌人，它们可以拔脚就跑，节省时间。而且，站着睡觉要比躺下睡觉更容易保持警惕性。即使在白天，马也只好站着打盹，保持高度警惕，以防不测。因此，野马要站着睡觉是生存的需要。家马虽然不像野马那样会遇到天敌或人类的伤害，但它们是由野马驯化而来的，因此野马站着睡觉的习性，至今仍被保留了下来。除了马之外，驴也有站着睡觉的习性，因为它们祖先的生活环境与野马极为相似。

260. 河马是马的一种吗？

河马名字中有一个马字，所以自然会让我们先入为主，认为河马也是马的一种。即使河马不是马，也可能和马有点关联吧。其实，河马不但不是马的一种，而且两者之间毫无关系。

首先，从生物学角度出发，河马和马分属不同的类别。河马属于偶蹄目，河马科；马是奇蹄目，马科。

其次，一看外表，我们便能轻易地判断出河马和马。河马是陆地上仅次于大象的大型哺乳动物，吻宽嘴大、四肢短粗、躯体像个粗圆桶，鼻孔在吻端上面，与上方的眼睛和耳朵呈一条直线。体长 3.75～4.6 米，尾长约 56 厘米，肩高约 1.5 米，体重 3～4.6 吨，下犬齿长约 60 厘米，可重达 3 千千克。河马皮肤排出的液体含红色色素，经皮肤反射显得像是红色的。

再者，河马和马的生存环境也截然不同，河马的潜水本领极高，能泡在水中数小时或数日，它们一次通常在水里待 3～5 分钟。最长可以闭气达 30 分钟。因此，成群的河马生活在非洲的大河和湖沼地区，大部分时间待在水中，甚至全体潜伏水中只将头顶露出水面，以草和水生植物为食。而我们熟知的马，则通常在陆地上活动。因此，河马、马是两种不同的动物，它们之间并没有关联。

261. 黄鼠狼对人类的生活是有益的吗？

黄鼠狼，又名黄鼬。因为其周身棕黄或橙黄而得名。

一直以来，黄鼠狼的名声不太好。首先是因为人们有句俗话"黄鼠狼给鸡拜年没安好心"，落下个偷鸡贼的恶名。其实，生物学家曾对全国 11 个省市的 5000 只黄鼠狼进行解剖，从胃里剩的残骸鉴定，其中只有两只黄鼠狼吃了鸡。可见，黄鼠狼一般是不吃鸡的。

人们对黄鼠狼印象不好的第二个原因是，人们认为它们攻击家禽。其实，攻击家禽的是老鼠。黄鼬在追捕老鼠方面很强，当遇见老鼠时，会奋力追击，老鼠或逃窜或被吃掉，人们看到了黄鼠狼而没有看到老鼠，所以误以为是黄鼬狼攻击家禽。

黄鼠狼是益兽，它的主要食物是各种鼠类。据统计，一只黄鼠狼一年能消灭三四百只鼠类。一旦老鼠被它咬住，几口就可下肚。如果寻找到鼠窝，它可以掘开鼠洞，整窝消灭。以每年每只鼠吃掉一千克粮食计算，一只黄鼠狼可以从鼠口里夺回三四百千克粮食。因此，黄鼠狼不但不是偷鸡贼，而且还是捕鼠能手。此外，黄鼠狼的皮毛也非常珍贵，皮板结实，毛长绒厚，可做衣帽；尾毛是高级毛笔"狼毫"的原料。

因此，人们要用科学的态度去理解野生动物，不要去人为地迫害黄鼠狼而是要保护它们。

262. 如何饲养管理成年黄鼠狼？

冬毛成熟到第二年配种之前是黄鼬的准备配种期，饲养管理的中心任务是促进生殖器官的正常发育。日粮中要供应足够的维生素 A 和维生素 E，每 418.6 千焦热能中应含可消化蛋白 20～25 克、脂肪 5～7 克、碳水化合物 12～15 克。同时，做好防寒工作，保证种鼬安全越冬。经常清除窝箱里的粪尿，勤换垫草。2月底到3月初做好配种前的一切准备工作，根据血缘关系和选配原则，安排编组计划，制定配种方案。

进入配种期，由于受性活动的影响，黄鼬食欲减退，供给的饲料要少而精，并且新鲜、适口性强、易消化。日粮中要有足够的蛋白质和各种维生素，以肉类为主的日粮要加些骨粉。参加配种的公鼬，中午要给以补饲，保证吃好吃饱。

怀孕期的母鼬食欲普遍增加，初期必须掌握好饲料量以防过肥，中、后期可适当增加饲料供给。母鼬临产前后，一般食欲下降，此期日粮总量应适当减少。产后1周左右母鼬食欲恢复正常，应根据胎产仔数和仔鼬的日龄以及母鼬的食欲情况，每天按比例增加饲料量。

263. 猴子身上有虱子吗？

在动物园里，常常看到猴子之间相互在对方的身上拾取什么放在嘴里吃掉，人们以为这是猴子在给同伴"捉虱子"。猴子身上也会生虱子吗？其实，人们看到的这不是捉虱子。如果我们再仔细察它们，会发现它们彼此把同伴的毛分开，再用手指挑出来放进自己嘴里的这些东西不是虱子而是盐粒。由于它们的颜色以及形状大小和虱子比较相似，才会使人们产生了误解。猴子排泄出来的汗液里含有盐分，汗水挥发后，这些盐分便同皮肤和毛根上的污垢结合成盐粒。

一般来说，只要是动物都需要补充盐分，例如，河马平均每天要吃掉600克食盐才能满足生理的需要。因为猴子不易摄取足够的盐分，所以它们就养成了互相抓同伴身上的结晶盐粒来食用的习惯。

还有一种说法是，这是猴子求爱的方式之一。因为，猴子的手臂很长，背上的东西自己都捉得到，根本就不需要其他猴子帮忙。所以动物学家把这种特别的行为叫做"理毛"，认为是一种求爱的举动。猴子凭借触摸异性的背部，帮对方拣去背上的脏东西，可以让异性对其有好感，进而拒绝同其他异性交往。

264. 怎样识别猴群中的猴王？

《西游记》一书塑造的孙悟空把猴王这一形象展现得淋漓尽致，孙悟空气宇轩昂、本领高超。人们不禁想知道，真正的猴王是什么样的呢？其实，在猴群中，猴王很容易被辨识。

在山上，并不是最大的猴子能称王的，而是最健壮的猴子。为了显示自己的至高无上的地位，在猴群中，猴王会处于最高的位置。猴王看上去格外肥壮，毛色水滑，自有一番威严之相；它还会把高高翘起的尾巴弯成"S"状，很像权杖。

作为猴王，自然有王者的特权。猴王在猴群中，食物享用最好的。所有美食都要无条件地奉献给它，其他的猴子是不敢来争食的，只有等猴王吃饱以后，其他的猴子才敢进食。此外，猴王还可以自由地与所有的母猴子交配，其他的公猴子只能冒着生命危险与母猴子偷情，一旦被猴王发现，下场一般是极其悲惨的。

当然，猴王也会对群猴负责。猴王会管理整个猴群，所以猴子虽然天性调皮，但往往不会作出过于出格的事。此外，如果遇见外敌入侵，它会让母猴、小猴先撤退，自己留在最后抵抗到底。

猴子是在撕咬拼打和相互残杀中来争夺猴王宝座，但当猴王年老力衰，青春不再时，它的下场一般会很惨。它会遭受到最惨烈的报复，可能被群猴咬死，也可能被逐出猴群。

265. 为什么川金丝猴一年要搬两次"家"？

川金丝猴毛色艳丽，是中国特有的猴类。川金丝猴体长 53～77 厘米，尾巴与体长差不多，金黄而略带灰色的被毛既厚又长。

川金丝猴是典型的森林树栖动物，常年栖息于海拔 2000～3300 米的森林中。随着季节的变化，它们不向水平方向迁移，而是在栖息的环境中做垂直移动。川金丝猴每年要搬两次"家"，原因与大雁等候鸟迁徙的原因类似。

每年四五月间，气候稍转暖和，它们就向海拔 3300 米处森林地迁移，搬第一次"家"，以度过炎热的盛夏。到了初冬季节，当高山上的野果等食物稀少，天气寒冷时，它们又会向海拔 2000 米低处森林地迁移，搬第二次"家"，以度过酷冷的寒冬。川金丝猴聪明、灵活，利用"搬家"的办法来对付夏季的炎热和冬天的严寒。

川金丝猴搬家还有一个特点，群体搬家。因为它们是群栖生活，每个大的集群是按家族性的小集群为活动单位。最大的群体可达 600 余只，在灵长类中，如此庞大的群体亦属罕见。也就是说，有时会有 600 余只川金丝猴浩浩荡荡一块儿搬家。川金丝猴是我国稀有保护动物之一，弄清它们的迁徙规律对于更好地保护它们有很大的作用。

266. 世界上最聪明的动物是什么？

人们的印象中，黑猩猩和大猩猩拥有和人类最近的亲缘关系，是最聪明的动物。然而在哈佛大学研究人员近日公布的一份灵长类动物智商排序中，位居榜首的却并非是黑猩猩和大猩猩，而是猩猩。我们平时也可以发现，驯养的猩猩可以学会做简单的动作，如用餐具进食，用铲子挖土，用棍子打击侵犯者，甚至会坐上儿童三轮自行车骑几圈。

为什么说猩猩最聪明呢？首先，它们跟人类有更近的亲缘关系。以前的研究发现：猩猩和黑猩猩与人类脱氧核糖核酸（DNA）的相似性都达到了96%。不过最近新的研究表明，猩猩可能与人类之间有更为非同一般的亲缘关系，它们甚至可能曾在人类进化过程中起过关键作用。

其次，猩猩的大脑体积大于其他的动物也是它们最聪明的原因之一。研究者发现，大脑体积是决定物种智力水平的最重要因素。

除了理论上的分析，通过实例也能证明猩猩最聪明。猩猩能完成一些黑猩猩力不能及的任务，比如把树叶做成遮雨帽；给自己的窝搭建防漏屋顶；在有些食物充足的地方，年长的猩猩会教幼仔怎样利用工具寻找食物。研究者认为，这些主要是源于猩猩的生活方式。它们多数生活在树梢，免受天敌侵扰，这使得它们能够建立起同人类类似的持久稳定的生活方式，从而使智商和群体文明得到发展。

267. 在动物园里见到的狮、虎、豹为什么大多数时候都在白天睡觉？

狮、虎、豹都是性格非常凶猛的动物，可我们每次白天在动物园见到的狮、虎、豹却经常是老老实实地在那卧着，或是睡大觉。这是为什么呢？其中有什么奥妙呢？

从生物学角度看，狮、虎、豹同属于猫科动物，自然会像猫那样白天睡觉、晚上行动。当然，这和它们的生活习性有必然、密不可分的联系。狮、虎、豹都是属于夜行性动物，除了熊以植物性食物为主，其他几种动物都是以肉食为主，它们专门捕食各种各样的草食兽，如鹿、野羊等活动物，有时还袭击家畜。它们的活动规律一般都是昼伏夜出，尤其是清晨和傍晚活动得最活跃。

虽然在动物园里的狮、虎、豹和野生的不同，是供大家观赏的，不用自己寻找食物，每天有饲养员专门喂养，改变了它们要吃活食的习惯。但是，也有些生活习性不易改变，如它们白天活动时间少，休息较多，晚上活动。

268. 老虎吃人吗？

老虎是最大的猫科动物，拥有现存猫科动物中最大的体型、最强大的力量、最长的犬齿、最大的咬力。

古时，人们对虎这种动物相当畏惧。虎威猛无比，古人多用虎象征威武勇猛，如，"虎将"，喻指英勇善战的将军；"虎步"，指威武雄壮的步伐；"虎子"，喻指雄健而奋发有为的儿子；"虎踞"，形容威猛豪迈。但虎也经常伤人，于是，古人在这些自己畏惧的事物之前冠以"老"字，以表示敬畏和不敢得罪的意思。有些地方因为迷信，在说到老虎时，往往不敢直呼其名，而呼之以"大虫"、山君。民间还流传着老虎吃人的事，老虎真的吃人吗？

其实，老虎一般是不会伤人的。老虎伤人原因有两种，一是遇到人的袭击时伤人，特别是老虎受了伤的情况下，往往会拼命与人搏斗；二是老虎实在找不到食物，饥饿难忍时，也会铤而走险，找人充饥。

近年来，虎的数量在急剧减少，产在我国的东北虎、华南虎、孟加拉虎，已到了濒危的程度。据文献报道，生活在野外的东北虎，全世界也只有200多头，而在我国境内的野生东北虎可能只有10头左右。既然老虎一般不伤人，所以不要去人为地迫害老虎，而是要保护老虎。

269. 我国现在有哪几种老虎？

目前，世界上老虎仅存有8个亚种，即：孟加拉虎（南亚虎）、印支虎（东南亚虎）、东北虎、苏门答腊虎、华南虎、巴里虎、爪哇虎、里海虎。在现存的8个亚种里，我国占有4个亚种，即东北虎、华南虎、孟加拉虎、印支虎。现分别介绍如下：

东北虎分布于吉林、黑龙江两省。论个头，东北虎是最大而最漂亮的一个亚种，全身毛淡黄而长，斑纹较疏淡，胸腹部和四肢内侧是白色毛，尾巴粗壮点缀着黑色环纹。野外主要捕食野猪及食草类动物。

华南虎又叫中国虎，这种老虎是我国特产，这个亚种曾经分布较广，包括华南、华东、华中、东南、西南都有，但现在已濒临灭绝。华南虎生活习性和东北虎相似。在野外主要捕食野猪、黄猄、小鹿等。华南虎的体形比东北虎小，毛较短，花纹密而颜色较深，尾部黑斑最多。

孟加拉虎又叫南亚虎、印度虎，在我国主要分布于云南、西藏东部。这种虎生活在森林、山地和丘陵等自然环境中。夜行，主要以有蹄类为食，如野猪、鹿等，偶尔有攻击人和家畜的现象。孟加拉虎体形小于东北虎，大于华南虎，毛短，黑条纹窄而密。

印支虎又叫东南亚虎，比起孟加拉虎来更小而且毛色更暗一些，条纹既短又狭窄。印支虎的食物是野猪、野鹿和野牛。这种老虎的地盘大小并不是太清楚，我国只有少量分布。

以上几类老虎数量都很少，均是国家一级保护动物。

270. 为什么狼的眼睛会闪闪发光？

夜晚在森林里，让人最怕的就是狼了。因为狼不但会吃人，而且，狼的眼在晚上还会发光。为什么狼的眼睛会闪闪发光？

众所周知，看上去好像一片黑暗的夜晚，其实充满着人眼看不见的红外线。红外线即使被物体反射，一般也不会变成可见光，除非被反射的红外线发生蓝移。在通常情况下，动物眼睛内的液晶膜分子是处于基态，无论其怎样排列，受到红外线照射的动物眼睛内的液晶膜是不会产生蓝移反射的。因此，动物的眼睛在白天和夜晚一般是不会放光的。可是，狼的眼睛夜晚的确发光。这是因为狼的眼睛不是单一地反射了夜晚中极其微弱的可见光，而是反射了充满夜空的人眼看不见的红外线，并且在反射红外线时令其发生蓝移，变成了可见光。

动物如果不是通过肌肉给眼睛内的液晶膜施加压力作用，令液晶膜表面就会带有一定量的负电荷，从而使得大量液晶分子被维持在某一激发态即亚稳态上，动物的眼睛是不可能在夜晚放出可见光的，这样的可见光由于黑夜光强十分微弱，但具有与背景不同的奇特色彩，于是显出各种不同颜色。

而且，狼眼睛的底部有许多特殊的晶点，这些晶点具有很强的反射光线的能力。当狼晚上出来活动时，即使有一点点微弱的光，这些晶点就能把许多极微的、分散的光聚在一起，并成为光束反射过来。

271. 为什么狼爱在夜间嚎叫？

在影视作品中，经常会出现这样的画面：在天气晴朗、星光明亮的夜晚，人们经常听到几千米外狼的嚎叫。有时是整个狼群一起嚎叫，有时是一只狼孤独地长嚎。皓月当空，荒凉的山坡上，一只狼仰着头长嚎，这情形看上去真让人以为它是因为孤独而对月哀嚎。这当然只是人类的浪漫想象。狼在夜里嚎叫，完全是出于实际的需要。

其实，动物的叫声是动物种群间联系的通信信号。在不同情况下，动物往往会发出不同的叫声。叫声与繁殖习性也有很大关系，繁殖期，狼也往往发出嚎叫声来寻找配偶；在抚幼期，母狼会发出叫声；幼狼在饥饿时则会发出尖细的叫声。狼在夜晚嚎叫，是通过相互嚎叫而集群，如母狼常发出叫声来呼唤小狼，公狼又唤母狼，集合成群后再外出觅食或者把别的狼赶出自己的领地。

此外，还有一种别样的说法，《狼道》这本书的作者认为：在夜里，狼嚎的原因是为打破一切等级界线提供时间、场合和机会。狼群的社会秩序非常牢固，每个成员都明白自己的作用和地位。当一只狼开始嚎叫时，通过它的声音会传给它的同类，所以当狼在一起嚎叫时，一切等级界线都消失了，它们仿佛在宣告："我们是一个整体，但是各个都与众不同，所以最好不要惹我们。"这给我们人类一种启示：团队的力量是可以战胜一切的。

272. 为什么狮子被称为"兽中之王"？

狮子主要生活在非洲的草原和沙漠地带。从外表看，它的体魄硕大强健，肌肉发达，看上去威风凛凛，加上它那如雷的吼声，给人一种不可一世、望而生畏的感觉。所以，人们把狮子称为"兽中之王"。

狮子被称为"兽中之王"的另一重要原因是，狮子在捕捉猎物时，十分凶悍勇猛。狮子是食肉动物，以斑马、羚羊、长颈鹿等为食。它的力气很大，能用牙齿咬住二三百斤的猎物，独自拖走。它有尖利的脚爪，有锋利的犬齿和白齿，舌头上还长有骨质倒刺，可以削刮骨头上的肉。几只狮子共同追捕猎物时，它们常常围成一个扇形，把捕猎对象围在中间，切断猎物的逃跑路线。狮子有时并不自己直接取食，而是从猎豹等动物"口中夺食"，这也是狮子大耍威风的时候。

由于人们认定狮子是"兽中之王"，民间视狮子为瑞祥和辟邪动物，称为"瑞兽"。经常用石狮子当摆设物，用一对点缀性的大石狮子来守门，可以驱除邪恶，还有显示尊贵和威严的作用。过去石狮大多用于宫殿、庙观、衙署（古代的政府机关）以及高级官员、贵族和富商的住宅门口，而在现代，一般石狮子则多放在一些商店的门口。

273. 为什么猎豹能够成为动物界的"短跑之王"？

猎豹是奔跑最快的哺乳动物，被称为动物界"短跑之王"。猎豹跑得快和它特殊的身体条件是分不开的。首先，猎豹的身形前高后矮，腰身细长，四肢特别长，一步就能蹿出老远。其次，猎豹的爪子也有独到之处。

猎豹的爪子有很厚的肉垫，很适合狂奔疾跑。再次，猎豹的脊柱弹性很好，在奔跑时可将身体弹向前方。此外，猎豹长长的尾巴，像一只灵活的舵，在奔跑时总是长长地伸向后方，起着平衡作用，使它在快速奔跑时不会跌倒。除了特殊的体形，猎豹的肺活量很大，使得它在快速奔跑时有足够的氧气供应。

猎豹跑得飞快，因此，早已被驯化饲养来助人类打猎。三千多年前的古埃及的皇室人员喜欢猫科动物，尤其是猎豹，皇室人员调教猎豹去取东西、去打猎。人们利用猎豹来追捕猎物，通常情况下是猎手将猎豹蒙上头套，带到一个狩猎的地点，这样的话是为了节省猎豹的体力。然后到了地点发现猎物之后，就马上将猎豹的头套取掉，然后让猎豹去追捕猎物。在马可·波罗的游记里面也留下了一些很有趣的记录。他曾经注意到，就是在猎豹的分布区以外，许多东方人将猎豹养作宠物，当时元朝人饲养的猎豹均是来自印度和西亚的亚洲猎豹。人们把猎豹作为猎犬，作为一种怪兽，或者甚至作为坐骑。

274. 象用鼻子吸水时为什么不会被呛着？

我们人类用嘴喝水，如果不小心鼻子里进了水，会被呛着，会很难受。而我们却经常看到象用鼻子吸水，把水送进嘴里的，它也用鼻子吸水然后喷到自己的身上，用于降温或洗澡。它们不但不会被呛着，反而吸得怡然自得。

这和大象鼻腔的结构比较特殊有着密不可分的关系，虽然它们的气管和食道是彼此相通的，但是鼻腔后面的食道上方长有一块软骨。用长鼻子吸水时，水就进入鼻腔，由于大脑中枢神经的支配，喉咙部位的肌肉就发生收缩，促使食道上方的这块软骨暂时将气管口盖上，水就由鼻腔进入食道，而不会进入气管。因此，就不会呛入与气管相通的肺里去。当它将水重新喷出去后，软骨又会自动张开，以保持呼吸的正常进行，这种动作是十分协调的，也是非常精确的。

简单地说，大象的鼻子吸水不会呛，主要得益于它鼻腔后面的气管上的那块软骨，水吸进鼻子，那些软骨会自动地将气管口盖上，水就不会通过气管流进肺里去，所以不会呛。然而我们人的鼻腔后面的气管上没有那样一块软骨，水进了鼻子，就会直接流进气管，一直流进肺里，于是就会呛得难受。

275. 为什么大熊猫是国宝？

大熊猫被称做我国的国宝，我国曾经把它们作为礼物赠与他国。1972年美国总统尼克松访华，中国以大熊猫作为国礼相送。不过，现在我国已不再将大熊猫赠与他国，即使是出国也是借展。大熊猫还被选为2008北京奥运会的吉祥物之一。为什么会把大熊猫称做国宝呢？

首先，大熊猫现在只生活在中国。全世界200多个国家和地区都找不到大熊猫的踪迹，只有在我国的四川、陕西、甘肃部分地区的深山老林中才能找到它们的身影。

其次，大熊猫有它的独特性。大熊猫这种胎生动物基因比较独特，和其他动物相比基因有很大的区别，是猫熊科的唯一物种。

最后，因为大熊猫的数量越来越少，物以稀为贵，所以被当做宝。目前，全世界的大熊猫总数仅1000多只。

大熊猫目前已处于一种濒危状态。食性、繁殖能力和育幼行为的高度特化是大熊猫处于濒危状态的内在原因；外在原因则是栖息环境曾受到破坏，形成互不联系的孤岛状况，导致种群分割，近亲繁殖，物种退化。再加上主食竹子的周期性开花死亡，人为地捕捉猎杀，天敌危害，疾病困扰，这就构成了对大熊猫生存的严重威胁，使其面临濒危的境地。因此，我们更加要保护好大熊猫，保护好我国的国宝。

276. 为什么大熊猫生双胞胎的概率很高？

据报道，北京2008年奥运会吉祥物"晶晶"的创作原型——5岁龄的雌性大熊猫"福娃"曾经顺利分娩一对双胞胎宝宝。卧龙地区公布了一组数据：新增的大熊猫有15只，其实只有10胎，其中5个单胎，5个双胞胎。因此，我们会得出结论：大熊猫容易生双胞胎。

大熊猫生双胞胎的概率很高与中国科研人员在大熊猫的人工繁殖技术上的突破有很大的关系。大熊猫生双胞胎一般多发生在人工授精怀孕的前提下，而野生大熊猫全靠自然交配，生双胞胎的机会相当小，迄今所知的仅有一例。

中国有关部门长期致力于研究大熊猫的繁育技术。从20世纪90年代开始，大熊猫生双胞胎的概率已达一半以上，熊猫幼仔的成活率也不断地攀升。科研人员具体是怎样让大熊猫孕育双胞胎的呢？原来在圈养条件下，大熊猫的发情周期都是全程监控的，为了保证大熊猫受孕成功，科研人员除了让熊猫自然交配（本交）外，在避免近亲繁殖的条件下，还要为熊猫进行人工授精，用两只以上雄性熊猫的精液参与繁殖。这就使双胞胎与三胞胎的出生率大大增加。大熊猫人工授精怀孕生双胞胎的概率的提高对于增加大熊猫的数量、大熊猫物种的延续等意义都很重大。

277. 北极熊为什么不怕冷？

北极是地球上最寒冷的地方之一，人们曾测得这里的最低温度是－70℃。北极熊却能生活在北极，它们为什么不怕冷？

首先，北极熊不怕冷要得益于它们天生穿着厚"棉衣"和厚"棉鞋"。厚"棉衣"指它们身体上那层厚厚的毛皮，其毛发为中空结构，这能把射入的太阳光散射开来。同时，这种毛发还能把散射的辐射光传递到黑色的皮肤表面。在那里，辐射光被吸收并转变成热能，使北极熊在新陈代谢中所损耗的热量得到补充。北极熊的毛皮能把95%以上的太阳辐射能转为热能。而且这些毛皮又是很好的隔热体，使北极熊身体的热量很少散失。

厚"棉鞋"指它们的脚掌。它们的脚掌长得又肥又大，而且还长有厚厚的毛，自然就不怕冰天雪地。有厚"棉衣"和厚"棉鞋"保驾护航，北极熊自然能御寒了。

它们的进食习惯则是另外一个原因。北极熊大量进食高热量食物。特别在冬季，北极熊非常挑食，食物是以极富脂肪的海豹、海豚、幼鲸等动物为主。北极熊的食量又大，自然会使自己变成一个肥胖者，肥胖者自然更能御寒。

278. 为什么浣熊要清洗食物？

浣熊原产自北美洲，因其进食前要将食物在水中浣洗，故名浣熊。浣熊眼睛周围为黑色，尾部有深浅交错的圆环，皮毛的大部分为灰色，也有部分为棕色和黑色，还有罕见的白化种。浣熊体型较小，一般不超过10千克，最小的不到1千克。浣熊喜欢栖息在靠近河流、湖泊或池塘的树林中，它们大多成对或结成家族一起活动。浣熊白天大多在树上休息，晚上出来活动。虽然是食肉目动物，但浣熊偏于杂食，它既吃鱼、蛙和小型陆生动物，也吃野果、坚果、种子等。生活在都市近郊的浣熊常会到垃圾箱中寻找食物，有时还潜入人类住处偷窃食物，加上眼睛周遭的黑色条纹特征，因此常被称为"食物小偷"。

浣熊的前后肢都长有五个指、趾头，因此，能捕捉到水中的虾和螃蟹。当捕捉到这些小动物时，它会先洗去这些动物身上的泥土再吃，而且它在吃其他食物之前，也总是要把食物放在水中洗一洗再吃。甚至有的时候，用来清洗的水比食物还脏，它们也要洗洗再吃。有的人认为，这是浣熊十分喜欢清洁才这样做的。有的人认为，这是出于浣熊本能的一种习性，如同狗有往土里埋食物、伯劳有往树上串挂小动物的习性一样，这是祖辈遗传下来的。

279. 骆驼为什么可以在沙漠中生存？

骆驼是一种能够长时间忍耐干渴的动物，人们把它叫做"沙漠之舟"。骆驼为什么能够忍饥耐渴，在干旱的沙漠长途跋涉呢？原来骆驼有防止水分失散的特殊生理功能。

骆驼背上的肉峰特别引人注意。驼峰里贮存着大量脂肪，脂肪在氧化过程中可以产生水分，是维持生命活动时所需要的水。据估计，每100克脂肪在氧化时可以产生107克水，贮满脂肪的两座驼峰在不断氧化的过程中，就可以得40多升水。所以，驼峰是一个"水库"。最近科学研究发现，骆驼的鼻子也是贮水的工具之一。骆驼鼻子内层呈蜗形卷，增大了呼出气体通过的面积。夜间，鼻子内层从呼出的气体中回收水分，同时冷却气体，使其低于体温8.3℃。据计算，骆驼的这些特殊能力可使它比人类呼出温热气体节省70%的水分。此外，骆驼通常体温升高到40.5℃后才开始出汗。夜间，骆驼往往预先将自己的体温降至34℃以下，低于白天正常体温。第二天体温要升到出汗的温度点上，会需要很长时间。这样，骆驼极少出汗，再加上很少撒尿，又节省了体内水分的消耗。还有骆驼的胃也有独特之处。它的胃分为3室，前两室附有众多的"水囊"，有贮水防旱的功效。所以，它一旦遇到水，便拼命喝水，除可以把水贮存在"水囊"中外，还能把水很快送到血液贮存起来，慢慢地消耗。

骆驼耐渴与其脂肪分布也有关。集中在背部和驼峰上的许多脂肪可形成隔热层，能减少阳光导致的体温上升。其厚厚的毛在夜间保温，白天也可以隔热。另外，骆驼血液中有一种特殊的蛋白质，使脱水后血液仍然正常流动而不变得黏稠。当血液脱水达1/4以上时，其他动物早已死亡，它们仍然能正常生存和行走。

280. 斑马身上的黑白条纹起什么作用呢？

斑马生活在非洲的热带草原上，身上却长着与周围草丛的影子相近的黑白条纹。曾经科学家们认为斑马黑白条纹是适应环境的保护色。但实际上，在热带草原的绿色环境中，斑马的黑白条纹非常明显，起不到隐蔽的作用。所以，可能是斑马通过条纹来识同类伙伴，混淆食肉动物的攻击目标（在群体中，使捕食者不易找到猎物的头和颈部等致命伤），通过空气旋流加快散热等功能。

近年来的研究还认为，斑马身上的条纹可以分散和削弱草原上的采采蝇的注意力，是防止它们叮咬的一种手段。这种昆虫是传播昏睡病的媒介，它们经常咬马、羚羊和其他单色动物，却很少威胁斑马的生活。

281. 目前，人工养殖的狐主要有哪几种类型？

狐属于食肉目犬科动物。人工养殖的狐主要有蓝狐（亦称北极狐）、银黑狐和赤狐，另外还有一些毛色变异的狐，称为彩狐。现分别介绍如下。

（1）蓝狐又称北极狐，主要分布于欧亚大陆和北美洲北部的高纬度地区。蓝狐吻部短，四肢短小，体圆而粗，被毛丰厚，耳宽而圆。蓝狐体长50～60厘米，尾长20～25厘米。冬季全身体毛为白色，仅鼻尖为黑色；夏季体毛为灰黑色，腹面颜色较浅。蓝狐的寿命为8～10年，繁殖年限为4～5年。

（2）银黑狐又称银狐，原产于北美和西伯利亚，是野生状态狐的一种毛色突变种。银狐体型稍大于蓝狐，体长60～75厘米，体重5～8千克。吻部、双耳背部和四肢毛色为黑色；背部和体侧呈黑白相间的银黑色，也有褐色的。银狐的寿命为10～12年，繁殖年限为5～6年。

（3）赤狐又名火狐狸，是狐属动物中分布最广、数量最多的一种。体重5～8千克，体长60～90厘米。赤狐体形纤长，脸颊长，四肢短小，嘴尖耳直立，尾较长。赤狐的毛色变异幅度很大，标准者头、躯、尾呈红棕色，腹部毛色较淡呈黄白色，四肢毛呈淡褐色或棕色，尾尖呈白色。赤狐的寿命为10～14年，繁殖年限为6～8年。

（4）彩狐是银黑狐、赤狐和蓝狐在野生状态下或人工饲养条件下的毛色变种。

282. 狐狸真的很狡猾吗？

无论是成语"狐假虎威"，还是寓言故事《狐狸和乌鸦》都让狐狸给人们留下了非常狡猾的印象。因此，如果一个人非常狡猾，常被称做"老狐狸"。那么狐狸真的如此狡猾吗？

狐狸在与其他动物的较量中往往技高一筹。比如看到河里有鸭子，狐狸会故意抛些草入水，当鸭子习以为常后，狐狸就偷偷衔着大把枯草做掩护，潜卜水伺机捕食。碰上刺猬，狐狸会把蜷缩成一团的刺猬拖到水里。狐狸的巢穴通常都是强行从兔子等弱小的动物那里抢来的，里面有许多入口，而且越往里面越迂回曲折。此外，狐狸还能跟猎人周旋。如果它们看到有猎人做陷阱，就会悄悄跟在猎人屁股后面，看到对方设好陷阱离开后，就到陷阱旁边留下可以被同伴知晓的恶臭作为警示。一般情况，它们不怕猎犬，速度快，小巧灵活，一只猎犬的话根本逮不着它。冬季河面结薄冰，它们甚至能够设计诱猎犬落水。

上述几方面的确显示了狐狸狡猾的一面，但是，生物在进化过程中遵循的是优胜劣汰原则，狐狸表现出来的狡猾、随机应变，都是它们生存的必然需求。所以，狐狸的狡猾，恰恰说明狐狸有较高的生存能力。

283. 梅花鹿身上的"梅花"为什么会发生变化？

梅花鹿，属于中型鹿类，头部略圆，颜面部较长，鼻端裸露，眼大而圆，耳长且直立，颈部长。四肢细长，尾较短。梅花鹿毛皮上镶嵌着许多排列有序的白色斑点，形状很像梅花，因而得名。

其实，梅花鹿身上的"梅花"是会发生变化的。因为梅花鹿的毛色随季节的改变而改变，夏季体毛为棕黄色或栗红色，无绒毛，在背脊两旁和体侧下缘镶嵌着许多排列有序的白色斑点，这些白色斑点就是梅花鹿身上的"梅花"。此时，梅花是白色的，并且色泽光鲜。

然而，到了冬季，梅花鹿的体毛呈现为烟褐色，白斑不明显，与枯茅草的颜色类似。颈部和耳背呈灰棕色，一条黑色的背中线从耳尖贯穿到尾的基部，腹部为白色，臀部有白色斑块，其周围有黑色毛圈。尾背面呈黑色，腹面为白色。此时，梅花鹿身上的梅花就不是很明显了。

梅花鹿身上"梅花"会发生变化主要是因为，梅花鹿的生活区域随着季节发生了改变。生活区域随着季节的变化而改变，春季多在半阴坡，采食栎、板栗、胡枝子、野山楂、地榆等乔木和灌木的嫩枝叶和刚刚萌发的草植物；夏、秋季迁到阴坡的林缘地带，主要采食藤本和草本植物，如葛藤、何首乌、党参、草莓等；冬季则喜欢在温暖的阳坡，采食成熟的果实、种子以及各种苔藓地衣类植物，间或到山下采食油菜、小麦等农作物，还常到盐碱地舔食盐碱。

284. 为什么长颈鹿的脖子那么长？

长颈鹿以长脖子而得名，它的颈和头的高度约占整个高度的一半以上。那么，是什么原因使它的脖子如此长的呢？这个问题引起许多学者的兴趣，并且也引发了专家们的争议。

法国生物学家拉马克提出有名的"用进废退"和"获得性状遗传"学说，认为长颈鹿祖先生活的地区，因自然条件变化而成为干旱地带，牧草稀少。长颈鹿为了生存，必须取食于高大树木上的叶子充饥。为达此目的，它就特别努力伸长脖子。由于经常使用的器官愈用愈发达，不使用的器官就退化；而获得性状又是可以遗传的，这样一代一代地延续变化下去，千载万代，脖子就逐渐变长了。现代科学已经证实获得性性状不能遗传

然而，生物进化论的奠基者——达尔文，却用自然选择学说来解释长颈鹿的长颈：在古代的长颈鹿中，由于个体不同，它们的颈有长有短。在气候干旱，地面青草干枯，灌木死亡的自然条件下，身高脖长的长颈鹿能够吃到身矮脖短的长颈鹿无法吃到的高树木上的叶子，在生存竞争中脖长者得胜而生存下来，逐渐形成今天的长颈鹿。

争论还没有停止，此后又有好多科学家对长颈鹿的脖子长这个问题提出了各自不同的见解。

285. 为什么鹿有助于人保持容颜不老？

鹿是世界上珍贵的野生动物，全身是宝。自古以来鹿产品，尤其是鹿茸就一直是皇室和达官贵族的长寿补品，现在也已经成为普通百姓防病强身、滋补美容、延年益寿的保健佳品。

据史料记载，唐朝女皇武则天，为保持容颜不老，经常使用以鹿胎盘等配制而成的玉容方。古医书《外台秘要》中也说，此方"如经年久服，朝暮不绝，年四五十岁妇人，如十五岁女子"。鹿为什么会有这样神奇的使"年四五十岁妇人，如十五岁女子"的功能呢？鹿保持容颜不老的功能主要得益于鹿胎盘和鹿血。

先来说一下鹿胎盘，也就是武则天用来做美容药品的原料。鹿一生充满活力，无明显的体态衰老现象，这一切皆归功于鹿胎盘。因为，鹿胎盘中有活性囊胎素，同时鹿胎中还含有鹿胎蛋白、氨基酸、维生素、矿物质及人体必需的微量元素，能明显提高人体 SOD 活性，加速新陈代谢，清除体内毒素沉积，使人体保持年轻状态，有明显的美容养颜、延缓衰老的

作用。

此外，鹿保持容颜不老还要归功于鹿血。鹿血营养物质含量非常丰富，包括18种氨基酸，多种维生素，矿物质等微量元素，其中铁的含量非常高，多种酶类，如超氧化物歧化酶（SOD）等；还包括固醇类、糖脂类、磷脂酰乙醇氨、溶血磷脂酰胆碱、神经鞘磷脂等。因此，鹿血可以通过促进超氧化物歧化酶（SOD）的合成和活化，减少自由基形成，保护细胞膜，提高组织器官功能，增强人体新陈代谢，延缓机体衰老。

286. 如何识别真假鹿茸？

鹿茸是指梅花鹿或马鹿中的雄鹿未骨化而带茸毛的幼角。梅花鹿、马鹿在生下后8～10月龄的雄性小鹿，额部开始突起，形成长茸基础，2足岁以后，鹿茸分岔，鹿茸以3～6年所生的为佳。鹿茸是名贵药材。鹿茸中含有磷脂、糖脂、胶质、激素、脂肪酸、氨基酸、蛋白质及钙、磷、镁、钠等成分，其中氨基酸成分占总成分的一半以上。鹿茸性温而不燥，具有振奋和提高机体功能，对全身虚弱、久病之后患者，有较好的强身作用。

人们有时需要购买鹿茸，那么如何识别真假鹿茸呢？真鹿茸体轻，质硬而脆，气微腥，味咸；通常有一或两个分枝，外皮红棕色，多光润，表面密生红黄或棕黄色细茸毛，皮茸紧贴，不易剥离。鹿茸片呈圆形或椭圆形，直径3厘米左右。鹿茸以体轻，断面蜂窝状，组织致密者为佳。假鹿茸则是用动物毛皮包裹动物骨胶等仿造的。假鹿茸片也类似圆形，但厚薄不均，直径1.5～3.5厘米，外皮呈灰褐色，毛短；切断面棕紫色，无蜂窝状细孔，偶有圆点；外毛皮可剥离。另外，假鹿茸体重，质坚韧，不易切断，能溶于水，溶液呈混浊状。

287. 为什么称麋鹿为"四不像"？

麋鹿，即"四不像"作为古代神话小说《封神榜》中姜子牙的坐骑为我们所知。小说增添了它的传奇色彩。同时，我们也很想知道为什么称麋鹿为"四不像"？

麋鹿，是属鹿科的一种哺乳动物，和梅花鹿、马鹿是近亲。它体长一般为2米左右，肩高1米多。雄性较大，体重可达200千克，雌性较小。雄性有角，雌性无角。因为它们"角似鹿而非鹿，蹄似牛而非牛，尾驴而非驴，头似马而非马"，所以人们就叫它"四不像"。下面我们分别介绍一下。

首先是"角似鹿而非鹿"。雄麋鹿有角，雌麋鹿无角，它们的角有点像鹿角，但没有鹿角那么大。其次是"蹄似牛而非牛"。蹄像牛，但没有牛那样粗壮。它四肢较粗，脚有四蹄，两侧的蹄较小，中间一对主蹄宽阔而粗大，既能适应在较硬的森林中行走，又能适应在松软的沼泽地中行走。再次是"尾似驴而非驴"。麋鹿的尾巴像驴子，但没有驴子尾巴那么大。此外，麋鹿的叫声也像驴子。最后是"头似马而非马"。麋鹿的头像马，但又有差异。因此，麋鹿真的是名副其实的"四不像"。

目前在中国的麋鹿总数为一千多头，是一个濒危物种。它被列为国家一级保护动物，有专门的麋鹿自然保护区。

288. 鲸鱼为什么不是鱼？

鲸类是典型的水生动物，体呈流线型，似鱼，故俗称鲸鱼。好多人凭借它的体态特点，认为其属于鱼类。其实，鲸鱼不是鱼而是哺乳动物。最重要的原因是，鲸鱼符合哺乳动物的几大特征，胎生、哺乳、恒温和用肺呼吸等，故被归入哺乳动物。

此外，在其他一些细节上，鲸鱼也和陆生哺乳动物有不同之处。鲸皮肤裸出，没有体毛，仅吻部具有少许刚毛，没有汗腺和皮脂腺。皮下脂肪很厚，可以保持体温并且减轻身体在水中的比重。头骨发达，但脑颅部小，颜面部大，前额骨和上颌骨显著延长，形成很长的吻部。颈部不明显，颈椎有愈合现象，头与躯干直接连接。前肢呈鳍状，趾不分开，没有爪，肘和腕的关节不能灵活运动，适于在水中游泳。后肢退化，但尚有骨盆和股骨的残迹，呈残存的骨片。尾巴退化成鳍，末端的皮肤左右向水平方向扩展，形成一对大的尾叶，但并不是由骨骼支持的，脊椎骨在狭长的尾干部逐渐变细，最后在进入尾鳍之前消失。尾鳍和鱼类不同，可做上下摆动，是游泳的主要器官。有些种类的鲸还具有背鳍，用来平衡身体。

289. 鲸有哪些种类？

鲸主要有须鲸、齿鲸两大类。下面依次介绍一下。

须鲸类体形巨大，最小的种类体长也大于 6 米。须鲸口中没有牙齿，上颌左右两侧的腭部至咽部各生有呈梳齿状排列的角质须。须的颜色、形状和数目因种类的不同而有差异，是进行分类的重要依据之一。外鼻孔有2 个，位于头顶，呼吸换气时可以喷出两股水柱。头骨极大，左右对称。颈椎愈合或者分离。胸骨较小，仅有 1~2 对肋骨与胸骨相连接，胸廓不完全。没有锁骨。鳍肢上具有 4 指。消化道中具有盲肠。主要以磷虾等小型甲壳类动物为食，有的种类也吃小型群游性鱼类，以及底栖的鱼类和贝类。须鲸类在全世界有露脊鲸科、灰鲸科和长须鲸科等3个科，共约6属、11种。蓝鲸是世界上最大的哺乳动物。它身长可达30米左右，平均体重150吨，一张嘴就可以容纳10个成年人自由进出。

齿鲸类的体形变异比较大，最小的种类体长仅有1米左右，最大的却有20米以上。齿鲸口中具有圆锥状的牙齿，但不同的齿鲸牙齿的形状、数目相差也很大。外鼻孔只有1个，因此呼吸换气时只能喷出一股水柱。头骨左右不对称。鳍肢上具有5指。胸骨较大。没有锁骨。没有盲肠。主要以乌贼、鱼类等为食，有的还能捕食海鸟、海豹以及其他鲸类等大型动物。齿鲸类在全世界共有河豚科、抹香鲸科、剑吻鲸科、一角鲸科、尖嘴海豚科、鼠海豚科、海豚科和领航鲸科等8个科，大约34属、72种。

290. 为什么说鲸的身上样样都是宝？

鲸是一种哺乳动物，体型是世界上现存的动物中最大的。祖先和牛羊一样生活在陆地上，因为对海里的食物产生了喜爱，就迁徙到了浅海湾。又过了很长一段时间，身体慢慢进化，才适应了海洋生活。

鲸浑身是宝，具有重要的经济价值。它那巨大的躯体为人们提供了大量的鲸肉、鲸脂和其他产品。鲸肉供人食用，富含蛋白质，营养价值高。挪威和日本等国的食品商场就供应新鲜鲸肉和鲸肉罐头。

鲸脂是含脂肪十分丰富的动物油。它不仅含有大量的甘油，可以用于合成炸药中的硝化甘油和纸烟加工，而且还能用来制造肥皂和提炼高级润滑油。鲸脂经过加氢处理，可以得到无腥无味的硬块，还能加工制成可供食用的人造牛油。鲸脂还有许多其他的用途。它可以制造蜡烛和油画颜料。在炼钢和制革工业上也有用途。因为鲸脂在高温下黏度不变，因此被用来当做某些精密仪器的润滑油等。

此外，鲸皮质地柔软，表面有绒毛，皮革带花纹，适宜用来做衣服或皮包。鲸鳍可以做伞面、乳罩、领结和烟盒。鲸的卵巢还是一种叫做"普罗吉斯廷"的特效药——孕激素的原料。鲸粪和骨粉是富含氨与磷的肥料。鲸骨里还可以提取骨胶，作为加工摄影胶卷的原料。鲸肝所含的维生素甲和丁非常丰富。鲸虽然全身都是宝，但是过去由于过度捕捞，造成很多鲸种群的灭亡。在1946年，"国际捕鲸规则公约"在华盛顿签定。公约旨在保护鲸鱼，防止过度捕捞。

291. 为什么鲸在海水中会喷出水柱？

鲸在水下生活期间，紧闭鼻孔，露出水面呼吸时，鼻孔张开，凭借肺部的压力和肌肉的收缩，喷出一股白花花的水柱，像喷泉，并伴随一阵汽笛般的叫声，非常美丽和壮观。

为什么鲸在海水中会喷出水柱呢？这是因为鲸用肺呼吸，所以不能在水中待久了，每过一段时间就要在水面上呼吸一次空气。呼气时，从头顶的洞中喷出的气体中的水蒸气遇冷形成水雾冲上天空，于是就形成一股水柱。鲸每隔 20～30 分钟呼吸一次，因此往往每隔 20～30 分钟鲸就会喷出新的水柱。关于水柱的成因和成分，目前仍有争论，有人认为是肺中喷出的废物，也有人认为是肺中的水汽和激起的海水相结合的产物。这个问题还有待于生物学家进一步观察和研究。

据有经验的捕鲸者说，可以根据鲸喷出的水柱迅速地判断鲸的种类及其大小，还有距离的远近。例如，须鲸的水柱是垂直的，又细又高；齿鲸的水柱是倾斜的，又粗又矮；蓝鲸的喷水柱垂直向上，强劲有力，上粗下细，顶部松散，如同礼花，射程高达 10 米以上；抹香鲸的喷水柱向左前方偏转，喷射力弱，粗短而松散，高度仅 3～4 米。

292. 谁是海洋中的"无敌杀手"？

虎鲸又叫杀人鲸，属于齿鲸类。由于虎鲸有高耸的呈三角型的背鳍，状如倒置的矛，又被称做逆戟鲸。虎鲸平均体长 8 米左右，背黑、腹白，界线分明，它的最明显的特征是眼后部和背鳍后部各有一个醒目的大白斑。颌白色，鳍肢黑色，腹部后半部有一向背侧并向后弯的白色突出部。齿强大，游泳速度很快。尽管虎鲸身体不很大，但它能横行于地球上的各个海域，攻击力极强，在海洋中是没有什么敌手的。虎鲸凶狠残忍，杀戮成性，平时以吃鱼最多，也吃海豚、海豹、海狗、海象等海兽，甚至包括体重是它几十倍的蓝鲸。虎鲸经常成群游动，攻击大型须鲸，也袭击领航鲸等较大鲸类，有时甚至还能袭击海鸟，颇有"群狼"之势。如果说它是鲸类中的恶魔，一点也不过分。

凡是目睹过虎鲸捕食情景的人都会为其残忍而震惊，然而，人也会为虎鲸出色的集体合作精神和攻击力而折服。虎鲸一般是群居生活的，一个群体中约有 20～30 头虎鲸。海豚是虎鲸从来不肯放过的猎物。当发现有海豚群出现的时候，虎鲸群就进入了战斗状态，它们很快就像一支训练有素的军队一样将队伍一字排开，在海豚群毫无觉察的情况下，迅速形成伞型包围圈，等到海豚发现灾难降临时，一切已经太晚了。海豚也想突围，但有组织的几次努力失败后，它们并不四卜逃窜，而是相互靠扰在一起，想从同伴身上获取力量。然而，这一举动正好帮了虎鲸的忙，那些虎鲸并不急于进攻，而是沿着螺旋形的轨迹绕着海豚一圈圈地游弋，一步步地缩小包围圈。当包围圈缩小到一定程度的时候，虎鲸就突然发起攻击来，外周的一条虎鲸像猛虎捕食般地向圈内冲进去，连撕带咬地杀死几条紧靠在一起的海豚，然后迅速地带着猎物回到圈外。而与此同时其他虎鲸则严密防范，防止海豚趁乱逃脱。随后，另一只虎鲸紧接着冲入海豚群，再杀死几头海豚并带出圈外。经过一次次的轮番攻击，包围圈内的海豚几乎无一幸免，全部成了虎鲸的美餐。成群的虎鲸也经常进攻体重达百吨的其他鲸类，世界上最大的动物蓝鲸也逃不过虎鲸锐利的牙齿。

293. 现在世界上最大的动物是什么？

人们很想知道，现在世界上最大的动物是什么？查阅相关资料发现答案是蓝鲸。蓝鲸全身体表均呈淡蓝色或鼠灰色，背部有淡色的细碎斑纹，胸部有白色的斑点，褶沟在 20 条以上，腹部也布满褶皱，头则相对较小而扁平，有 2 个喷气孔，位于头的顶上，吻宽，口大，嘴里没有牙齿，上颌宽，向上凸起呈弧形，生有黑色的须板。

蓝鲸是目前人们所知道的从古至今所有动物中体型最大的，一般体长为 2400～3400 厘米，体重为 150000～200000 千克，也就是说，它的体重相当于 25 只以上的非洲象，或者 2000～3000 个人的重量的总和。

蓝鲸的身躯是如此的巨大，以至于一条舌头就有 2000 千克，头骨有 3000 千克，肝脏有 1000 千克，心脏有 500 千克，血液循环量达 8000 千克，雄兽的睾丸也有 45 千克。如果把它的肠子拉直，足有 200～300 米，血管粗得足以装下一个小孩，脏壁厚达 60 多厘米。它的力量也大得惊人，所发出的功率约为 1500～1700 马力，堪称是动物世界中当之无愧的大力士。

蓝鲸主要分布于从南极到北极之间的南北两半球各大海洋中，尤以接近南极附近的海洋中数量较多。在我国见于黄海、东海、南海，包括台湾南部及西南部水域。它们尽管体型巨大，平时行动缓慢，常常静止不动，却能在水中沉浮自如，尾巴灵活地摆动，既是前进动力，也起着舵的作用，前进的时速很快。

294. 海豚为什么能救人呢?

有很多在海中落水的人被海豚救起的故事。当海豚发现海水中的落水者时,会游到落水者的下方,把他顶上水面,然后,海豚群围成半圆形,保护着被救的人,把他送往岸边。海豚为什么能救人呢?

有人认为,海豚是哺乳动物,对人这样的"万物之灵"有着特殊的感情,因此见人就想救。而科学家们在对海豚进行深入地研究,包括对数以千计的海豚的行动和拍摄的好几万张照片进行分析,得出的结论是,不管海豚有多么聪明,它们的救人动机根本是不存在的。海豚救人只是跟它们的生活习惯有关。

经过长期观察后,科学家们认为,海豚在哺育幼兽时,经常要把幼兽托出水面,帮助它们在水面呼吸。海豚在海中发现落水者,可能会误认为是同类的幼兽,前去搭救。还有人认为,海豚天性好动,善于模仿,最喜爱的就是在水中嬉耍,因此所有碰上的东西都变成了它们的玩具。大概是海豚把水里的人当成了自己的玩具,把救人当成了一种游戏。至于海豚为什么会把落水人推向岸边,这与海豚的习性有关。因为海豚喜欢在深水和浅水中来回巡游,如果人在深水中落水,正好碰上一群向浅水中游去的海豚时,它们就会顺水推舟似的,把落水者边推边玩耍地带到浅水区,或把他送上岸边。

295. 袋鼠为什么有袋子?

袋鼠原产于澳大利亚大陆和巴布亚新几内亚的部分地区,其中,有些种类为澳大利亚独有。一提到袋鼠,我们便容易顾名思义,认为就是有袋的鼠。

的确,所有雌性袋鼠都长有前开的育儿袋。那袋鼠为什么会有袋子呢? 袋鼠的袋子主要是用做哺育小袋鼠。这是因为袋鼠虽是胎生,却无胎盘。袋鼠妈妈怀孕四五个星期就生下一个像铅笔头大小的小袋鼠,长2厘米,重0.5~0.75克,没有毛,看不见东西。靠前肢和灵敏的嗅觉,小袋鼠沿着妈妈给它舔出的道路爬进育儿袋。育儿袋是封闭的,里面有四个乳头,小袋鼠便可以叼着袋里的乳头发育成长。200天后,小袋鼠可外出活动,但此时袋鼠妈妈仍然很谨慎,当发现有危险时,妈妈就收紧育儿袋,以免奔跑时把幼仔甩出。有时为了让幼仔赶快入袋,妈妈还会直立起来,用前腿将不听话的孩子按进育儿袋。但是,等到袋内孩子长到能独立生活时,妈妈便不允许它再进育儿袋了。

像袋鼠这样有袋子的动物叫有袋类动物,如袋鼠、袋熊、袋狸、袋狼等，全世界有两百多种。其中大部分生活在大洋洲，成为大洋洲动物的最大特色。

296. 为什么蝙蝠是哺乳动物？

蝙蝠头部和躯干像老鼠，四肢和尾部之间有皮质的膜，夜间在空中飞翔，吃蚊、蛾等昆虫。前后肢和尾之间的皮膜连成翼，胸骨和胸肌都很发达，能像鸟类那样展翼飞翔。于是，人们不禁把蝙蝠归为鸟类。

但它们不是鸟类而是哺乳动物。首先，把蝙蝠归为哺乳动物的最重要的一点原因就是，蝙蝠的生殖发育方式是胎生哺乳，而不像鸟类那样卵生；而且蝙蝠用乳汁哺育后代。此外，还因为蝙蝠的体表无羽而有毛，口内有牙齿，体内有膈将体腔分为胸腔和腹腔，以上这些都是哺乳动物的基本特征。

当然，蝙蝠在哺乳动物中，算是比较另类的。蝙蝠类是唯一真正能够飞翔的兽类，它们虽然没有鸟类那样的羽毛和翅膀，飞行本领也比鸟类差得多，但其前肢十分发达，上臂、前臂、掌骨、指骨都特别长，并由它们支撑起一层薄而多毛的，从指骨末端至肱骨、体侧、后肢及尾巴之间的柔软而坚韧的皮膜，形成蝙蝠独特的飞行器官——翼手。因此，蝙蝠就能飞翔了。

蝙蝠能够飞翔和它们的进化过程有关。发表在《科学》杂志上的新研究称，在 5 千万 ~ 5.2 千万年前，地球曾经历了一段气温急剧上升的历史。气候变暖促使昆虫大量繁殖衍生，蝙蝠于是也演化出独特的飞行技巧，以便能捕捉到猎物。所以，蝙蝠能够飞翔是适应环境的需要。

297. 为什么蝙蝠能在夜间捕到食物？

蝙蝠能在夜间捕到食物曾经是个谜，但是科学家早已把这个谜揭开了。主要原因就是蝙蝠捕食不靠视力，而是靠超声波定位。以昆虫为食的蝙蝠在不同程度上都有回声定位系统，借助这一系统，它们能在完全黑暗的环境中飞行和捕捉食物，在大量干扰下运用回声定位，发出超声波信号而不影响正常的呼吸。

它们头部的口鼻部上长着被称做"鼻状叶"的结构，在周围还有很复杂的特殊皮肤皱褶，这是一种奇特的超声波装置，具有发射超声波的功能，能连续不断地发出高频率超声波。如果碰到障碍物或飞舞的昆虫时，这些超声波就能反射回来，然后由它们超凡的大耳廓所接收，使反馈的信息在它们微细的大脑中进行分析。这种超声波探测灵敏度和分辨力极高，使它们根据回声不仅能判别方向，为自身飞行路线定位，还能辨别不同的昆虫或障碍物，进行有效地回避或追捕。蝙蝠就是靠着准确的回声定位和无比柔软的皮膜，在空中盘旋自如，甚至还能运用灵巧的曲线飞行，不断变化发出超声波的方向，以防止昆虫干扰它的信息系统，乘机逃脱。

科学研究者根据蝙蝠不是靠眼睛，而是靠嘴、喉和耳朵组成的回声定位系统以及在飞行时发出超声波，又能觉察出障碍物反射回来的超声波的特点设计出了现代的雷达——一种无线电定位和测距装置。

298. 为什么蝙蝠总是倒挂着休息或睡觉？

蝙蝠睡觉的姿势很特别，许多蝙蝠喜欢住在废屋中或屋檐下，当它们停息或睡觉时，常将身体倒挂起来，头朝着下面，用两只后肢的尖爪钩住缝隙。如果抓住一只蝙蝠放在地上，我们就可以看到它会用前肢第一趾的爪和后肢的五趾，匍匐着爬行，攀升到直立的树木或壁上。那么，蝙蝠为什么要倒挂着休息或睡觉呢？

这要从它的身体构造、活动方式和生活习惯来分析。原来蝙蝠的前肢已经发展为翅膀，爪子的指骨特别长，在四根指骨与身体、尾骨之间长有一层膜，很像鸟的翅膀，可以用来飞行，却没有羽毛，只有第一根指独立在外，比较短小，是用来爬行的，不能抓握。蝙蝠的后肢非常弱小，既不能走路，也不能站立，只能用前肢笨拙地爬行，但抓握力较强，可以将身体倒挂起来。蝙蝠起飞也很困难，它要利用从空中落下的惯性起飞，一旦不幸落在地上，翼膜和身体都贴在地面上，就飞不起来了。所以蝙蝠总是把自己高高地倒挂在洞中。

此外，到了冬季，蝙蝠采取倒挂的方式进入冬眠，这样可减少与冰冷的顶壁的接触面。翼膜对蝙蝠也有很大作用，它可以把蝙蝠的头和身体裹起来，加上它周身的密密细毛，可以起到与外界冷空气隔绝的作用。这种生活习惯和防御的本能，都是动物长期进化的结果。

299. 蝙蝠真的能吸血吗？

有一部电影叫做《吸血蝙蝠》，而且金庸小说《倚天屠龙记》中也有"青翼蝠王"这一人物，专爱吸人血。我们很想知道，蝙蝠真的能吸血吗？

世界上确实有专门的吸血蝠。它们是名副其实的以血为食的类群，也是哺乳动物中特有的吸血种类。体型小，最大的体重不超过 30~40 克。头骨和牙齿已高度特化，颊齿在数量和大小上都减小，是最特化的种类。上门齿特大，上犬齿成刀状，均有异常锐利的"刀口"。吸血蝠的拇指特长而强，后肢亦强大，能在地上迅速跑动，甚至能短距离跳跃。飞行力强。

当然，并不是所有的蝙蝠都能吸血。全世界只以血为食的蝙蝠共有3种，分别是普通吸血蝠、毛腿吸血蝠和白翼吸血蝠。这3种蝙蝠均原产在美洲，它们的吸血之旅遍布墨西哥、巴西、智利和阿根廷。它们在天黑之后才开始活动。白翼吸血蝠和毛腿吸血蝠嗜吸鸟血，而吸血蝠则吸哺乳类血。它们降落于牛、马、鹿等寄主附近地面，然后爬上前肢到肩部或颈部，利用其上门齿和犬齿，能切开几毫米厚的皮肤，用舌舔食流出的血液。偶尔也在家畜脚上吸血。每头蝙蝠每晚吸血量超过其体重的50%，一只34克的吸血蝠，每晚大概吸血18克。吸血蝙蝠如此大量吸血，在一些地区妨碍家畜生长，也由于它传播狂犬病和其他疾病，因此它们是些令人讨厌的动物。而且吸血蝠真的也会偶尔吸人血。

300. 蝙蝠会传播疾病吗？

春天，蝙蝠会经常飞入人们的家中，特别是每到傍晚，就会出现黑色蝙蝠身影，不少人对此有些害怕，担心被咬传染疾病。大家普遍认为，狗会传播狂犬病，蝙蝠大概也会传播疾病吧？

专家指出，蝙蝠身上的确带有一些病菌，就像猫和狗一样。但这种病菌并不容易传染给人。只有在野外生活的野生蝙蝠才有可能咬人致病，在城市里生活的蝙蝠与野生蝙蝠属于不同的种群，人们大可放心与它们和平共处。只要人们与蝙蝠不要亲密接触，保持一定的距离，基本不会有太大危险。此外，有些种类的蝙蝠属于国家保护动物，还是捕捉蚊蝇的能手，对环境大有好处。所以，人们要保护它们，不要随便伤害。

不过，专家也提醒，蝙蝠粪便中可能带有一种"隐球菌"，能引发"隐球菌性脑膜炎"，建议人们在处理蝙蝠粪便时要避免直接接触，防止感染。另外，也不要捕捉蝙蝠玩耍，虽然城市蝙蝠平时性情较为温顺，但不排除它在防卫挣扎时咬人。

总 策 划:张小平
策划编辑:涂 潇 刘 恋

图书在版编目(CIP)数据

身边的科学 300 问:动物编/李凡梅 刘露 编著.
-北京:人民出版社,2009.11(2010.2.重印)
(新农村科普)
ISBN 978-7-01-008427-5

Ⅰ.身… Ⅱ.①李…②刘… Ⅲ.①科学知识-普及读物②动物-普及读物
Ⅳ.Z228 Q95-49

中国版本图书馆 CIP 数据核字(2009)第 197602 号

身边的科学 300 问:动物编
SHENBIAN DE KEXUE 300 WEN:DONGWU BIAN

李凡梅 刘 露 编著

人民出版社
中国书店 出版发行
(100706 北京朝阳门内大街 166 号)

北京中科印刷有限公司印刷 新华书店经销

2009 年 11 月第 1 版 2010 年 2 月北京第 2 次印刷
开本:710 毫米×1000 毫米 1/16 印张:11.5
字数:175 千字

ISBN 978-7-01-008427-5 定价:22.00 元

邮购地址 100706 北京朝阳门内大街 166 号
人民东方图书销售中心 电话 (010)65250042 65289539